KB029763

네메시스의 단검

네미시스의 단검

이정훈 장편소설

아프로스
미디어

※ 본 작품에 나오는 인물, 단체, 일부 설정 등은 작가에 의해 가공된 것임을 밝힙니다.

차례

Pierre-Paul Prud'hon, Justice and Divine Vengeance Pursuing Crime

네메시스의 살인은 에코의 기도를 들어주기 위함이었는가?

아니면 자신의 욕망에서 비롯된 것인가?

목격자

4월의 어느 날 밤, 피부에 와 닿는 차가운 바람과 코를 자극하는 숲 냄새, 알 수 없는 산새들 소리. 나의 오감으로 느낄 수 있는 것들이다. 밤에 이렇게 혼자 산길을 걷는 건 무섭기도 하지만 한편으론 알 수 없는 두근거림에 들뜬 기분이 된다.

캠핑장을 벗어나 산속으로 들어오니 왠지 그동안 살아왔던 이승과 멀어지는 느낌이 든다. 그래서인지 이렇게 걷다가 산짐승을 만나거나 낙석에 맞아 죽을지도 모른다는 생각이 스치기도 한다. 그런 상상을 하면 죽음이 두렵기도 하지만, 내 안에서 누군가 비웃으며 말한다.

'이렇게 살아서 뭐 하냐. 어차피 인생 종 치기 일보 직전인데…….'

나는 경찰이 될 때 국가와 국민의 안전을 위해서 최선을 다하리라 선언했다. 염라대왕 뒤통수 때리는 소리다. 경찰 생활 10년, 모든 직장이 그렇듯 나 역시 먹고살기 위해 일을 해 왔다. 국가와 국민 같은 소리 하고 있네. 존나게 뛰어다녀 봐야 특진하는 사람은 정해져 있는데 개고생할 필요가 뭐 있어. 나도 이 나라의 국민이고 남들처럼 잘 먹고 잘살고 싶다. 그러려면 돈을 많이 가져야 한다. 고된 업무로 버는 쥐꼬리 월급으로는 턱도 없다. 게다가 노후 대책도 필요하잖아. 그래서 모험을 조금 해 보기로 했다. 그 모험의 결과, 도박 빚에 빠지고 말았다.

씨발, 엿 같은 세상. 일확천금이란 게 그런 건데. 결국 빚더미라는 개미지옥에 빠질 걸 알면서도 쥐꼬리 월급과 병아리 눈물만큼의 확률을 저울질하다가 '어차피 인생 뭐 있어.' 하더니 이 꼬라지가 된 것이다.

오늘 오전, 나는 존나 싫어하는 친구 새끼, 아니다, 그런 인간이 내 친구일 리가 없지. 아무튼 그 새끼한테 전화를 했다.

[여보세요? 또 뭐야.]

전화를 걸자마자 신경질적인 그 새끼 목소리가 들렸다. 내가 지한테 뭐 그리 잘못했다고, 어이가 없다. 하지만 참아야 했다. 이번 달에 돈을 못 갚으면 내가 아무리 경찰이라고 해도 장기 다 털리고 내 시체조차 못 찾을 수도 있다. 결과는 내가 경찰 옷 벗고 도박한 거 자수해도 마찬가지다. 지옥까지 쫓아올 놈들이다. 어쩔 수 없이 나는 억지로 마음을 다잡고 말했다.

"아니~ 그러니까 야…… 말하기 좀 그렇긴 한데."

[뭐? 또 돈 빌려 달라고? 없어, 인마. 너한테 빌려준 돈만 2,000만 원이 넘어. 경찰이라는 자식이 왜 그러고 사냐? 븅신같이.]

"그래, 알아. 나도 아는데, 내가 오죽하면 이러겠냐. 그러지 말고, 한 번만 더 도와주라."

전화기 너머에선 아무런 말이 없다. 고민하고 있겠지. 그 새끼한테 2,000만 원이 무슨 돈이라고. 부모한테 물려받은 돈만 수십억이 넘는 놈이 이러는 걸 보니, 나를 어떻게 약 올리며 가지고 놀아 볼까 생각 중인 게 뻔하다. 난 속으로 쌍욕을 내뱉었다.

[흠…… 좋아, 내 우정을 생각해서 한 번 더 도와주지.]

우정 같은 소리 하고 있네. 나를 꼬붕처럼 부릴 생각이나 했겠지. 웅성거리는 소리가 들리는 거 보니까 기집애들 데리고 어디로 여행 가는 중인가 보다.

[하…… 진짜 이번이 마지막이야, 알았지? 돈 받고 싶으면 지난번 그 캠핑장으로 와라. 나 거기서 애들하고 좀 놀고 있을 테니까. 와서 심부름 같은 것 좀 하고 그래. 세상에 공짜가 어디 있어, 새끼야.]

"알았어. 그때 거기 말이지?"

이 새끼가 유튜브 좀 보더니 캠핑에 꽂혀 가지고 요즘 애들 데리고 툭하면 어딜 그렇게 간다고 지랄이다. 지난번에 돈 빌릴 때도 캠핑하는 곳까지 쫓아갔는데, 이번에도 또 거길 간 모양이다. 팔자가 아주 개 팔자다, 개새끼가.

[그래, 인마. 거기가 딱 내 스탈이거든. 조용하고 깊은 곳에 있

어서 여자 데리고 와서 무슨 짓을 하든 신경 쓸 사람이 별로 없어서 좋아. 크크크.]

듣기 싫은 기분 나쁜 웃음소리. 저 새끼, 아가리를 찢어 버리고 싶다. 나도 부모 잘 만났으면 저렇게 살았을 텐데. 역시 세상은 엿 같다.

"그래, 알았어. 곧 갈게."

나는 기어들어 가는 목소리로 대답했다. 그래도 돈을 빌릴 수 있다. 오로지 그 생각 하나만 하며 짐을 꾸려 출발해서 여기까지 왔다. 운전하며 오던 길에 차창 밖으로 엄마와 아들이 즐겁게 손을 잡고 어딘가로 향하고 있는 모습이 보였다. 어디 여행이라도 가는지 엄마가 들고 있는 종량제 봉투에는 일회용품들이 들어 있었다.

문득 어릴 적 엄마의 모습이 생각났다. 엄마는 내가 열 살이 되던 해 나를 고아원에 버렸다. 그리고 나중에 커서 찾아갔더니, 엄마는 보호소에 수감되어 있었다. 약에 찌들어 버린 모습으로 나를 보더니 기껏 한다는 소리가 이거였다. 나를 낳아서 자기 인생은 끝났다고. 씨발, 그게 오랜만에 찾아온 자식한테 할 소린가. 그런 기억을 떠올렸더니 괜히 울컥했다. 쓰디쓴 침을 삼키며 캠핑장에 도착하니 이미 술판이 거하게 벌어지고 있었다.

"왔냐? 야야~ 다들 인사해. 내 친구 정오진이라고, 폴리스, 경찰이야. 멋지지?"

이 새끼 얼굴을 걷어차 버리고 싶었다. 나는 억지로 얼굴에 웃음을 띠며 말했다.

"벌써 시작했어? 나도 한 잔 줘 봐."

내 말에 주위의 여자들과 그놈과 비슷한 부류로 보이는 새끼들이 자리에 앉으라고 권했다. 안 봐도 비디오다. 이러다 나를 실컷 부려 먹겠지.

"야야, 앉기 전에 술 좀 더 가져와. 저쪽 글램핑장 냉장고에 가보면 있어."

내 눈동자가 흔들렸다. 그리고 돈 다 갚으면 이 새끼 멱부터 따야겠다는 생각을 했다. 나는 주먹에 힘을 주며 냉장고로 향했다. 아니나 다를까, 그 후로도 나는 계속해서 그 새끼의 잔심부름을 했다. 그렇게 몇 시간이 지나갔고, 산속의 고요함이 내려앉았다. 그제야 이 인간들의 흥이 좀 가라앉는 듯했다.

나는 화장실 간다는 핑계를 대고 슬그머니 자리에서 일어나 조용히 캠핑장을 벗어나 주차장을 따라 산 위로 이어진 도로를 걸었다. 짜증스럽고 화가 나는 걸 꾹꾹 참고 있었더니 답답해서 혼자 걸으며 맑은 공기를 마시고 싶었다. 그래서 이렇게 걷고 있는데도 기분은 쉽게 풀리지 않았다. 명색이 민중의 지팡이 경찰이라는 내가 어쩌다가 이 상황까지 오게 된 걸까. 지지리도 못난 병신 새끼. 이 같지도 않은 경찰 때려치우고 어디 가서 숨어 살까. 그러다 잡히면 죽이기야 하겠어? 기껏해야 장기 몇 개 뽑아서 팔겠지.

나는 쓴웃음을 지으며 발 앞에 걸리는 작은 돌멩이를 힘껏 절

벽 쪽으로 찼다. 그때였다.

부아아앙!

어디선가에서 거친 굉음이 들렸다. 산속이라 고요한 데다 어둠 속이라 소리가 더 크게 들리는 것 같았다. 주위의 나무들까지 그 진동에 흔들리는 것 같았다. 그 소리가 점점 가까워지는 듯해서 나는 뒤를 돌아봤다. 자동차 소리였다. 어둠 속에 괴물의 눈처럼 전조등 불빛이 마구 흔들리며 이쪽으로 다가오고 있었다. 그 흉포스러운 소리와 빛이 나를 삼킬 것 같아서 몸이 떨렸다. 내가 제일로 무서워하는 그 새끼들. 먹이를 찾는 짐승 같은 그 새끼들의 눈빛. 혹시 그 새끼들이 나를 잡으러?

나는 얼른 몸을 숨겼다. 그리고 숨을 죽이며 생각했다.

여기는 어떻게 알았지?

발에서 땀이 나서 양말이 젖었는지 신발 안이 축축했다. 이 길 아래쪽은 생각보다 경사가 급해서 자칫하면 굴러떨어져 크게 다칠 수 있었다. 어둠 속에서 발끝을 주의하며 가까스로 큰 나무 뒤로 숨었다. 그러고는 머리를 살짝 내밀어 저 멀리서 오는 자동차를 주시했다. 당연히 이쪽은 어두워서 내가 보이지 않을 것이다. 이윽고 코너를 돌며 빛나는 자동차 전조등 불빛이 내 눈을 자극했다. 그래도 실눈을 뜨고 자세히 보니 아무래도 그 새끼들은 아닌 것 같았다. 그 새끼들은 저렇게 눈에 띄는 외제 자동차는 타고 다니지 않는다. 짧은 시간이었지만 안도의 한숨을 쉬며 나무를 잡고 길 쪽으로 나가려고 손에 힘을 주었다. 바로 그때.

부아앙!

미친 괴물 같은 자동차가 갑자기 광폭한 울음을 쏟아 냈다. 일순간 모든 공기가 그쪽으로 쏠리는 것처럼 느껴졌다. 나는 빨려 들어가는 공기를 저항하지 못하고 그 미친 괴물 쪽으로 고개를 돌렸다.

쾅!

천둥소리가 들렸다. 그리고 무언가 공중에 떠오르는 것이 보였다. 문득 여기가 이 세상이 아닌 것 같은 기분이 들었다. 나는 정신을 차리려고 고개를 세차게 흔들었다.

투둑.

그 물체가 땅바닥으로 힘없이 떨어졌다. 그건…… 사람이었다. 어두워서 몰랐는데 자세히 보니 둘이었다. 그 둘 중 한 사람은 어린아이 같았다. 미친 듯이 달리던 자동차가 사람을 친 것이다. 갑자기 일어난 일에 나는 어찌할 바를 몰랐다. 아무리 내가 경찰이라고 해도 어두운 산속에서 이런 일이 벌어지면 놀라지 않을 수 없다. 겁이 나서 손까지 바들바들 떨던 나는 어서 신고하자는 생각에 핸드폰을 꺼냈다. 그리고 통화 버튼을 누르려고 하는데, 머릿속에 생각 하나가 스쳤다.

저 차…… 국내에 몇 대밖에 없는 고가의 외제 차잖아.

나는 새어 나오는 웃음을 억지로 참았다. 그래, 드디어 나에게 기회가 왔구나. 신이 막장 인생에서 나를 구제해 주려는 거구나. 저 차, 달리면서 왔다 갔다 한 거 보니 음주 운전이 틀림없어. 내가 누구야. 교통계 경찰이잖아. 운전자의 술 냄새가 여기서도 느껴지는 것 같다. 일단, 어떻게 나오나 보자.

나는 상황을 주시했다. 어떤 젊은 남자가 차에서 내리더니 어쩔 줄 몰라 하며 핸드폰을 들고 있다. 내용은 잘 들리지 않지만, 신고 전화는 확실히 아니다. 느낌이긴 하지만, 경찰이 아닌 누군가에게 도움을 청하는 것 같다. 산속 도로라 보는 눈도 없다. 음주 운전이라 무조건 불리하다. 분위기 보니 어떻게든 이곳에서 도망가려 할 것 같다. 기대하던 모든 조건이 갖춰졌다. 신고 안 하길 잘했다. 이것은 절호의 기회다.

나는 남자의 외모를 살펴봤다. 어둠 속이고 의지할 수 있는 건 자동차 전조등뿐이었지만, 실루엣만 봐도 보통 집안 사람이 아니라는 걸 알 수 있었다. 저건 재벌 2세이거나 아버지가 대기업 임원이다. 그러니까, 내 빚 같은 건 손쉽게 정리할 수 있는 재력을 가진 사람이란 말이다.

나무 뒤에 숨어서 혼자 미친놈처럼 히죽거리고 있다가 남자가 통화를 끝내는 타이밍에 맞춰 그쪽으로 걸어갔다. 남자는 시체들을 보며 어쩔 줄 몰라 하고 있었다.

"저기……."

남자는 그 자리에서 멈칫하더니 움직이지 않았다. 얼어붙은 그의 뒤통수를 보며 나는 속으로 말했다.

'당신, 오늘 정말 운이 좋은 거야. 내가 유일한 목격자니까 말이야.'

네메시스의 단검

1

형사 도형은 지친 몸을 이끌고 집으로 왔다. 무심코 시계를 봤더니 6월 OO일 오전 8시 반을 넘기고 있었다. 그는 아무도 없는 집에 들어가기 전, 무심코 벨을 눌렀다. 공허한 벨 소리가 울렸다. 도형은 반갑게 맞이하는 목소리를 기대했지만 헛된 희망은 비참함을 더할 뿐이었다. 아무도 없다는 것을 새삼스럽게 깨달은 도형은 문 앞에 머리를 기대고 몇 분간 서 있었다. 그는 아무 말 없이 비밀번호를 눌렀다. 문을 열었더니 메케한 냄새가 났다. 창은 닫혀 있었고 커튼은 드리워져 있었다. 암막 커튼이지만 강렬한 햇빛은 자줏빛 커튼 사이를 뚫고 방 안을 비추었다.

그는 아무렇게나 신발을 벗어 던지고 들어와서 소파에 몸을 던지고 TV를 틀었다. 몸을 일으켜 냉장고에서 맥주 캔을 하나 꺼내 가지고 돌아와서 뚜껑을 따고 들이켰다. 목구멍으로 따가운 탄산의 느낌과 함께 시원한 액체가 넘어가자 그의 눈에서 눈물이 흘렀다. 그의 모든 감각이 한계에 온 듯했다. 몸도 아프고 머리는 지끈거렸다. 미간을 찡그리며 눈을 감았더니 깊은 심연의 세계로 빠져들었다. 도형은 그리운 무언가를 찾듯 허공에 팔을 휘저으며 고통스럽게 잠이 들었다.

위이이이잉.

거슬리는 진동음에 희미하게 눈을 뜬 도형은 짜증스러운 얼굴로 휴대폰을 들었다.

"뭐고?"

[아따~ 행님! 지금 어디 계십니까?]

아주 익숙한 경상도 사투리. 파트너 황보였다. 서울 사는 지방 출신이 같은 고향 사람에게 하듯 더 진한 사투리를 날렸다. 그런 친근한 말투에도 도형은 짜증이 났다.

"왜?"

[아니~ 전화하자마자 짜증입니까. 아무리 우리가 형제 같은 사이지만, 너무하시는 거 아닙니까.]

도형은 황보의 말을 무시하고 물었다.

"그래서, 무슨 일인데?"

[무슨 일은 무슨 일입니까? 이제 그만 복귀하십시요. 이제 그만할 때도 되었다 아입니까?]

그 말을 듣고 벌컥 화가 난 도형은 황보에게 소리를 질렀다.

"뭐가 그만할 때가 돼! 이 새끼가 자기 일 아니라고. 파트너라고 한다는 소리가 겨우 그거가? 어?!"

전화기 너머에서 한동안 침묵이 이어졌다.

[행님, 화났으면 미안합니다. 나도 안타까워서 그란다 아입니까. 사랑하는 행님이 마이 아파하는데 내라고 마음이 안 쓰이겠습니까? 기다릴 테니 얼른 들어오이소. 예전에 우리 행님 멋있는 모습이 안 보이가 그런다 아입니까.]

"멋있기는, 지랄한다."

도형은 황보에게 괜스레 화풀이하듯 소리쳤다.

"끊어!"

도형은 경미한 두통을 느꼈다. 핸드폰을 내던지고 고개 숙여 깊게 한숨을 쉰 도형은 바닥에 나뒹굴고 있는 핸드폰을 하염없이 바라봤다. 괜히 동생에게 화낸 것 같아 미안했다. 도형에게 있어서 황보는 파트너 형사 이상의 소중한 존재였다. 어릴 때부터 따르던 동생, 늘 곁에 있던 그런 동생이었다. 자신이 괴롭다고 해서 황보에게까지 그러면 안 되었다. 머리를 붙잡고 한참 고개를 숙이고 있던 도형은 핸드폰과 겉옷을 챙겨서 집을 나섰다. 나서기 전에 집 안을 둘러보았다. 여지없이 적막하고 쓸쓸했다.

잠시 후, 경찰서에 도착하자 정문까지 황보가 마중 나와 있었다. 도형을 발견한 황보는 얼른 뛰어가 손을 잡아끌었다.

"아따 행님! 빨리도 온다. 얼른 들어갑시다."

"됐다. 난 천천히 걸을란다."

"내 함만 살리 주이소~ 진짜 정신없습니다. 관내에 문제는 많고 사람은 적고 반장은 히스테리고, 머리 터질라 합니다. 고마 행님은 같이 있어만 주이소."

황보의 재촉에 도형은 못 이기는 척 경찰서로 걸음을 옮겼다. 입구의 의경이 도형에게 경례를 붙였다. 도형은 무표정한 얼굴로 그곳을 통과해서 사무실 안으로 들어섰다. 왠지 이곳은 자신이 있을 곳이 아닌 듯 느껴졌다. 도형은 차가운 철창을 잡고 눈을 감았다. 그런 도형을 보며 멀리 앉아 있던 반장이 소리쳤다.

"너 이 새끼들, 빨리 안 들어와!"

"갑니다, 반장님. 자자자! 진정들 하시고."

황보는 얼굴이 벌겋게 상기된 반장을 달래며 도형과 함께 사무실 안으로 들어섰다. 반장은 씩씩대며 도형을 향해 소리쳤다.

"너 이 새끼, 그런 일 있고 나서 내가 니 사정 봐줬냐 안 봐줬냐. 게다가 교통사고까지 당해서 장기 유급 휴가도 줬는데, 왜 아직까지 정신 못 차리고 있노."

씩씩거리는 반장을 보고 있던 황보가 실실 웃으며 말했다.

"아이고, 반장님, 고마하십시요. 이제 정신 차렸을 겁니다. 믿어 주이소."

반장이 황보를 노려보며 쏘아붙였다.

"믿기는 개뿔. 니도 인마, 니 파트너 니가 알아서 챙겨야지. 맨날 지 혼자 사건 해결한다고 쏘다니고. 선배란 놈이 정신을 못 차리면 끌고라도 다녀야 될 꺼 아냐. 에휴, 한심한 놈 같으니라고."

반장은 답답하다는 표정을 지으며 혀를 찼다. 하지만 도형은 반장이 뭐라고 하든 상관없었다. 대꾸할 생각도 없었고, 이따위 경찰직 어찌 되든 관심 없었다. 반장은 그런 도형을 보며 말했다.

"니 계속 그렇게 있을 기가?"

하지만 도형은 반장의 시선을 외면하면서 묵묵부답이었다.

"마! 대답 안 하나?"

"그만하십시요. 하던 대로 범인이나 잘 잡으면 되지 않습니까!"

반장은 어이가 없다는 표정으로 대드는 도형을 쳐다보더니 소리쳤다.

"그 꼬라지로 무슨 범인을 잡어!"

보다 못한 황보가 일어나서 반장을 말렸다.

"아이코, 반장님. 못난 파트너인 제가 죽을죄를 지었습니다. 그라지 말고 제가 아주 맛있는 커피 한잔 뽑아 드리겠습니다. 밖에 나가서 한잔하입시다."

반장은 황보를 보며 어이없다는 표정을 지었다.

"지금 커피가 목으로 넘어가게 생겼나? 도형이 점마 꼬라지 보기 싫으니까 저거부터 치아라."

황보는 고개를 휙 돌리고 가는 반장을 뒤따라 가면서 도형에게 이야기했다.

"행님, 반장님은 내가 달랠 테니까 행님은 얌전히 계이소."

황보는 얼른 반장을 뒤쫓아 갔다. 도형은 두 사람을 힐끗 보고는 자리에 털썩 앉았다.

2

벽에 걸린 디지털시계는 5월 OO일 오후 3시를 가리키고 있었다. 정신건강의학과 의사인 기준은 차가운 손으로 서류를 뒤적이고 있었다. 날카로운 눈매, 오뚝한 콧날, 붉은 입술을 가진 전형적인 미남이었다. 그가 높은 콧날 위로 걸쳐져 있던 안경을 위로 올리며 말했다.

"아직도 내적 불안감이 해소되지 않으셨네요. 하지만 억지로 지우려고 하지는 마세요. 있는 그대로 받아들이시는 것이 좋습니다. 지금 눈앞에 있는 것은 온전한 기억이 아닙니다. 그 기억들은 점차 사라질 겁니다. 자, 제가 신호하면 이제 눈을 뜹니다."

내담자는 조용히 눈을 감고 소파에 편안하게 누워 있었다. 기준의 방은 꾸며진 것이 없는 곳이었다. 여느 의사들의 방처럼 그 흔한 학회 상이라든지 전문가를 입증하는 상패처럼 화려한 경력을 뽐내는 것들 없이 전문의 자격증만 덩그러니 걸려 있었다. 내담자들을 위해 마련된 카우치 옆 탁자 위에 고풍스러운 탁상시계만 눈에 띌 뿐이었다. 한쪽 벽면 구석에 있는 감시 가메라가 병원의 일부와 상담실의 내용을 촬영하고 있었다.

짝!

손뼉 소리와 함께 최면에 걸려 있던 내담자가 눈을 뜨고 기준을 바라보자 기준은 환하게 웃으며 말했다.

“기분은 어떠셨어요?”

“아~ 뭔가 붕 뜬 느낌이에요.”

내담자 역시 환하게 웃으며 답했다.

“약을 드시는 것보다는 이런 치료 요법이 잘 맞는 것 같으시죠?”

“네, 약은 좀 독해서…….”

“그래도 처방해 드린 약은 드셔야 합니다. 속이 약간 불편하실 수는 있어요. 하지만 치료라는 것이 한 방향으로 너무 치우치면 그 효과가 반감됩니다. 그래서 병행하시는 것을 추천드립니다. 너무 걱정 마시고요. 잘만 따라 주시면 금방 좋아지실 겁니다. 모든 것은 시간이 해결해 줍니다. 저 역시 빨리 좋아지실 수 있게 최선을 다하겠습니다.”

"감사합니다, 선생님."

짧게 마무리를 한 기준은 내담자에게 손을 내밀어 악수를 했다. 내담자는 그의 손을 맞잡으며 감사하다는 말을 또 했다. 기준은 천사 같은 미소를 지었다. 내담자가 문밖으로 나가자 기준은 책상 앞에 앉아서 인터폰 버튼을 눌렀다.

[네, 원장님.]

간호사가 대답했다.

"오늘 이 내담자가 마지막인가요?"

[아니요. 아직 한 분이 더 있습니다.]

기준은 크게 한숨을 쉬었다. 복귀한 뒤 밀린 예약도 있었지만 일부러 일에 집중하려고 하다 보니 약간 지치는 것 같았다.

"몇 시에 예약이 있죠?"

기준은 힘없는 목소리로 간호사에게 물었다.

[예약은 아니고, 원장님께서 전에 경찰청에 PTSD와 관련해서 논문 쓰실 게 있으시다고 내담자 구해 달라고 오 박사님 통해서 공문 보내셨던 거에 대한 답신이 왔습니다. 한 명이 선정되었는데 서류, 바로 가져다드리겠습니다.]

"알겠습니다."

[원장님…….]

"네?"

[사고 나고 복귀하신 지 얼마 안 되셨는데 괜찮으시겠어요?

힘드시면 일정 연기할까요?]

“아, 아닙니다. 저는 괜찮습니다, 고마워요. 상담실에 있을 테니 그분 오시면 연락 주세요.”

[네, 원장님.]

간호사가 서류를 가져다주자 기준은 바로 펼쳐 봤다. 그 서류에는 내담자의 자세한 인적 사항과 경력 그리고 사건 등이 있었다. 기준은 옆에 놓인 메모지를 집어서 기록하며 빠르게 하나하나 체크한 후 파일을 덮고 한동안 생각에 잠겼다.

띠리링.

기준이 인터폰 버튼을 누르며 대답했다.

“네.”

[내담자분 오셨습니다.]

“네, 상담실로 모셔 주세요.”

이윽고 상담실로 걸어오는 발소리가 들렸다. 기준의 얼굴에 긴장한 표정이 떠올랐다.

철컥.

문 열리는 소리가 나더니 내담자가 안으로 들어왔다.

“안녕하세요.”

힘없는 목소리, 지친 듯한 표정, 단단해 보이는 체구, 장례식에서나 볼 법한 검은색 슈트 등이 눈에 들어왔다. 수염을 아무렇게나 길렀으나 그리 못생기지 않은 얼굴의 남자였다. 남자에 대한 파일 내용을 본 기준은 그가 조금 안쓰럽게 느껴졌다.

"안녕하세요."

"네, 어서 오세요. 이쪽으로 앉으시죠."

기준은 반가운 표정으로 내담자를 소파로 권했다. 그러고는 내담자 앞으로 이동해서 자리를 잡고 앉았다.

"안녕하세요. 정신건강의학과 전문의 서기준입니다."

"네, 저는 김도형이라고 합니다. 혹시 전에 만난 적 있던가요? 낯이 익어서……."

"글쎄요, 제가 가끔 방송에 나가기는 하는데 TV에서 보신 건 아닐까요? 아무튼, 김도형 형사님이시군요. 반갑습니다. 김 형사님이라고 불러 드리면 될까요?"

"아닙니다. 정신과 상담을 온 것이니 이름만 불러 주세요."

"아, 알겠습니다. 그럼…… 김도형 씨에 대한 파일 읽어 보았습니다. 도움이 필요하시다구요?"

"저는 딱히 도움 같은 건 필요 없습니다. 사무실에서 그렇게 쓴 것 같은데…… 저는 그냥 한번 가 보라고 해서 온 겁니다."

기준이 온화한 표정을 지으며 말했다.

"여기에 오는 분들 대부분이 그렇게 말씀하십니다. 처음에는 도움이 필요 없다고 하시죠. 너무 부담 갖지 마시고, 그냥 친구한테 얘기하는 것처럼 해 주시면 됩니다. 정기적으로 들러서 편하게 이야기 나누시는 것만으로도 도움이 되실 겁니다."

기준은 인터폰 버튼을 누르고 간호사에게 말했다.

"여기 따뜻한 홍차 한 잔 주시겠어요?"

"전 됐습니다."

도형이 차갑게 거절했다.

"그러지 마시고 한 잔 하시죠. 따뜻한 차는 긴장을 완화해 주고 분위기를 자연스럽게 만들어 주거든요."

"그럼 그냥 물 한 잔 주시죠."

기준은 간호사에게 물을 요청했고 잠시 후 간호사가 따뜻한 물이 담긴 컵을 가져왔다. 마시지 않고 물끄러미 컵만 쳐다보는 도형에게 기준이 말했다.

"불교에서는 저승으로 건너가는 강을 삼도천이라고 합니다. 그 물을 마시면 이승의 기억을 지운다고 알려져 있죠. 따뜻하게 한 모금 드세요. 삼도천처럼 나쁜 기억을 지울 수는 없지만 머릿속을 정화하는 데는 조금 도움이 될 겁니다."

도형은 자신 앞에 놓인 물컵을 들어 한 모금 마셨다. 그런 도형을 바라보던 기준이 차분한 목소리로 말했다.

"오늘은 그냥 저하고 이야기만 좀 나누시죠. 저 역시 도형 씨와의 상담으로 도움을 받는 입장이니 상부상조라고 생각하시면 될 것 같습니다."

"도움을 받는다고요?"

"네, 그렇습니다. 제가 논문 자료를 얻기 위해 외상 후 스트레스 장애에 대한 협조 공문을 보냈고, 소방 쪽의 몇 분과 경찰 쪽의 몇 분을 지원해 주신다는 답을 받았습니다. 도형 씨는 얼마 전에 사고를 당하셨네요. 게다가 도형 씨의 경우는 개인적인 일과 업무적인 스트레스가 겹쳐질 것으로 판단되어 이번 치료 상담이 큰 도움이 될 것 같습니다."

"그러시다면 알겠습니다."

도형은 형사들 중에서도 에이스다. 특전사 출신으로, 707부대를 전역하고 경찰 특공대를 거쳐 강력계로 이동했다. 예전에 부산에서 반장과 도형, 그리고 황보가 한팀일 때 반장이 승진을 해 위로 올라오게 된 것은 도형과 황보의 덕이 컸다. 그래서 반장은 몇 년 뒤 도형과 황보를 자신의 팀으로 끌어왔다. 그리고 현재 도형의 상태를 안타깝게 느낀 반장이 상부에 간청해서 이 프로그램에 넣은 것이다.

하지만 도형으로서는 이런 특별 대우가 부담스러웠다. 게다가 자신은 이런 치료를 받을 정도는 아니라고 생각했다. 자존심이 허락하지 않았던 것이다. 도형은 기준의 이런저런 질문에 성의 없는 짧은 대답만 했다.

"바쁜 일이 있어서 그러는데 여기까지만 하시죠."

"죄송하지만, 조금만 더 시간을 주세요. 몇 가지만 더 말씀드리고 정리하겠습니다."

일어나려던 도형은 기준의 말에 다시금 자리에 앉아서 소파

곁으로 몸을 내밀었다.

“도형 씨 파일에 알코올 의존에 대한 부분이 있네요.”

순간 도형의 눈썹이 꿈틀거렸다. 최근 들어 툭하면 술에 취해서 돌아다니는 모습을 보이니 그런 소리가 안 나올 수가 없었다. 하지만 도형은 정신적으로 좀 힘들고 잠이 안 와서 술을 마시는 것뿐이라, ‘의존’이란 말은 자존심이 강한 그로서는 받아들이기 어려웠다.

“제가 알코올 중독이라고 생각하시는 건가요?”

가시 돋친 말투로 질문을 한 도형이 기준을 노려봤다.

“제가 도형 씨와 상담한 지 약 40분이 지났습니다. 그 사이에 제가 들은 대답은 ‘예’ 아니면 ‘아니요’가 대부분이네요. 제가 도형 씨에 관해 좀 더 알아야 도움을 드릴 수 있을 것 같습니다.”

기준은 기분 나쁜 듯 쳐다보는 도형의 눈빛에도 아랑곳하지 않고 부드러운 미소를 유지했다.

“알코올 중독이라는 증상은 성인 남성에게는 흔한 것입니다. 너무 심각하게 생각하실 필요는 없어요. 솔직히 말씀드리면 경찰의 추천 명단에서 도형 씨를 보고 꼭 만나 뵙고 싶었습니다. 말로만 듣던 유명한 사건을 해결하신 형사님이라는 걸 알고 어떤 분인지 궁금했습니다. 위험을 무릅쓰고 범죄 사건을 수사하시는 경찰을 어려서부터 동경해 왔거든요. 그런 분이 정신적으로 힘든 일을 겪고 계신다는 것을 알고 꼭 도움을 드리고 싶었습니다."

도형은 자신을 치켜세우는 것이 쑥스럽긴 했지만, 기준의 말을 듣고 형사로서 보람을 느꼈던 일들을 몇 가지 떠올려 보았다.

"네, 바로 그런 기억입니다. 그런 좋은 기억을 되살려서 현재의 힘든 상황을 극복할 수 있게 해 드리겠습니다. 그럼 이번에는 안 좋은 기억에 대해서 말씀해 주실 수 있으신가요?"

"네, 한 달 전에 안 좋은 일이 있었습니다."

"며칠이었죠?"

"4월 OO일입니다."

기준의 얼굴이 아주 잠깐 경직되었다가 다시 온화한 표정을 지었다.

"그렇군요. 이번엔 좀 더 자세한 기억을 떠올려 봅시다."

"제가 어떻게 하면 되죠?"

"특별히 하실 건 없습니다. 일단 과거의 기억을 되살리기 위해 최면 요법을 쓸 건데요. 도형 씨는 잠깐 낮잠을 잔다고 생각하고 편하게 계시면 됩니다. 자, 그럼……."

기준의 말을 따라 하던 도형은 어느새 잠이 든 느낌이었다. 그렇게 30분 정도 최면 치료를 진행했다.

"자, 이제 눈을 뜨셔도 좋습니다."

"벌써 끝났나요? 잠깐 잠든 기분인데……."

"네, 아주 잘해 주셨습니다. 앞으로 자주 들르시면 점점 좋아지실 겁니다."

"약도 먹어야 하나요? 보통 우울증 약 같은 거 처방받는다던데……."

"저희는 가능하면 약물 치료는 지양하고 있습니다. 처방 여부는 우선 상담 치료를 받으면서 결정하면 됩니다."

도형은 기준에게 묵례로 인사하고 병원을 나왔다. 건물을 나온 그는 뒤돌아서 방금 나온 곳을 올려다봤다. 남에게 의지하는 것을 싫어하는 그였지만 왠지 저곳의 도움을 받아도 될 것 같았다.

3

6월의 따가운 햇살이 내리쬐는 파란 하늘 아래 도로 위를 빨간색 페라리 한 대가 빠르게 달리고 있다. 단조롭지만 평온한 회색의 일상을 붉은색 줄이 관통하는 것 같았다. 사람들은 그런 안하무인인 행동에 불쾌감을 느꼈지만, 규정 속도로 달리는 다른 차들이 오히려 방해가 된다는 듯 빨간 페라리는 이리저리 추월해 아슬아슬하게 달리면서 여기저기서 울리는 경적 소리에 눈 하나 깜빡하지 않았다.

"오빠, 너무 빨리 달리는 거 아니야?"

조수석에 타고 있던 여자가 물었다. 강남 클럽에 어울리는 스타일로 잔뜩 꾸민 여자는 조수석 안전 바를 손으로 잡고 있었다. 운전하는 남자는 선글라스를 치켜올리며 여자를 힐끗 보더니 짜증 난다는 표정을 지었다. 남자가 한숨을 푹 쉬며 말했다.

“야, 난 원래 태어날 때부터 저 사람들보다 앞서 있어. 무슨 말인지 이해가 가? 누구보다 앞서가는 사람인데, 도로 위에서 남보다 늦어서야 되겠어? 원래는 저 인간들이 비켜 줘야 맞는 건데, 내가 알아서 빠져나가 주는 거야. 이 정도면 내 성격에 엄청난 배려 아니냐고.”

“그래, 그냥 내가 빠른 거에 익숙하지 않아서 말해 본 거뿐이야. 근데 오빠 차 또 바꿨네? 그것도 같은 빨간색 페라리로.”

여자는 살살 웃으며 말했지만 남자는 기분이 더 안 좋아진 듯했다. 남자는 속도를 줄이더니 페라리를 길가에 세웠다.

“너, 씨발, 어서 내려!”

“여기서? 갑자기 왜 그래, 오빠.”

“아~ 그냥 꼴 보기 싫어. 병신같은 년이 몇 번 같이 놀아 주니까 내 여친이라도 되는 줄 알고. 쉬운 이야기도 알아듣지 못하고 멍청한 게 어디서. 이래서 못 배운 애들은 수준이 안 맞아서 안 돼. 야! 빨리 꺼져.”

“뭐야? 아~ 진짜 재수 없어. 아침부터 나오라고 닦달할 때는 언제고.”

여자는 남자를 노려보더니 내려서 차 문을 쾅 하고 닫았다.

"병신 같은 년, 꼴에 자존심은 있어 가지고."

욕을 내뱉은 남자는 시동을 걸고 빠르게 자동차를 출발시켰다. 남자의 이름은 석기. 영원 그룹의 후계자다. 그렇게 한참을 달리던 페라리는 이윽고 번쩍거리는 건물 앞에 섰다. 정장을 입은 한 남자가 급하게 달려 나와 운전석의 문을 열었다.

"상무님 어서 오세요."

페라리에서 내린 석기는 남자에게 눈길도 주지 않고 입구로 향했다. 그가 널찍한 로비를 지나는 동안 마주치는 직원들이 모두 깍듯이 인사했다. 석기는 직원들의 인사를 본 척도 안 하고 엘리베이터 홀로 가서 섰다. 그곳에서 짜증스러운 표정으로 주위를 둘러보더니 도착한 엘리베이터에 탑승했다. 그 안에 있던 여직원이 인사를 하자 그가 위아래로 훑어봤다.

"어이~"

"네, 상무님."

"너, 몇 시에 끝나?"

"네?"

석기의 물음에 당황한 여직원은 시선을 돌려 엘리베이터 층수가 표시되는 화면에 시선을 고정했다.

"끝나고 내 사무실로 와."

"네? 무슨 일로 저를……."

석기는 인상을 쓰며 여자를 노려보았다.

“아~ 됐어. 오지 마.”

“네?”

“괜찮은 줄 알았는데 자세히 보니까 별로네. 입맛이 안 땡겨.”

“네? 입맛…….”

여직원은 석기가 노려보자 하려던 말을 멈추었다. 그는 울먹이는 여직원을 차가운 눈으로 힐끗 보더니 혀를 찼다.

“가진 게 없으면 눈치라도 있어야지.”

들으라는 듯 혼잣말을 내뱉은 석기는 엘리베이터가 35층에 도착하자 내려서 자신의 사무실로 들어갔다. 세련된 분위기의 사무실 안으로 들어서자 창밖에 높은 빌딩들이 마치 석기가 있는 위치를 보여 주기라도 하는 듯 펼쳐져 있었다. 석기가 자리에 앉아서 자아도취에 빠진 표정으로 창밖을 보고 있는데 노크 소리가 나더니 젊은 여성인 비서가 들어왔다.

“상무님.”

“뭐야?”

“오늘의 일정을 말씀드리겠습니다.”

“읊어 봐.”

“오전 10시 사내 컨퍼런스 회의가 있습니다. 회장님께서 중요한 안건을 검토하실 예정이라 반드시 참석하셔야 합니다. 점심엔 프랑스 바이어와 미팅이 잡혀 있습니다. 회장님께서 특별 지시한 것이라 이것 역시 반드시 참석하셔야 합니다.”

"알았어. 나가 봐."

"네, 그럼 잠시 후에 회의 시간에 뵙겠습니다."

비서가 나가려는데 뒤에서 석기의 목소리가 들렸다.

"잠깐만."

석기가 갑자기 벌떡 일어서더니 다짜고짜 비서의 뺨을 후려갈겼다. 그는 분노에 찬 표정을 짓고 있었다. 사무실 내엔 잠시 정적이 흘렀다. 비서는 황당한 듯 뺨을 붙잡고 석기를 쳐다보았다.

"이게, 생각해 보니까 나를 가르치려고 드네. 너 전부터 마음에 안 들었어. 생긴 것도 어중간한 게. 그래서 괜찮은 애로 뽑자니까……. 아무튼, 너 내 비서 아니야? 씨발, 네가 뭔데 반드시 참석해라 마라야, 어? 이게 주제도 모르고 미쳤나, 어디서 나를 가르치려고 들어. 넌 오늘부터 나오지 마. 당장 나가!"

석기의 말을 들은 비서는 그를 슬쩍 흘겨보더니 잔뜩 찡그린 얼굴로 밖으로 나갔다. 아직도 분기가 식지 않았는지 석기는 책상 위에 있던 유리잔을 집어 던졌다. 그렇게 씩씩대고 있는데 잠시 후 전화벨이 울렸다. 석기는 신경질적으로 수화기를 들었다.

"뭐야, 또!"

[내 방으로 와.]

전화기 너머로 중후한 남성의 음성이 들렸다.

"아, 알겠습니다."

석기는 갑자기 기죽은 목소리로 대답하더니 상대방이 전화를 끊길 기다렸다가 전화기를 던져 버렸다. 그러고는 벌게진 얼굴로 마른세수를 연신 했다. 짜증스러운 표정이었지만, 부름이 부름인지라 넥타이를 고쳐 매고 사무실 문을 걷어차듯 열며 방을 나섰다. 나가는 길목의 비서실에서는 뺨을 맞은 비서가 울음을 터뜨리고 있었다. 그것을 본 석기는 혀를 차고 그대로 지나쳐 갔다. 회장실에 도착한 그가 문을 두드렸다.

"들어와."

석기는 크게 한숨을 쉬고 나서 안으로 들어갔다. 방 안은 고가의 골동품들로 장식되어 있었다. 반백의 머리에 한눈에 카리스마가 느껴지는 한 노인이 석기를 보고는 손가락으로 소파를 가리켰다.

"앉아."

"네, 아버지."

석기의 아버지 조진호. 가난한 환경에서 태어나 온갖 어려움을 겪고 영원 그룹을 재계 서열 2위로 올려놓은 자수성가의 대명사가 된 입지전적인 인물이다. 그런 그에게 온갖 진상을 떨고 다니는 망나니 같은 외아들 석기는 눈엣가시 같은 존재였다.

"오전 컨퍼런스 회의는 확인했냐?"

"네, 비서로부터 들었습니다. 회의 참석 준비하고 있었습니다."

"그래, 점심에 있을 미팅도 중요한 거니까 잘 체크하고. 앞으로 회사 경영을 위해 필요한 거니까 망치지 말고 잘하고 와."

"네, 아버지. 잘해 보겠습니다."

그의 대답을 들은 조진호 회장의 눈썹이 꿈틀거렸다. 그가 벼락같이 소리를 질렀다.

"회사에서는 회장님이라고 하라고 몇 번이나 말했어!"

조 회장은 못마땅한 표정으로 미간을 찡그리고 석기를 노려보았다.

"아! 네, 회장님."

"어찌 넌 나아지는 게 없냐. 에휴~"

석기가 조 회장의 핀잔에 쩔쩔매고 있는데 노크 소리가 들렸다.

"들어와."

문을 열고 나타난 사람은 조 회장의 오른팔인 김정석 전무였다. 조 회장을 도와 오늘의 영원 그룹이 있게 한 일등 공신이다. 실질적으로 그를 통해 모든 것이 결정된다고 해도 과언이 아니었다. 큰 사안에서부터 세부적인 일들은 물론이고 불법적인 부분까지 정석의 손을 거치지 않는 일은 없었다. 정석은 깍듯이 인사를 하고 석기를 힐끗 노려본 후 진호의 귀에 대고 속삭였다. 이야기를 들은 진호의 표정이 일그러지더니 정석에게 물었다.

"그래서 잘 처리했어?"

정석은 무겁게 고개를 끄덕였고, 바로 진호에게서 불호령이 떨어졌다.

"이 새끼가 그렇게 처신 잘하라고 했는데 또 사고를 쳐!"

"아악!"

조 회장은 석기의 뒤통수를 있는 힘껏 갈겼다. 그래도 분이 안 풀렸는지 얼굴이 시뻘게진 조 회장은 사무실 한편에 놓인 골프백에서 아이언 하나를 뽑아 들더니 석기를 내려칠 듯한 자세를 취했다. 석기는 방금 맞은 뒤통수를 한 손으로 어루만지며 조 회장을 노려보기만 했다. 다혈질인 아버지의 성격을 그대로 닮은 그지만 무서운 조 회장 앞에서는 함부로 성질을 내지 못했다.

"그 정도 나이 처먹었으면 상황 파악을 좀 해야 할 거 아냐, 이 새꺄!"

조 회장은 석기 옆의 소파를 마구 내려쳤다. 잠시 후 조 회장의 스윙이 멈추자 석기가 입을 열었다.

"그깟 비서 하나 잘랐다고 뭘 흥분하세요."

"뭐야, 이 새끼야? 해고는 니 마음대로 하는 게 아니야. 니가 생각 없이 한 그 행동에 회사의 이미지가 얼마나 실추되며, 또 그걸 회복하려고 돈이 얼마나 들어가는 줄 알아? 그년이 나가서 이리저리 소문이라도 퍼뜨려 봐. 요즘은 SNS다 뭐다 해서 삽시간에 퍼진다고. 그런 게 쉽게 수습될지 알아? 이 새끼는 잘하는 것 하나 없으면서 어떻게 맨날 사고만 치고 다니냐. 기자들이 영원 그룹은 1대에서 망한다고 수군대는 거 몰라? 니가 양아치 짓을 하고 다니니 그런 소리 하는 거 아냐, 이 멍청한 새끼야!"

조 회장의 화는 쉽게 사그라지지 않았다. 석기 역시 화를 억누르며 이를 악물고 대들듯이 말했다.

"제가 알아서 하면 되잖습니까?"

"이 새끼가 그래도."

조 회장이 한 대 칠 듯이 몸을 내밀자 정석이 그의 팔을 잡으며 말렸다.

"회장님, 참으십시요."

정석의 만류에 조 회장은 겨우 화를 삭이면서 자리에 앉았다.

"회장님, 혈압 생각하셔야 합니다."

"흐흠."

조 회장은 자신을 만류하는 정석을 잠시 노려보더니 무거운 눈을 내리깔며 크게 한숨을 쉬고 나서 침착한 목소리로 말했다.

"석기야."

갑자기 부드럽게 변한 목소리에 석기는 놀란 눈으로 조 회장을 쳐다봤다.

"석기야, 그 일로 스트레스가 쌓인 건 이해한다. 그래도 남들 앞에서 감정 조절을 못 하면 너 자신뿐 아니라 회사 이미지도 안 좋아진다는 걸 알아야 해. 석기 넌 이 영원 그룹의 후계자라는 걸 잊지 말고."

"네, 회장님. 오 박사에게 치료 잘 받고 노력해 보겠습니다."

석기는 눈을 깔고 답하더니 자리에서 일어나 꾸벅 인사를 하고 회장실을 나갔다. 조 회장은 그런 석기를 잠자코 지켜봤다.

한참 주먹을 쥐고 있던 조 회장은 손에 들고 있던 골프채를 집어 던지더니 정석을 향해 물었다.

"그래서 그 비서는 뒤탈 없겠지?"

"네, 회장님. 다른 부서로 발령 내고 연봉 협상 다시 하면 됩니다. 걱정 안 하셔도 됩니다."

정석을 물끄러미 바라보던 조 회장이 말했다.

"석기 저 새끼가 니 반만큼만이라도 하면 내가 안심할 낀데. 하~"

정석은 조 회장을 힐끗 보더니 고개 숙이며 말했다.

"제가 신경 써서 잘 보필하겠습니다."

"개망나니 새끼. 계속 사고 치면 어디 외국이라도 보내 놔야겠어. 그 일 뒤로 좀 죽어 지내는가 싶었더만 두 달이 안 돼서 또 저 모양이니. 전보다 발작이 더 심해지는 것 같아. 정신 전문의까지 붙여 줬는데 엉뚱한 생각이나 하고……. 저 새끼 저거 내 자식만 아니었으면 벌써 갖다 버렸을 거야."

"그런 말씀 마십시요. 조 상무도 점차 나아질 겁니다."

"그래, 그라길 바래야지."

조 회장은 무겁게 입을 다물며 눈에 힘을 줬다.

"회의 시간 다 되어 갑니다. 회장님, 출발하시죠."

말을 마친 정석은 조 회장과 함께 회의실로 향했다.

한편 씩씩거리며 회장실을 나온 석기는 잠시 후 참석한 컨퍼런스 회의가 끝나자 사내에 있는 상담실로 향했다.

"박사님."

갑작스러운 방문에 안에 있던 여성은 깜짝 놀라는 듯했으나 침착한 목소리로 말했다.

"연락도 없이 오셨네요. 다행히 다른 상담이 없긴 하지만……."

컴퓨터 모니터를 바라보며 앉아 있넌 여성이 석기를 향해 옅은 미소를 지었다.

"아~ 그냥 찾아오는 거지, 연락 안 한다고 뭐 다를 게 있나."

여성의 이름은 오정혜, 심리 전문가이자 정신건강의학과 박사다. 정기적으로 출근해서 정해진 시간 동안 직원들을 위한 헬스케어 상담을 하는데, 조 회장의 의뢰로 석기의 정신 상담 주치의를 맡고 있었다. 그녀는 큰 눈에 약간 까무잡잡한 피부, 뚜렷한 이목구비를 가진 이국적인 미인이었다.

"역시 미모와 지성을 겸비한 오 박사님은 함부로 대할 수 없는 아우라가 있다니까. 그래서 내가 더 끌리는 거 같아."

윙크를 하며 말하는 석기에게 오 박사는 쓴웃음을 지었다.

"오늘은 상담 일정도 없는데 어쩐 일이세요?"

"당연히 오 박사님 보고 싶어서 왔죠. 여기 오면 마음도 편해지고 좋아. 오 박사님은 머리 비고 천박한 년들하고는 차원이 다르잖아요. 우리 고귀한 박사님은, 왠지 정화되는 기분이랄까."

석기가 기분 나쁜 웃음을 흘렸다.

"상무님, 저는 상무님의 그 '년' 소리가 참 적응이 안 되네요."

약간 불쾌한 표정을 짓는 오 박사를 뚫어져라 쳐다보던 석기가 입맛을 쩝쩝 다셨다.

"뭐, 그건 그렇다 치고…… 오늘 저녁 식사나 같이 할까요? 근사한 데서 와인도 한잔하고. 어때요? 저번처럼 다 같이 모이는 거 말고 단둘이서……."

"오늘은 오전에 진행했던 상담 리포트 정리하고 병원에 들어가 봐야 합니다. 예약 환자들이 기다리거든요. 초대에 응하지 못해서 죄송해요."

"여전히 도도하시네. 어쨌든 잘 알겠습니다."

"네, 이해해 주셔서 감사합니다."

석기는 씁쓸한 표정으로 자리에서 일어나 밖으로 나갔다. 그는 닫힌 문을 노려보며 혼잣말로 중얼거렸다.

"아씨, 비싸게 굴기는……. 그년 더럽게 안 넘어오네."

그는 몇 달째 작업을 걸어 봤지만 쉽사리 넘어오지 않아서 짜증이 났다. 뭐든지 마음대로 되던 석기에게 오 박사는 정복해야 할 대상이었다.

"나중에 한번 술에 약 타서 자빠뜨리고 사진이나 잔뜩 찍어야지. 그때도 그렇게 도도하게 나올 수 있을지 보자고. 그러면 아마 싹싹 빌겠지?"

석기는 음흉한 미소를 지으며 자신의 페라리에 타기 전에 핸드폰으로 전화를 걸었다.

“나야. 지금 넘어가니까 세팅 좀 해 놔.”

[네? 이 시간에는 출근한 애들이 없는데요.]

“돈 많이 준다고 하면 다 나오잖아. 아님 딴 데 갈까?”

[아닙니다, 상무님. 세팅해 놓겠습니다.]

“그래, 그래야지.”

석기는 전화를 끊고 페라리에 탑승해 시동을 걸더니 거칠게 차량을 몰아 갔다. 한참을 주행하다 정지 신호가 걸리자 횡단보도 앞에 섰다.

“씨발, 오늘따라 왜 이렇게 차들이 많아? 개나 소나 다 몰고 다니니까 이 모양이지. 없는 것들은 차 못 몰게 해야 하는데 말이야.”

투덜거리며 무심코 그곳을 건너가는 사람들을 보던 중 한 여성이 아이와 손을 잡고 빠른 걸음으로 건너는 모습이 눈에 들어왔다. 그 둘을 본 석기는 갑자기 온몸에 소름이 돋으면서 그날의 기억이 머릿속으로 파고들어 오는 것을 느꼈다.

4

4월 OO일, 석기는 재벌 2세 친구들을 불러 멤버십으로 운영

하는 고급 술집에서 술을 마셨다. 오 박사에게 술자리를 권했지만 여럿이 모이는 자리라면 참석하겠다는 말에 해외 유학 시절에 알게 된 유명 기업의 2세 친구들에게 연락해서 약속을 잡았고, 오 박사도 그의 청에 못 이겨 참석하게 된 것이다. 그 자리에 나온 석기의 친구들도 짝을 맞춰 앉았는데, 개중에는 한때 잘나가던 유명 여배우도 있었다. 고가의 와인과 위스키들이 테이블에 올라왔는데 한창 좋은 분위기의 술자리에서 석기의 친구가 한마디 했다.

"조석기, 오늘은 좀 분위기가 다른 여자를 데려왔네. 매번 잘 주게 생긴 여자들만 데려오더니 웬일이냐?"

그 말을 들은 석기는 돌연 테이블 위에 있던 위스키가 담긴 크리스털 잔을 그 친구를 향해 집어 던졌다. 술잔은 그 친구 뒤의 벽에 부딪혀 산산조각이 났다.

"너 이 씨발 새끼가 친구처럼 대해 줬더니 만만하게 알고 입을 함부로 놀려!"

"조석기 너 갑자기 왜 이래?"

"내 이름 부르지 마, 이 개새끼야! 어디서 죽을라고."

석기는 앞에 있는 술병을 들고 던지려는 포즈를 취했다. 갑자기 일어난 상황에 분위기가 얼어붙었다. 석기의 험악한 모습에 다른 친구들도 벌벌 떨었다. 그때 오 박사가 석기의 팔에 손을 살짝 올리며 말했다.

"그만하시죠, 상무님."

석기는 벌겋게 상기된 눈으로 오 박사를 노려보더니 이내 손의 힘을 풀고 병을 내려놓았다.

"너 이 새끼 한 번 더 그따위로 입을 놀리면 너네 회사랑 너네 가족 다 작살날 줄 알아. 알았어? 아이씨, 술맛 다 버렸네."

벌떡 일어난 석기는 그대로 술집을 나와 주차해 둔 자동차에 탔다. 그때 문을 열고 나온 오 박사가 그를 불렀다.

"상무님!"

석기는 차창 너머로 뛰어나오는 오 박사를 쳐다봤다.

"기분 상하신 건 알겠는데, 그래도 음주 운전은 안 되죠."

"아이~ 음주 운전 해도 사람만 안 죽이면 저 건들 사람 아무도 없어요. 타세요. 집까지 모셔다드릴게."

"그러지 마시고 회사에 기사님 호출할 테니 그동안 술이라도 좀 깨고 가세요. 저랑 차 안에서 얘기나 좀 하시든지요."

석기는 씨익 웃으며 고개를 끄덕였다. 그러자 오 박사가 차에 탔다.

"박사님께서 이렇게 저를 걱정해 주실지 몰랐습니다."

"음주 운전 했다가 대형 사고가 날 수 있잖아요. 저까지 방조죄로 처벌받기 싫네요."

"저는 그 정도로 취하지 않았습니다. 좀 더 다정스럽게 말씀하실 줄 알았더니. 참 이상해요. 왜 제가 오 박사님한테는 다른 여자들처럼 막 대하지 못하는지. 이렇게 내가 여자한테 존댓말로 대화한다는 거 자체가 말이 안 되고……. 아참, 박사님. 저번에 치료실에서 하던 거 그거나 마저 해 주는 게 어때요?"

"뭐요?"

"왜, 그거 있잖아요. 과거로 돌아가서 엄마 만나는 거?"

"지금처럼 술 마신 상태에서는 안 돼요."

"음…… 그때 제가 이상한 것을 자꾸 본다고 했잖아요. 하긴 생각하니까 무섭기는 하네요. 하지 맙시다."

"조 상무님이 어렸을 때 겪으신 충격 때문일지 모르겠네요. 기억이 잘 나지 않는다고 하셨죠? 그저 상상만 하기 때문에 이상하거나 무섭게 느껴질 경우도 있어요. 게다가……."

"게다가?"

"아닙니다. 그저 정신건강의학과 의사의 호기심이라고 해 두죠."

"쳇, 싱겁기는. 가만히 보면 오 박사님도 귀여운 구석이 있다니까."

그때 석기의 전화벨이 울렸다.

"네, 알아요. 그럴게요."

짧게 통화를 끝낸 석기는 인상을 구겼다.

"전무님이세요?"

"네, 오늘 어머니 기일이라 별장에 가야 돼요."

"밤늦게 제사라도 지내세요?"

"아뇨, 어머니가 천주교를 믿어서 기도만 드려요."

"상무님이 기도하시는 거 상상이 안 되네요."

"왜요?"

석기는 날카로운 눈빛으로 오 박사를 쳐다보았다.

"그다지 종교적인 분은 아닌 거 같아서요."

"그냥 어려서부터 아버지가 하라고 해서 하는 겁니다."

"어머니 보시고 싶으세요?"

석기가 갑자기 눈을 크게 뜨며 멍하니 전방만 주시했다.

"상무님?"

"네, 박사님."

"괜찮으세요?"

"뭐가요?"

"아, 아닙니다."

그때 택시 한 대가 그들 앞으로 오더니 안에서 한 남자가 내렸다. 남자는 석기를 보자 깍듯이 인사를 했다.

"기사님이 오셨군요. 그럼 저는 가 볼게요."

석기는 차에서 내려 가볍게 인사하고 걸어가는 오 박사의 뒷모습을 주시했다. 탄탄한 몸매가 드러나는 세련된 디자인의 원피스를 입은 그녀를 보며 입맛을 다셨다.

석기가 자신의 차 뒷좌석에 타자 그의 전화벨이 또 울렸다. 핸드폰 발신자에는 김정석 전무의 이름이 표시되어 있었다.

"또 뭐예요?"

[잘 오고 계시지요?]

정석의 음성이 들려왔다.

"네네, 기사께서 아주 안전하게 잘~ 운전하고 있습니다."

석기는 짜증 난다는 듯 비꼬는 말투로 답했다.

[해외 출장 가셨던 회장님도 공항에서 바로 오고 계신다니까 늦지 않게 도착하세요.]

"알았어요. 딴 데로 안 새고 바로 갈 테니 걱정 마세요."

[그럼 전 이만.]

전화를 끊은 석기는 무서운 눈으로 핸드폰을 노려보았다.

"이 새끼는 내가 아직도 어린애인 줄 아나. 아버지 따까리 주제에 뭐라도 되는 줄 알고."

잔뜩 인상을 쓰고 달리는 차창 밖을 보던 석기는 무심코 룸미러에 비친 기사의 눈을 봤다. 거울 속 기사의 눈이 시뻘게지더니 눈가에서 피가 흘러나왔다.

"너, 너 뭐야!"

석기는 놀라서 기사를 향해 소리를 질렀다. 거울 속 기사는 피눈물을 흘리며 석기를 향해 미소를 짓고 있었다.

"야! 너 뭐냐니까! 차 세워!"

놀란 기사는 속도를 줄이더니 갓길에 차를 세우고 급히 뒤를 돌아봤다.

"상무님, 왜 그러세요?"

돌아본 기사의 얼굴은 멀쩡했다.

"조금 전에 그거 뭐야?"

"네?"

"너, 눈에서 피가 막 흘렀잖아."

"상무님, 도대체 무슨 말씀이세요?"

"이 새끼가 나를 놀리나. 내가 분명히 너 눈에서 피 나는 거 봤어. 그거 어떻게 한 거야?"

"저는 무슨 말씀이신지 잘 모르겠습니다."

"야! 기분 나빠 안 되겠다. 너 당장 내려. 여기서부터 내가 운전할 거야. 이제 산길로 들어가니까 음주 단속도 없으니 괜찮아."

"어? 안 됩니다, 상무님. 전무님께서 꼭 별장까지 모시고 오라고 하셨습니다."

"뭐? 건방진 새끼가 어디서. 내가 내리라면 내려야지, 김 전무가 어쩌고 어째!"

화가 난 석기는 기사의 머리통을 힘껏 후려갈겼다. 그리고 바로 내려서 기사에게 소리쳤다.

"내려, 이 새끼야!"

기사는 얻어맞은 뒤통수를 어루만지며 운전석에서 내렸다. 석기는 지갑에서 5만 원권 지폐를 몇 장 꺼내서 기사 얼굴에다 뿌리며 말했다.

"택시 타고 가, 새끼야. 그리고 너 김정석한테 이르면 뒈진다. 알았어!"

"상무님, 여긴 택시가 안 잡히는 곳인데……."

"가라면 갈 것이지 어디서……."

석기가 노려보며 한 대 칠 듯이 손을 올리자 움찔한 기사는 고개를 푹 숙였다. 석기는 혀를 차며 운전석에 타더니 거칠게 차를 몰았다.

별장으로 가는 산기슭 길목, 인근 캠핑장의 불빛과 사람들의 모습이 보였다. 꾸불꾸불한 길이라 속도를 줄이며 달리고 있는데 차내 블루투스와 연결된 핸드폰의 벨이 울렸다. 석기는 신경질적으로 전화를 받았다.

"왜요?"

[상무님, 음주 운전은 안 됩니다.]

"아~ 진짜. 그 기사 새끼 짤라야지 안 되겠네, 그새 꼰지르다니."

정석의 전화였다. 전화기 너머 그의 목소리는 차분하고 냉담했다.

[상무님의 행동은 회사의 이미지와 연결되어 있습니다. 부디 회사에 누를 끼치는 일은 그만하셨으면 좋겠습니다.]

석기는 인상을 쓰며 신경질적으로 말했다.

"제가 알아서 할께요. 우리 김정석 전무님께서 회사 걱정을 참

많이 하시네. 하긴 회사가 본인 손아귀에서 돌아가니까 자기 거 같으세요? 김정석 전무님, 내 얘기 잘 들으세요. 내가 당신 위야. 이 새끼야, 내가 영원 그룹 후계자라고! 내가 전부 알아서 해. 알았어!"

[회장님께서 걱정이 많으십니다. 제가 이러는 것도 회장님의 명으로…….]

"거참, 알아서 한다니까 말이 많네. 어! 저건 뭐지? 저 짐승들은 뭐야! 왜 내 차로 뛰어오는 거야!"

쾅! 끼이익~

자동차가 둔탁한 무언가에 부딪치고 급정거하는 브레이크 소리가 날카롭게 울렸다.

[상무님? 무슨 일이세요?]

전화기 너머에서 정석의 다급한 소리가 들려왔다. 석기는 핸들에 머리를 박고 있다가 서서히 고개를 들어 앞을 보았다. 석기의 차 전조등 불빛이 닿은 저쪽 길바닥에 뭔가 물체가 있었다. 석기는 얼빠진 얼굴로 차에서 내려 그 물체가 있는 곳으로 걸어갔다. 그 물체의 윤곽이 뚜렷해지자 석기는 놀라며 그 자리에 멈춰 섰다.

[상무님? 상무님?]

차 안에서 전화 속 정석의 목소리가 울렸다. 석기는 다시 차로 돌아가서 전화기를 집어 들었다.

[무슨 일입니까?]

“뭐, 뭐가 내 차로 뛰어와서 부딪쳤어요. 산짐승들 같았는데, 그런데…….”

[그런데 뭐였습니까?]

“사, 사람이었어요. 여자 한 명하고 어린아이 한 명이 쓰러져 있어요.”

[거기 어딥니까?]

“여, 여기가…… 별장 가는 길 캠핑장 근처예요.”

[주위에 사람은요?]

“주위에 사람은 없어요. 저 이제 어떻게 해요.”

석기는 실성한 사람 같은 표정으로 고개를 좌우로 흔들었다.

[죽은 사람들 도로 밖으로 옮기고 바로 별장으로 오세요. 나머지는 저희가 처리하겠습니다.]

“내가 사, 사람을 죽였어. 아…….”

패닉 상태에 빠진 석기가 겁에 질린 목소리로 울먹였다.

[조석기! 정신 차려, 이 새끼야!]

정석의 고함 소리가 들렸다. 깜짝 놀란 석기는 들고 있는 핸드폰을 바라봤다.

[잘 들어. 이 일이 알려지면 모두 끝장나는 거야. 알았어? 그러니까 철저하게 숨겨야 해. 넌 영원 그룹 후계자야. 그러니까 정신 똑바로 차려. 다른 차가 지나가기 전에 당장 시체들 도로 바

끝으로 옮겨. 그리고 최대한 빨리 그 자리를 뜬다. 알았지?]

"아, 알았어요."

전화를 끊은 석기는 시체들을 봤다. 술기운은 이미 달아나 버린 듯했다. 머리를 힘있게 저어 봤지만, 역시 꿈이 아닌 현실이라는 사실에 절망했다. 그때 갑자기 뒤쪽에서 인기척이 났다.

"저기……."

석기는 소스라치게 놀라며 그대로 얼어붙었다. 정말 여기서 끝장나는 건가, 하는 생각이 들었다. 소리가 들린 쪽으로 고개를 돌릴 용기가 나지 않았다. 자신이 잘못 들은 것이길 속으로 빌었다.

"무슨 일 있으세요?"

또 그 목소리가 들렸다. 역시 환청 같은 것이 아니었다. 돌아봤더니, 저편에서 한 남자의 실루엣이 점점 다가오고 있었다.

"저 아래 캠핑장에 있다가 저녁 먹고 산책 나온 사람인데요."

석기는 캠핑장에서 사람이 올 것이라고는 상상도 하지 못했었다. 그림자를 길게 드리우며 실체가 있는 사람이 다가오자 석기는 다리에 힘이 풀렸다.

"와~ 이 차, 그 유명한 페라리잖아. 역시 죽이네. 이렇게 비싼 차가 상해서 어떡해요. 수리비도 엄청 들죠?"

"그게……."

우물쭈물하고 있는 석기를 보던 남자의 시선이 저쪽에 쓰러져 있는 시체들 쪽으로 옮겨졌다.

"저런, 사고가 크게 났나 보군요. 몸은 괜찮으세요?"

그 남자의 목소리는 이상하리만큼 부드러웠다. 전혀 놀란 기색을 보이지 않은 그는 천천히 그곳으로 걸어가더니 침착하게 시체의 목과 코에 손가락을 가져다 댔다. 그리고 가볍게 고개를 저으며 말했다.

"애는 숨이 끊긴 거 같고 여자는 맥박이 희미하네요. 당장 병원에 데려가도 얼마 못 갈 거 같은데요."

"네?"

남자가 석기에게 다가와 묘한 미소를 지었다.

"보아하니 술도 꽤 드셨군요."

석기는 머릿속이 백지장처럼 하얗게 비어 아무런 생각도 할 수 없었다. 얼떨떨한 표정으로 입을 다물고 있는 석기에게 남자가 말했다.

"도와드려요?"

"네?"

석기는 이것이 무슨 상황인지 이해할 수 없었다. 남자는 환한 표정으로 석기를 보았다.

"저기 캠핑장에 있는 사람들도 사고 나는 소리를 들었을 겁니다. 사람들이 곧 이쪽으로 오겠죠. 그 전에 처리하려면 서둘러야 할 것 같은데요. 이 둘을 저 아래로 던집시다. 몸에 다른 상흔을 만들면 교통사고의 흔적을 지울 수 있거든요."

놀란 토끼 눈을 한 석기는 남자가 왜 이러는지 도통 감을 잡을 수 없었다.

"그렇게 멍하니 서 있지만 말고 와서 들어요?"

쓰러져 있는 여자 쪽으로 간 남자가 양쪽 어깨를 들면서 석기를 향해 말했다.

"네?"

"어서 와서 들라구요. 다리 쪽을 잡아요."

석기는 그제야 남자가 있는 곳으로 가더니 여자의 다리 쪽을 잡았다. 하지만 도저히 똑바로 쳐다볼 수 없어서 고개를 옆으로 돌렸다.

"이, 이제 어떻게 하죠?"

"제가 가는 방향으로 같이 이동해서 저 아래 덤불 쪽으로 던지는 겁니다."

석기는 고개를 끄덕이고 남자가 시키는 대로 이동해서 여자를 던졌다. 그리고 다시 아이가 있는 곳으로 와서 같은 방식으로 밑으로 던졌다. 밤이라 어두워서 여자와 아이가 제대로 풀숲에 가려졌는지 확인할 수는 없었다. 정체불명의 남자는 시체들을 던진 쪽을 유심히 보더니 석기에게 말했다.

"여기 계세요. 사람들 못 올라오게 가서 얘기 좀 하고 올게요."

"네? 네."

석기는 그저 대답밖에 할 수 없었다.

남자는 사라졌다가 5분 정도 지난 후 다시 나타났다. 사실은 캠핑장으로 내려가는 척하다 약간 떨어진 곳의 나무 뒤에 몸을 숨기고 석기를 지켜보다 온 것이었다.

"아유~ 뭐가 그리 궁금하다고 자꾸 오려고 하는지, 겨우 말리고 왔네요."

미소를 짓고 있던 남자의 표정이 갑자기 차갑게 바뀌었다.

"자리 비운 사이에 튀었을 줄 알았는데 그대로 있네. 잘 생각했어. 난 당신이 누군지 알거든."

석기는 겁먹은 표정으로 한 발 뒤로 물러섰다.

"아~ 놀라셨구나. 놀라실 수 있죠. 하지만 걱정 마세요. 제 말만 잘 들으시면 아무 문제 없을 테니까. 그래, 이제 어떻게 하실 건가요?"

"네? 뭘 어떻게……."

석기가 우물쭈물하며 서 있자 남자가 말했다.

"일단 저하고 잠깐 작업 좀 하시죠. 요 앞에 나무나 풀 흔적만 좀 없애면 됩니다."

석기는 아무 대답 없이 남자를 쳐다봤다.

"그렇게 계속 서 있을 거예요? 라이트 끄고 시동도 끈 다음 이쪽으로 오세요. 뭘 어떻게 해야 할지 모르겠으면 그냥 제가 시키는 대로만 하세요. 설마 자수하실 생각은 아니죠?"

석기는 고개를 끄덕이더니 얼른 차량의 시동을 끄고 남자에게로 갔다. 남자는 석기와 아래쪽으로 가서 주위의 잡풀 등을 신속하게 정리했다. 시체들을 던진 흔적을 어느 정도 지운 남자는 석기의 자동차 앞에 있던 핏자국도 흙으로 문질러서 없앴다. 그런 다음 석기를 바라보며 말했다.

"차량을 옮기시죠? 옮길 데는 있나요?"

"네, 요 앞에 제 별장이……."

"일단 그리로 가시죠. 제가 운전할 테니 방향만 알려 주세요."

남자는 석기의 자동차 운전석에 탔다. 석기가 조수석에 타자 그들은 현장을 벗어났다. 오는 도중 김전무에게 전화가 왔지만 석기는 받는 않았다. 잠시 후 별장에 도착하자 석기는 리모컨 버튼을 눌러 출입문을 열었다. 차량을 마당 안쪽 주차장에 세운 남자가 차에서 내려 여유롭게 기지개를 켜며 말했다.

"집이 죽이네요."

석기는 아무런 대답도 하지 않고 자신의 손을 들여다봤다. 아무것도 생각할 수 없었다. 악몽을 꾼 것 같은 기분이었지만, 꿈이 아니라는 사실에 절망했다.

그렇게 한동안 넋을 잃는 사람처럼 있는데 별장 출입문이 또 열리면서 다른 차량 한 대가 들어오더니 전조등으로 두 사람을 비추었다. 검은색 중형 세단인 벤츠였다. 이윽고 정차한 벤츠에서 세 사람이 내렸다. 정석과 그의 부하 두 명이었다.

"어떻게 된 거죠? 애들 데리고 갔더니 현장이 정리되어 있던데. 설마 상무님이 그런 건 아니죠?"

정석이 차가운 눈으로 석기를 노려봤다. 겁먹은 석기는 떨리는 목소리로 말을 더듬었다.

"아, 그게 그러니까 그……."

"아~ 제가 좀 도와드렸습니다."

그 순간 정석이 남자를 향해 손을 뻗더니 그의 멱살을 움켜쥐었다.

"켁."

"넌 뭐야?"

남자는 손을 뿌리치려고 했지만, 정석의 팔 힘은 상당했다. 무술로 단련된 그는 조진호 회장의 오른팔로서 경호원 역할까지 하며 조폭들도 상대하며 살았다. 산전수전 다 겪은 그의 힘은 그야말로 초인적이었다. 정석이 남자를 죽일 듯 노려보며 말했다.

"아니, 니가 누군지 알고 싶지 않아. 그리고 니가 무슨 짓을 했든 상관없어. 그냥 여기서 사라지면 돼. 여기가 어디라고 감히……. 내가 처리한 다른 놈들 옆에 잘 묻어 줄게."

"자, 잠깐만요. 켁!"

정석이 말도 하기 힘들 정도로 남자의 목을 조르자 석기가 얼른 다가가 그의 팔을 붙잡았다.

"저를 도와준 사람입니다. 놔주세요."

석기가 부탁하듯 말했지만 정석은 꿈쩍도 하지 않았다. 그의 관자놀이에 굵은 핏줄이 불거져 나왔다.

"어떤 놈인지도 모르는데 죽여야죠. 목격자는 없애야 합니다. 그래야 뒤탈이 없어요."

정석의 오른팔 근육이 더욱 부풀어 올랐다. 남자의 눈은 서서히 의식을 잃어 가고 있었다. 그때, 밖에서 묵직한 느낌의 검정색 롤스로이스가 한 대 들어오더니 그들 근처에 섰다. 짙게 선팅되어 내부가 보이지 않는 롤스로이스의 차창이 열리면서 낮은 목소리가 들렸다.

"그 손 놔라."

목소리의 주인은 조 회장이었다. 기사가 재빨리 내려서 문을 열자 조 회장이 천천히 내려서 정석의 옆으로 걸어갔다.

"회, 회장님."

당황하는 정석을 물끄러미 보며 조 회장이 말했다.

"정석아, 우선 그 손 놓고 어찌 된 일인지 설명을 좀 해 봐라."

"조 상무님이 이곳으로 오던 중 사고가 나서 소식을 듣고 급히 왔습니다."

"석기에게 사고가 났다고? 사고가 났는데 왜 이리 멀쩡하나."

"실은…… 운전 도중 사람을 친 것 같습니다."

조 회장은 고개 숙이고 있는 석기에게 다가가더니 냄새 맡는 표정을 지었다.

"니, 술 묵었나?"

"네, 친구들 모임이 있어서 조금……."

"오늘 엄마 기일이라는데 술을 처묵어? 이 새끼가……."

조 회장은 석기의 뺨을 후려갈겼다. 그대로 땅바닥에 쓰러진 그의 얼굴을 조 회장이 짓밟았다.

"이 새끼가 그새를 못 참고 사고를 쳐? 니가 그러고도 이 영원 그룹 후계자야?"

조 회장의 분노에 주위 사람들은 잔뜩 얼어 버렸다.

"회장님, 참으시고 들어가서 말씀하시죠."

정석의 말에 겨우 진정한 조 회장은 벌게진 얼굴로 휙 돌아서서 별장 안으로 들어갔다. 정석은 석기를 부축하여 일으킨 다음 남자에게 말했다.

"당신도 따라 들어와."

남자는 목덜미를 어루만지며 별장 안으로 따라 들어갔다.

"어서 오세요, 회장님."

별장 안으로 들어서는 사람들을 한 노인이 나와 깍듯이 절을 하며 맞이했다. 이 별장의 관리인 같았다. 조 회장은 노인의 어깨를 쓸어 주며 친근감을 표했다. 그리고 슬리퍼를 신고 안으로 들어가더니 소파에 무겁게 앉았다.

"이리들 와서 앉아."

뒤따라 들어온 세 사람 역시 소파에 앉았다.

"니는 바닥에 무릎을 꿇어, 이 새끼야!"

조 회장이 석기에게 소리를 질렀다. 석기는 고개를 숙인 채 소파 앞에 무릎을 꿇고 앉았다. 조 회장은 정석을 보며 말했다.

"계속 보고해 봐라."

"네, 회장님. 조 상무님이 오는 길에 저와 통화하던 중 사고가 발생했습니다. 위치는 이 근처에 있는 캠핑장 앞 찻길입니다. 여자 한 명과 어린애 한 명을 치었다고 해서 애들을 데리고 현장으로 갔습니다. 갔더니 조 상무님은 안 보이고 시체도 치워져 있더군요. 그래서 조 상무님에게 연락하려는데 직원 한 명이 아래쪽에 시체 있는 걸 발견했습니다. 조 상무님에게 전화를 해봤지만 받지 않으셔서 일단 애들 두 명에게 실족사로 보이게 하라고 맡겨 놓고 왔습니다. 시체가 발견되기 어려우면 가족이 실종 신고할 수도 있고, 시간이 너무 지나서 발견되면 사고사로 조작한 것을 알아보기 어렵습니다. 혹시 몰라서 얼굴도 못 알아보게 손을 좀 보라고 했습니다."

"알았다. 그런데 이 사람은 뭐고?"

석기가 남자를 가리키는 조 회장의 눈치를 보며 조심스럽게 말했다.

"그곳에서 만난 사람인데, 시체 치우는 것도 도와주고 흔적도 지워 줬습니다."

조 회장이 천천히 고개를 옮겼다. 그리고 남자를 향해 미소를 지으며 물었다.

"석기를 도와줬다고? 그쪽은 누구신가?"

남자는 조 회장의 질문을 기다렸다는 듯 활기찬 목소리로 대답했다.

"아! 제 이름은 정오진이라고 합니다. 직업은 경찰입니다."

"이 새끼가."

경찰이라는 말을 들은 정석은 놀란 얼굴로 벌떡 일어나 오진의 멱살을 잡았다.

"그 손 놓으라고 했다. 정석아, 이제는 옛날처럼 일하지 말자. 영원 그룹 이미지도 생각해야지."

조 회장의 말에 정석은 고개를 숙이며 뒤로 물러섰다.

"그래, 경찰께서 어찌하다가 사고 친 석기를 도울 생각을 하셨는가?"

"저는 캠핑장에 왔다가 우연히 사고를 목격했습니다. 그런데 제가 사람 얼굴을 잘 기억합니다. 영원 그룹 후계자이신 조석기 상무님인 걸 금방 알아봤죠. 저에게는 그냥 신고하고 말기에는 너무나도 좋은 기회입니다. 그래서 조 상무님을 도와드리기로 했죠. 제가 아주 잘 판단한 것 같습니다. 조진호 회장님까지 여기서 뵙게 되다니 정말 영광입니다."

그의 말을 들은 정석의 눈에서 스파크가 튀어 오르며 오진을 죽일 듯 쳐다봤다. 조 회장은 그런 정석을 손짓으로 말리며 침착한 목소리로 말했다.

"그래서, 조건은?"

조 회장이 간결하게 물었다. 조 회장은 자수성가로 지금의 영원 그룹을 만들기 위해 그동안 어지간한 조직 폭력배 못지않게 많은 불법을 저질렀고 그의 심복인 정석은 흔적을 남기지 않게 뒤처리를 해 왔다.

"제가 빚이 좀 있거든요. 한 50억만 주시면 조용히 입 다물고 살겠습니다."

조 회장은 조용히 오진을 노려보다가 입을 열었다.

"잘 들어. 내가 여기서 당신 죽이고 조용히 묻어 버리면 아무도 몰라. 여기는 내 사유지고 당신이 경찰이라고 해 봤자 나를 어떻게 할 수는 없어. 다시 묻는다. 조건은?"

조 회장이 협박하듯 말했지만, 오진 역시 크게 동요하지 않았다.

"회장님, 전 여기 친구들과 놀러 왔습니다. 혼자 온 게 아니란 뜻이죠. 지금쯤 친구들은 제가 안 보여서 찾기 시작했을 겁니다. 저와 친구들은 산속에서 조난당할 걸 대비해서 서로의 핸드폰 위치 추적 앱을 연결시켜 놓았거든요. 지금 당장 제 핸드폰을 부수어도 이곳 위치까지는 확인할 수 있을 겁니다. 그럼, 솔직히 말씀드리겠습니다. 제 빚이 약 10억 정도입니다. 그거 갚고 편하게 살 수 있게 20억 정도만 더 주시죠."

미소 짓고 있던 조 회장의 표정이 굳었다. 옆에 있던 정석이 고개를 들며 말했다.

"회장님, 제가 뒤탈 없게 정리하겠습니다. 그러니까……."

조 회장이 한 손을 들어 정석의 말을 저지했다.

"이 사람, 때가 많이 묻은 경찰이다. 쓸 만할 때도 있을 거 같으니까 일단 그렇게 하자."

조 회장의 말을 듣고 잠시 고민하던 정석은 고개를 끄덕인 후 오진에게 말했다.

"그 돈 바로 지급하면 문제가 생길 테니 며칠 동안 세탁해서 드리겠소. 만에 하나 이 일이 밖으로 새어 나가게 된다면 그때는 지금 쫓기는 빚쟁이들은 다들 유치원생이었구나, 하고 생각하게 될 것이오."

"그 정도는 충분히 알고 있습니다. 그럼 저는 이만 일어서겠습니다. 친구들이 여기까지 오기 전에 어서 가 봐야죠."

말을 마친 오진은 자신의 전화번호를 알려 주었다.

"오래는 못 기다리고, 7일 이내로 처리해 주세요."

조 회장은 고개를 끄덕인 후 오진에게 말했다.

"30억이나 주는데 일 처리 하나만 더 부탁하지. 괜찮겠지?"

조 회장의 말뜻을 금방 알아차린 오진이 미소를 지었다.

"제가 뒤처리 전문입니다. 여기 목잡이 영감한테 연락 달라고 하십시오."

오진이 나가자 집 안에서 뭔가 부서지는 듯한 요란한 소리와 함께 고함이 들렸다. 오진은 비열한 웃음을 지으며 별장을 나와 터벅터벅 캠핑장 쪽으로 걸어갔다.

5

오진은 혹시 뭔가 흔적을 남긴 것이 없는지 사건 현장으로 향했다. 그 위치에 가까워지자 깜박이는 불빛이 보였고 그곳에 경찰차 한 대가 서 있었다. 그 경찰차 앞에 젊은 경찰 한 명이 전화기를 귀에 대고 있었다. 속이 철렁했다. 혹시 다른 목격자가 경찰에 신고한 걸까? 이러다 자신까지 공범자로 체포되는 게 아닐까 하는 생각에 불안했지만, 참을 수 없는 궁금함 때문에 직접 물어보기로 했다. 설사 다른 목격자가 있다고 해도 이런 밤중에 숲속에서 사람 얼굴을 알아보긴 어렵다. 게다가 오진은 극히 평범한 키와 체구를 가졌고 캠핑장에서 흔히 볼 수 있는 복장을 하고 있었다. 만에 하나 목격자가 저를 지목해도 CCTV 카메라 증거도 없는 곳이라 비슷하게 생긴 다른 사람이었을 것이라고 우기면 된다. 그런 생각을 했더니 오진은 더욱 용기가 났다.

"안녕하세요. 무슨 일 있나요?"

누군가와 통화를 하던 제복의 경찰이 오진을 보고 놀란 표정을 지으며 급히 통화를 마무리했다.

"여기서 기다릴 테니 빨리 와 주세요. 네, 알겠습니다. 그럼……. 아, 죄송합니다. 뭐라고 하셨죠?"

"이런 산속에 경찰차가 있어서요. 무슨 사고라도 났나 해서요."

"아, 네. 혹시 이 근처에 사시는 분인가요? 아니면 캠핑 오신 분?"

"저는 친구들과 캠핑을 왔습니다."

"그러시군요. 혹시 이 근처에서 자동차 사고 나는 소리 같은 거 못 들으셨나요?"

오진은 경찰관의 질문에 표정이 굳으며 몇 초 정도 당황스러워하더니 급히 표정을 바꾸며 말했다.

"아, 그것 때문에 그러시는구나."

"뭔가 보셨나요?"

"제가 근처를 산책하다가 큰 소리가 나서 와 보니 어떤 분이 자동차를 세워 놓고 있었는데, 멧돼지를 친 것 같다더라고요. 그런데 그 멧돼지가 안 보여서 물어봤더니 쓰러졌다가 다시 벌떡 일어나더니 산속으로 달아났대요. 그 소리를 듣고 캠핑 온 누가 신고했나 보죠?"

오진은 다행이라는 생각에 어색한 미소를 지으며 물었다.

"사실은 어떤 분이 가족과 통화하고 있었는데 차 사고가 의심되는 소리와 함께 전화가 끊겼다고 신고가 들어왔거든요."

"어떤 분의 가족이 이 근처에서 차 사고가 난 것 같다고요?"

"네, 자동 녹음된 통화 내용도 있더라고요. 일단 제가 먼저 와 봤는데 동료가 오면 근처를 좀 더 찾아보고 그래도 안 되면 내일 아침 인력 동원해서 수색을 해 봐야죠."

경찰의 말을 들은 오진이 환하게 웃어 보였다.

"수고가 많으시네요. 실은 저도 경찰입니다. 북부서에서 근무하고 있는데 오늘은 간만의 휴가라 친구들과 이곳으로 캠핑을 왔습니다."

"아, 그러시군요."

"아무튼, 제가 본 건 말씀드린 대로 그 차를 운전하신 분은 그러고 바로 자리를 떴습니다."

"알겠습니다. 혹시 나중에 증인으로 연락드릴 수도 있으니 성함과 연락처를 부탁드립니다. 경찰이라고 하셨는데 어디 소속이신가요?"

"네, 저는 정오진 경장이라고 합니다. 전화번호는 010-XXXX-XXXX입니다. 서울 북부서 교통과에 있습니다."

"감사합니다. 저랑 계급이 같네요. 저는 이 지역 관할서의 이태선 경장이라고 합니다. 그럼 다음에 연락을……."

"혹시 괜찮으시면 찾는 거 도와드릴까요? 휴가 중이긴 하지만 저도 같은 경찰이라 고생하시는데 그냥 갈 수가 없어서요. 민간인 협조로 생각하시면 될 것 같은데요. 제가 도와줄 사람들을 좀 데려올게요."

뜻밖의 말에 경찰은 놀란 표정을 지었다.

“아, 그래 주시면 감사하긴 합니다만, 나중에 민원 같은 게 들어오면 곤란해질 수도 있고…….”

“걱정 마세요. 제가 주도해서 자발적으로 협조했다고 확약서라도 써 드릴 수 있습니다.”

“그렇게까지 해 주신다면 신세 좀 지겠습니다.”

“아닙니다. 저도 경찰이라 고충을 이해하기 때문에 하는 겁니다. 동료분 오셔도 어둡고 지형이 험해서 하실 수 있는 게 별로 없잖아요.”

“감사합니다.”

“네, 그럼 전 얼른 가서 사람들 데리고 올게요.”

오진은 캠핑장을 향해 가는 동안 불안한 마음을 추슬렀다. 혹시 자신이 수상한 말을 한 건 아닌지도 생각해 보았다. 가만있어 보자. 그러니까 차에 치인 사람이 사고 직전까지 통화를 했고, 통화 중이던 가족이 소리를 듣고 신고를 했다는 거지? 그렇다면…… 그래, 핸드폰이야. 핸드폰을 찾아야 해. 오진은 발길을 재촉했다.

캠핑장에 도착했더니 술자리는 텅 비어 있었다. 돈을 빌리려고 했던 친구와 그 일행들은 짝을 지어 각자의 캠핑카로 들어갔음이 뻔했다. 오진은 어차피 그들에게 도움을 청할 생각은 없었다. 그는 모닥불 앞에 모여 있는 젊은 사람들에게 자초지종을 말한 다음 그들과 함께 손전등을 들고 캠핑장을 나왔다. 이윽고 사건 현장에 도착하자 아까 본 경찰의 동료가 여기저기 살피는 모습이 보였다. 오진은 일단 멈춰 서서 호흡을 고른 다음, 차분히 그들에게 걸어갔다.

"수고 많으십니다."

"아, 오셨군요. 이쪽은 제 동료인 장수호 경장입니다. 정오진 경장님이 저희 도와주신다는 얘기는 해 놨습니다."

"안녕하세요. 말씀 들었습니다. 일부러 이렇게 시간 내어 협조해 주셔서 감사합니다."

"별말씀을요. 저 역시 경찰인걸요. 이분들도 흔쾌히 도와주겠다고 했으니 이제 우리가 어떻게 하면 될지 지시해 주세요."

오진의 말에 장수호 경장이 밝은 표정을 지었다.

"네, 알겠습니다. 이태선 경장과 제가 우선 사고 현장으로 추정되는 위치 부근을 살펴봤습니다. 산속이고 어두운 밤이라 아무래도 우리끼리는 수색에 한계가 있으니, 일단 여러분은 범위를 좀 더 넓혀서 사고 흔적을 찾아봐 주시면 감사하겠습니다. 차가 다니는 도로니 최대한 안전에 신경 써 주시구요."

옆에 있던 이태선 경장이 장수호 경장의 말을 이었다.

"제가 부탁드릴 범위를 알려 드리겠습니다. 저를 따라오시면 되겠습니다. 일단 찻길과 길가만 살펴보겠습니다. 앞으로 한 시간만 찾아보고 복귀하는 것으로 하겠습니다. 날이 밝으면 기동대를 동원해서 나무들이 많은 저 아래까지 수색할 수 있게 지원 받을 예정입니다. 일단 팀을 나눠서 저와 몇 분은 저 위 주차장에서부터 내려오고 나머지 분들은 반대쪽에서부터 올라가는 것으로 하겠습니다. 자, 그럼……."

두 명의 경찰과 오진 일행은 크게 두 개의 그룹으로 나뉘어서 수색을 진행했다. 오진은 이들을 따르는 척하면서 사고 장소로 급히 이동했다. 두 사람이 차에 치이면서 핸드폰이 떨어졌을 만한 위치를 살펴봤다. 도로 부근의 나무 사이사이 풀포기 하나 놓치지 않고 꼼꼼하게 확인했다. 그러던 중 도로 옆에 있는 돌들 사이에서 뭔가 검고 납작한 것을 발견했다. 급하게 몸을 돌린 오진은 다른 사람이 보기 전에 재빨리 그것을 손으로 집었다. 역시 핸드폰이었다.

오진은 주위를 둘러보았다. 다들 어두운 도로 구석구석을 살피느라 정신이 없었다. 그는 일단 그것을 자신의 주머니에 넣었다가 다른 사람이 의심하지 않도록 자신의 핸드폰인 척 천천히 주머니에서 다시 꺼낸 다음 버튼을 눌러서 잠금 화면을 확인했다. 잠금 화면에 어린 남자아이가 웃고 있는 사진이 떴다. 석기와 같이 옮긴 시신 중 아이의 생전 사진이었다.

"뭐가 있습니까?"

이태선 경장의 말에 깜짝 놀란 오진은 재빨리 핸드폰을 자신의 주머니에 찔러 넣었다.

"아, 아뇨. 카톡 온 게 있어서 확인을 좀 했습니다."

"그러셨군요. 덕분에 큰 도움이 되었습니다. 찻길 쪽은 다 확인한 것 같습니다. 정말 사고가 발생했다면 누군가 흔적을 지우고 달아났을 가능성이 있습니다. 날이 밝아야 제대로 확인할 수 있을 것 같네요. 우리는 이쯤 하고 내일 아침 기동대와 합동 수색을 할 예정입니다."

"고생이 많으시네요."

"저희 일인데요, 뭐."

"그런데 신고하신 분은 이곳으로 안 오시나요? 지금 제일 절박한 사람이 그분일 텐데……."

"그렇지 않아도 그 가족분이 여기로 찾아오겠다고 급하게 자동차를 몰다가 사고가 나서 병원에 실려 가셨다고 하더라고요. 그나마 크게 다치진 않은 모양입니다."

"저런, 정말 안됐군요."

"네, 저도 아내와 어린 아들이 있어서 그런지 남의 일 같지 않네요."

"참 안됐네요. 그럼 저희는 이제 철수하겠습니다."

서로 인사를 나눈 후 두 경찰은 서로 복귀했고 오진은 일행과 함께 캠핑장으로 돌아갔다. 오진은 멀리 사라지는 경찰차의 뒷모습을 잠깐 돌아보더니 다시 발길을 옮겼다.

다음 날 아침, 요란한 사이렌 소리와 함께 기동대가 도착했다. 도착한 트럭에서 까만 콩이 쏟아지듯 기동대복을 입은 대원들이 줄줄이 내렸다. 뒤따라 도착한 승용차에서 반장과 황보가 내렸다.

"황보야, 도형이 이노마는 어디 갔노?"

"행님, 사고 나서 입원 중 아닙니까."

"아, 맞다. 알았다. 일단 대원들 좀 모아 봐라."

황보가 기동대원들을 불러 모으자 반장은 큰 소리로 외쳤다.

"다 모였어? 그럼 이제부터 수색을 시작한다. 수색 범위는 3km. 전후방 할 것 없다. 산비탈, 계곡 아래, 못 내려가면 로프라도 붙잡고 내려가서 찾아. 10분 간격으로 상황 보고들 하고. 알겠지?"

"네, 알겠습니다!"

힘찬 구령과 함께 기동대원들이 쏟아져 나갔다. 그렇게 수색이 시작된 지 20분 정도가 지났을 때였다. 반장의 무전기에서 호출 신호가 들렸다.

[삐빅, 여기 1소대 AP.]

"뭐야. 보고해 봐."

[네, 행불자 발견했습니다.]

"상태는?"

[둘 다 사망입니다. 실족사로 보이는데, 주변에 돌이 많아서 그런지 얼굴이 알아볼 수 없을 정도로 망가져 있습니다.]

“알았어. 위치 보고해. 바로 간다.”

[네.]

위치를 보고받은 반장은 산길 도로 가장자리에 설치된 기동대원들의 로프를 잡고 내려갔다. 잠시 후 발견 위치에 도착했더니 어른과 아이, 시체 두 구가 나란히 누워 있었다. 두 사람 모두 얼굴과 팔다리 등이 심하게 찢기고 부러져 있었다. 신원을 확인하기 어려운 상태임을 확인한 반장은 보고를 했던 대원에게 물었다.

“신원을 확인할 만한 소지품은 없었나?”

“네, 발견된 위치 부근도 뒤져 봤지만 신분증이나 핸드폰 등은 발견되지 않았습니다.”

“알았다. 황보야, 이리 와 봐.”

“네, 반장님.”

“애들하고 가서 주변 탐문을 해라. 캠핑장에 가서 뭐 보고 들은 거 없는지도 알아보고.”

“알겠습니다.”

반장의 명령에 황보는 동료 형사들과 함께 도로 쪽으로 향했다. 그때 도착한 감식반원들이 반장에게 가서 이런저런 지시를 받았다.

황보가 산길 도로에 다다랐을 때였다. 산 위쪽에서 오던 고급 세단 한 대가 속도를 줄이더니 그가 있는 데서 섰다. 황보는 묘한 불쾌감을 느꼈다. 그가 수상한 눈빛으로 보고 있는데, 고급 세단의 문이 열리더니 고가의 정장을 입은 중년 남자 한 사람이 내렸다.

"무슨 일이 있나요?"

"근처에서 추락 사고가 발생했다 아입니까. 일반인 접근을 제한하고 있으니 이쪽으로 오시면 안 됩니다."

"경찰이신가요?"

"네, 남부서 강력계 황보경 형사라고 합니다."

"아, 그러시군요. 수고 많으십니다."

황보가 의심의 눈초리로 남자를 보더니 질문을 던졌다.

"혹시 해서 물어보는 건데요. 어젯밤에 이 부근을 통과하셨나요?"

"네, 밤에 이 길을 지나긴 했습니다만, 그때는 아무것도 못 봤습니다."

"그러셨군요."

"저희는 근처 별장에 왔다가 돌아가는 길입니다. 경찰들이 많이 모여 있길래 무슨 일인가 해서 잠깐 세웠습니다."

그때 검은색으로 선팅된 차량의 창문이 스르륵 열리더니 그 안에서 능구렁이가 고개를 내밀듯 조 회장이 머리를 내밀었다.

"김 전무, 무슨 일인가?"

"네, 회장님. 근처에서 사고가 발생한 것 같습니다."

"쯧, 별장 앞에서 사고라니, 괜히 불길하구만. 무슨 사고인가?"

"네, 어르신. 추락 사고입니다. 아직 자세한 건 말씀드릴 수…….”

황보가 문득 말을 멈추더니 그를 자세히 보고 나서 물었다.

“저, 혹시…….”

황보는 세단 안에 있는 노인의 얼굴을 어디선가 본 듯한 느낌이 들었다. 그리고 그의 옆자리에 앉은 젊은 남자를 봤는데, 몹시 불안한 표정으로 이쪽 눈치를 보는 느낌이었다. 뭔가 이상함을 느낀 황보는 차량 쪽으로 가까이 다가갔다.

“잠시 차 안을 살펴봐도 괜찮겠습니까?”

“네? 무슨 일로 그러시는지.”

“잠깐이면 됩니다. 협조 부탁드립니다. 형식적인 경찰 검문이라고 생각해 주십시요.”

황보는 그렇게 말하면서 차량 내부를 더욱 유심히 살피려 했다. 그때 불쑥 손 하나가 황보를 가로막았다. 김 전무라는 남자였다.

“이분은 영원 그룹의 조진호 회장님이십니다. 옆에는 아드님이신 조석기 상무님이시고요. 어제 별장에서 하루를 보내고 올라가는 길입니다. 차 안은 사적 공간입니다. 영장이 없으면 함부로 보실 수 없습니다.”

황보는 움찔했다. 대한민국 재계 서열 2위 영원 그룹의 회장이라는 말에 순간 당황하였다. 황보는 왜 이 타이밍에 이런 거물이 나타났는지 의심스러웠지만, 남자의 완강한 거부로 더 다가

갈 수 없었다.

“이거 유명하신 분을 몰라뵈었네요. 잘 알겠습니다. 가셔도 좋습니다.”

그렇게 말하며 황보는 뒤로 물러났다.

“그럼 수고하십시요.”

“경찰분들이 수고가 많으시오. 내 경찰청장님하고는 친분이 있으니 뵙게 되면 말씀 잘 드리겠소. 황보경 형사님이라고 하셨죠?”

“네, 회장님. 말씀은 감사합니다만, 저 같은 조무래기 형사 애기를 청장님에게 하실 필요는 없으십니다.”

“하하, 그런가? 생각해 보니 부담이 될 수도 있겠구만. 그럼 수고하세요, 형사님들.”

조 회장은 예의를 차리듯이 얘기했지만, 특권층의 거만함이 담겨 있었다. 황보는 쓴웃음을 지으며 손짓으로 차량을 출발시켰다. 그곳에서 멀어져 가는 그들을 보며 황보는 역시 수상함을 떨쳐 버릴 수 없었다. 뭔가 알았다는 듯 고개를 끄덕인 그는 동료 형사들과 함께 캠핑장으로 향했다.

한편, 달리는 차 안에서 석기는 몸을 부들부들 떨고 있었다. 어젯밤 일들이 악몽처럼 석기를 감싸안고 있었다. 게다가 그 사건을 수사 중인 경찰까지 보게 되자 불안함에 심장이 마구 뛰었다. 그는 이러다 경찰에 잡힐지도 모른다는 생각에 사색이 되어 고개를 숙인 채 아무 말이 없었다. 그 모습을 보고 있던 조 회장이 혀를 찼다.

"너, 이제부터 정신 똑바로 차리라."

"예?"

석기는 고개를 들어 조 회장을 쳐다봤다.

"조치를 해 놨으니 이번 건은 문제없을 끼다. 하지만 잘 들어라. 이번이 마지막이다. 또 사고 치면 그때는 내가 다른 데서 놓은 자식들 없나 찾아볼 테니까 정신 똑바로 차리고 행동해라. 아무렇지 않은 척하란 말이다. 너는 대 영원 그룹의 후계자야. 알겠나?"

"네, 아버지."

"이놈이 그렇게 말했는데도 또……."

조 회장이 인상을 쓰자 석기는 고개를 숙였다.

"알겠습니다, 회장님."

정석은 그런 석기를 백미러 너머로 쳐다보고 말했다.

"걱정 마십시요. 완벽하게 처리했습니다. 애들 시켜서 사고사로 잘 꾸며 놨습니다. 그리고 그 오진이라는 경찰로부터 증거될 만한 핸드폰 등은 모두 없앴다고 보고받았습니다. 별장의 CCTV 기록도 모두 지웠습니다. 더 이상 증거될 만한 것들은 없습니다. 사고 소리가 났다는 것도 다른 차로 근처에서 일부러 사고를 내어 근처 CCTV에 노출시키고 기록이 남게 보험 회사에 접수도 했습니다. 차량이나 보험이나 영원 그룹 내에 있는 인프라를 이용했습니다. 상무님의 사고에 대한 흔적은 모두 지워졌으니 이제 신경 쓰지 않으셔도 됩니다."

사건 현장을 벗어난 차는 막힘없는 도로 위를 달리고 있었다. 차 안 공기는 무거웠지만 조 회장과 정석은 아무 일 없었다는 듯 회사 업무에 대해 얘기했다. 하지만 석기는 여전히 불안한 눈을 이리저리 굴리며 떨고 있었다.

캠핑장 탐문을 마친 황보는 반장에게 갔다.

"수고했다. 탐문 수사 보고해 봐."

"캠핑객들이 대부분 어젯밤 10시경에 사고 소리를 들었다고 합니다. 몇 명은 밤에 사건 현장 수색 지원도 했다고 하는데, 특별한 건 발견하지 못했답니다."

"수색 지원?"

"네, 캠핑객 중에 경찰분이 있어서 함께 신고받고 출동한 경찰을 도와줬다고 하던데요."

"그래? 그 경찰 이름이 뭔데?"

"정오진이라고, 북부서 교통과에 근무한답니다."

"뭐, 정오진?"

"네."

반장은 정오진이란 이름을 듣더니 뭔가 생각하는 표정을 지었다. 이윽고 반장의 양 미간에 뚜렷한 주름이 잡혔다.

"아는 사람입니까?"

"그래, 도형이하고 니가 서울 오기 전에 같이 근무했던 형사였다. 그런데 그놈이 불법 도박에 걸려서 결국 보직 해제되었지. 완전히 옷 벗게 될 판이었는데 내가 위에 사정사정해서 겨우 교통과 전출로 정리되었지."

"그랬군요. 반장님하고 인연이 있는 사람이네요."

"그놈아 이제 정신 차렸나 모르겠다. 도박 때문에 이혼해서 혼자 사는 걸로 아는데……."

"그런데 반장님, 그 정오진이란 분이 어젯밤에 멧돼지를 친 차량의 운전자를 만났다고 하더라구요."

"그래? 언제?"

"10시쯤이라고 했으니까 사람들이 소리를 들은 시간대와 일치합니다. 그 사람 말로는 멧돼지가 안 죽고 벌떡 일어나서 도망쳐 버렸대요. 그래서 운전자가 그냥 갔다고 하더군요."

"차량과 운전자에 대해서도 물어봤어?"

"네, 차량은 소형 차종인 모닝 흰색이고 여자 운전자였다고 합니다."

"그렇군. 수고했다."

"그나저나 반장님, 사인은 뭐라고 합니까? 추락사 맞나요?"

"상태를 봐서 알겠지만, 두부 손상이 심한 것으로 봐서 추락사 가능성도 있지. 그래도 뭐가 되었든 부검을 해 봐야 제대로 알지 않겠나."

황보는 반장의 말을 들으며 고개를 끄덕였다.

"그럼, 이제 현장 정리하고 서로 복귀하자. 우선 진짜 사고사인지 확인이 되어야 수사를 계속할지를 결정할 수 있으니까 말이야."

"네, 알겠습니다."

*

똑똑.

노크 소리가 들렸다. 벽시계는 6월 OO일, 오후 4시를 가리키고 있었다. 컴퓨터 화면에 집중하고 있던 기준이 담담한 얼굴로 말했다.

"들어오세요."

이윽고 문이 열리고 간호사가 들어와 도형이 왔음을 알렸다. 기준은 자리에서 벌떡 일어나 도형을 들여보내라고 했다.

"어서 오세요, 도형 씨. 이쪽에 앉으세요."

"아, 네."

도형은 조용히 들어와 소파에 자리를 잡았다. 기준이 책상에서 차트를 들고 와서 도형의 앞에 앉았다. 기준은 차분한 목소리로 말했다.

"이제 본격적으로 치료를 진행할 겁니다. 준비되셨죠?"

"네."

"그럼 시작하겠습니다. 일단 최면을 통해 도형 씨의 안 좋은 기억을 다시 끄집어낼 것입니다. 그리고 그에 대한 솔루션을 내릴 겁니다. 먼저 심호흡을 해 보세요."

도형은 안락의자에 몸을 파묻었다. 의자가 주는 편안함 때문이었는지 밤잠도 제대로 못 자는 생활 때문인지 도형은 나른함을 느끼며 스르르 눈을 감았다. 그런 도형을 한참 바라보던 기준이 옅은 미소를 지으며 말했다.

"자, 이제 깊은 심연의 세계로 들어갑니다. 제가 숫자를 세면 그 숫자를 따라 한 방향으로 걸어야 합니다. 1, 2, 3, 4, 5, 6, 7, 8, 9, 10. 됐습니다. 이제 계단이 나올 겁니다. 앞에 계단이 보이시나요?"

"네."

"계단을 아주 천천히 내려가 보세요. 계단 앞에 문이 하나 있습니다. 그 문은 어떠한 모습을 하고 있나요?"

"커다란 철문입니다."

"힘껏 당겨 보세요. 문이 열리나요?"

"아니요."

도형은 의식의 심연 속에서 문을 힘껏 잡아당겼으나 거대하고 두꺼운 철문은 끄떡도 하지 않았다. 그의 미간에 주름이 잡혔다.

"다시 한번 도전해 보세요."

기준의 말에 도형은 힘을 집중하는 표정을 지었다.

"아!"

외마디 탄성으로 문이 열렸다는 것을 알 수 있었다. 기준은 미소를 지으며 도형에게 말했다.

"문을 열었더니 당신 앞에 놀이터가 보입니다. 지금 보이는 놀이터에는 무엇이 있습니까?"

"아이들, 미끄럼틀……."

"그 미끄럼틀 위로 올라갑니다. 한번 타 볼까요? 미끄럼틀의 어두운 통로를 통과하면 과거로 돌아갑니다. 자, 이제 준비되었으면 미끄럼틀 위에 올라서세요. 저의 말에 맞춰서 움직이면 됩니다. 하나, 내려가는 자세를 취합니다. 그리고 둘에 팔을 힘껏 내지릅니다. 둘, 당신은 미끄럼틀 속으로 빨려 갑니다. 셋……."

기준은 손바닥을 마주쳐서 소리를 낸 뒤 도형의 얼굴을 들여다봤다. 도형의 눈동자가 안에서 좌우로 움직이고 있었다.

"도형 씨의 발을 바라봅니다. 지금 당신의 발은 크기가 어떻나요?"

"제 발 맞습니다. 제 발은 큽니다."

"그럼 이제 고개를 들어 보세요. 누가 앞에 있나요?"

"아내와 아이가 있습니다."

"이제 아드님을 보세요. 뭘 하고 싶습니까."

"그동안 많이 못 놀아 줬는데 같이 놀아 보고 싶습니다."

“그럼, 아드님과 놀아 보세요.”

도형의 입꼬리가 실룩거리며 웃고 있었다. 그는 아이와 즐겁게 놀고 있는 듯했다. 옆에서 웃고 있는 아내도 너무나도 행복해 보였다. 아이를 들어 올리고 비행기를 태워 주면서 웃고 있었다. 하지만 영원할 것 같았던 행복의 순간은 곧 사라졌다. 하늘에 시커멓게 구름이 끼기 시작했다. 곧 천둥 번개와 함께 폭우가 쏟아졌다. 도형은 아이와 아내의 손을 잡으려 했다. 그러나 두 사람은 그를 두고 놀이터 밖으로 뛰어나갔다. 도형도 그들을 뒤쫓았다. 놀이터 밖으로 나왔을 때 아내와 아이가 보이지 않았다. 좌우를 둘러보고 여기저기 뛰어다녔지만 찾을 수 없었다. 그리고 눈을 떴다. 새하얀 방 안에 있는 자신을 발견했다. 그의 눈앞에 기준이 미소 짓고 있었다.

“어, 어떻게 된 거죠?”

“이제 최면에서 깨어나신 겁니다. 아마 꿈을 꾸는 기분이셨을 겁니다. 이제 현실로 돌아온 겁니다.”

도형은 천천히 몸을 일으켰다.

“상당히 행복했던 가정이네요.”

갑자기 도형의 눈에서 눈물이 왈칵 쏟아졌다. 참고 있던 눈물샘이 폭발한 것 같았다. 도형의 눈에서 눈물이 하염없이 흘러내렸다. 기준은 그러한 도형을 안쓰러운 얼굴로 바라보았다. 이제 도형은 소리까지 내어 가며 엉엉 울었다. 상담실 안은 도형의 울음소리로 가득 메워졌다. 기준은 그런 도형을 아무 말 없이 보기만 했다.

"때로는 슬픔을 폭발시키는 것이 도움이 되기도 한답니다. 그런데 도형 씨?"

"네?"

"사람은 가끔씩 과거의 꿈을 꾼다는 거 아시죠?"

"아, 네."

"하지만 그 꿈속의 과거가 실제 있었던 과거와 일치되지 않는다는 거 깨달으셨나요?"

"그러고 보니 그런 것 같네요."

"보통 그런 꿈들은 현재 느끼는 후회나 욕망이 반영되는 경우가 많습니다."

"그렇군요."

"인간의 기억이란 게 그렇습니다. 시간이 지나면서 망각에 빠지고 그렇게 희미해진 조각들은 상상으로 채우는데, 그 내용은 보통 자신이 느끼는 것이 반영되는 경우가 많습니다. 도형 씨 치료도 그런 식으로 조금씩 교정하는 방법을 쓰고 있습니다. 자, 그럼 오늘은 여기까지 하고 다음에 또 뵙겠습니다. 이제 가셔도 됩니다."

소매로 눈물을 닦으며 자리에서 일어난 도형은 말없이 밖으로 나갔다. 기준은 그런 도형을 바라보며 슬픈 표정을 지었다. 그런 기준의 뒤에서 여자의 목소리가 들렸다.

"그 남자인가 보네?"

기준이 돌아보자 그곳에는 오 박사가 서 있었다.

"어, 맞아."

"내가 소개시켜 준 그 경찰?"

"응."

"상태는 어때?"

"이제 시작인데 뭐, 좀 더 지켜봐야지. 그건 그렇고, 너는 오늘 환자 없어?"

"아, 오늘 예약이 취소됐어. 이럴 때 좀 쉬어야지."

오 박사는 기지개를 켜며 기준을 향해 미소를 지었다.

"그래, 너도 좀 쉬어야지. 그런데 그 전에 나도 좀 케어해 줘. 꾸준히 해야 할 것 같아."

"지금? 아직도 자꾸 생각나지? 원래 그런 거라는 거 알잖아."

"응, 그래도 무거운 것들 좀 털고 마음도 다시 잡아야지."

"좋은 생각이다. 어떤 형태로 하고 싶어?"

"너 잘하는 것으로 하지 뭐."

오 박사는 기준의 얼굴을 한참 동안 들여다봤다. 그리고 "그래." 하고 짧게 대답하더니, 자신의 상담실로 들어갔다. 기준은 그런 오 박사를 따라갔다.

6

“응, 거의 다 왔어.”

[미안해. 이렇게 늦은 밤에 나오라고 해서. 지훈이 무서워하지 않아?]

“당신 닮아서 겁이 없나 봐. 밤에 모험하는 기분이래. 아주 신났어.”

[역시, 내 아들이구만.]

인적 드문 숲속 길, 도형의 아내가 아이의 손을 잡고 걸으며 도형과 통화 중이었다.

“그나저나 이번 캠핑장은 엄청 산속이다. 어두컴컴해서 좀 무서운데.”

[용감한 지훈이한테 의지를 좀 하셔야겠구만.]

“싱거운 소리 하지 말고 어서 오기나 해.”

[알았어. 이제 일 끝났으니까 곧 출발할게. 예약한 글램핑은 괜찮아?]

“응, 내부도 넓고 좋아. 지훈이도 좋아하고.”

[다행이네, 사진만 보고 믿을 수 있을까 했는데. 내가 전에 갔을 때는 친구들이랑 텐트 치고 놀아서 요즘은 어떤지 모르겠어.]

“그나저나 지금 가면 반딧불이를 볼 수 있을까?”

[응, 이 시간쯤에 가면 볼 수 있는 확률이 높아. 반딧불이 캠핑장에 가서 반딧불이를 못 보면 되겠어?]

“온 가족이 같이 보면 좋은데.”

[미안해. 내가 도착할 때는 너무 늦어서 둘만 가라고 해서.]

“어쩔 수 없지 뭐. 늦더라도 운전 조심하고.”

[알았어. 지금 어디까지 갔어?]

“응, 거의 도착한 거 같아.”

[구글맵으로 확인하면서 가면 좋은데, 산간 지역이라 잘 안 돼서 답답하네.]

“당신이 구글맵 대신에 이렇게 전화로 안내해 주잖아.”

[근처에 가로등하고 찻길 보여?]

“응, 맞아. 저쪽에 가로등 있어.”

[찻길을 건너서 가로등 우측으로 가면 될 꺼야.]

“거기서 우측으로? 알았어.”

도형의 아내가 아이의 손을 잡고 찻길을 건너고 있었다.

[아, 잠깐만. 그쪽이 아니다. 나도 그때 거기서 잠깐 헤맸던 거 같아.]

“여기 잠깐 있으라고? 건너지 말고? 차는 안 오지만 지금 찻길 위에 있어.”

[어, 미안해. 잠깐만 기다려.]

“우리 계속 여기 있을 순 없으니 다시 찻길 반대쪽으로 갈게.”

[알았어. 아, 왜 이 부분에서 생각이 잘 안 날까. 미안해. 아, 전화가 와서 그러는데 금방 다시 할게.]

전화를 끊은 도형의 아내는 아이의 손을 꼭 잡고 찻길 바깥쪽에 서 있었다. 잠시 후, 전화벨이 울렸다.

[여보세요? 미안해. 일 때문에 급한 전화가 와서 받을 수밖에 없었거든.]

"그래서 이제 생각났어?"

[어, 생각났어. 그 찻길을 따라 조금만 더 올라가면 가파른 벼랑 같은 곳이 나올 거야. 거기서 찻길을 건너 숲속 길로 들어가면 돼.]

"알았어."

도형의 아내는 언제 도착하냐고 떼쓰는 아이를 달래며 찻길을 따라 걸어 숲으로 가려진 벼랑이 있는 곳까지 갔다. 그것을 확인한 후 핸드폰을 들고 말했다.

"벼랑까지 온 거 같아. 이제 길 건너면 되는 거지?"

[응, 지금 건너.]

도형의 아내는 아이와 찻길을 건넜다. 그렇게 중간쯤 전진했을 때였다. 무시무시한 굉음을 내며 커브길 저쪽에서 엄청나게 빠른 속도로 차가 달려왔다. 위험을 느낀 여자는 본능적으로 아이 쪽으로 몸을 숙였다. 하지만 자동차가 너무 빨라 피할 겨를도 없이 엄청난 충격의 충돌과 함께 두 사람의 몸은 공중으로 솟았고, 이윽고 땅으로 곤두박질하며 떨어졌다.

[여보? 여보? 지훈아?]

도형의 아내가 충돌하면서 튕겨 나간 핸드폰이 찻길 옆에 있는 돌들 사이로 떨어졌다. 그 핸드폰에서는 당황하는 도형의 목소리가 들렸다. 애타게 부르는 전화기에는 아무도 대답을 하지 않았다.

도형은 전화기에 온 신경을 집중하고 있었다.

"여보? 뭐야? 무슨 일인데?"

조용한 전화기 너머에서 자동차의 문 열리는 소리가 들렸다. 그러고는 웅웅거리는 소리와 함께 전화기가 꺼졌다. 도형은 순간적으로 뭔가 안 좋은 일이 발생했다는 것을 직감했다. 그는 바로 차에 올라 시동을 걸었다. 손이 마구 떨렸지만 도형은 냉정을 유지하려고 애썼다. 속으로 아무 일 없을 거야를 연신 외쳐 대며 불안감을 눌렀다. 그리고 계속해서 아내에게 전화를 걸었다. 하지만 돌아오는 것은 연결이 되지 않는다는 자동 응답뿐이었다. 도형은 미친 듯이 자동차를 몰았다.

"제발 받아라, 제발……."

도형은 그렇게 혼잣말을 하며 신호를 무시하고 고속 도로를 타기 위해 달렸다. 머릿속에 온갖 생각이 다 들면서, 며칠 전 오랜만에 아이를 데리고 캠핑 가자고 했을 때 좋아하던 아내의 얼굴이 떠올랐다. 일 때문에 남들은 툭하면 가는 가족여행도 못 가서 모처럼 휴가를 내 캠핑 여행을 가려는데 여전히 일이 도형을 놓아주지 않았다. 그런데도 언제나 짜증 한번 내지 않고 이해심 많은 아내, 그 아내와 소중한 아이에게 무슨 일이 생긴 것 같았다. 불길한 생각이 들자 도형은 갑자기 토할 것 같은 기분이 들었다. 머리가 어지러운 상태에서 고속 도로에 진입하기 전 사거리에서 신호가 바뀌는 것을 보았다. 순간적으로 판단력이 마비되어 멈추지 않고 차를 몰던 도형은 옆에서 오던 차와 충돌하며 그 충격에 정신을 잃었다.

"안 돼!"

도형은 침대에서 벌떡 일어났다. 또 그날 꿈을 꾸었다. 요즘 그는 잠만 들면 그날의 악몽을 꾼다. 정신을 차리고 보니 온몸이 땀에 젖어 있었다. 게다가 자면서 울기까지 했는지 눈에는 아직도 눈물이 고여 있고 뺨에는 눈물 자국이 선명했다. 도형은 침대에서 나와 욕실로 가서 세수를 했다. 거울을 보고 이게 사람의 몰골인가 싶었다. 그의 얼굴은 며칠을 굶은 사람처럼 초췌했다. 욕실에서 나와 거실을 둘러보았다. 이 정도 되면 방바닥에 소주병들이 뒹굴고 쓰레기들이 잔뜩 있어야 하는데 집 안은 비교적 깨끗한 편이었다. 이건 도형이 집에서 잠자는 것 외에 아무것도 하지 않았다는 것을 의미했다. 그는 한동안 멍하니 창밖을 쳐다보다가 벌떡 일어나 옷을 챙겨 입었다. 깨끗한 검은색 슈트였다.

그는 집을 나와 소속 경찰서로 향했다.

"행님?"

경찰서에 들어선 도형을 먼저 알아본 사람은 황보였다. 그가 벌떡 일어나 도형의 곁으로 다가왔다. 고성이 오가는 강력계 사무실. 도형은 사무실을 천천히 둘러보았다. 그리고 힘겹게 말을 끼냈다.

"황보."

"네?"

"지금까지의 수사 보고서 나한테 가져온나. 부검 기록도 같이."

"아니, 행님. 갑자기 나타나서 그 무슨 소립니까. 반장님도 형님은 이번 수사에서 빠지라고 하셨으니 그냥 쉬시죠."

"어서 가져온나. 내가 한다니까."

"가져오긴 뭘 가져와, 인마."

뒤에서 들리는 목소리에 도형은 고개를 돌렸다. 반장이 못마땅하다는 표정으로 도형을 노려보고 있었다.

"내가 수사에서 빠지라고 했나 안 했나."

도형은 반장의 말을 무시하고 질문을 던졌다.

"부검의는 뭐라고 합니까?"

"도형이 니는 이 사건에서 빠지라니까."

"수사에서는 빠져도 사건 내용을 아는 건 괜찮지 않습니까?"

"그야 뭐……."

"부검의 소견이 뭐냐니까요."

"둔기로 맞은 곳은 없다 카더라. 경골 비골 등이 부러진 것으로 봐서 실족사의 가능성이 높아. 얼굴이 알아보기 어렵게 망가진 것은 돌 같은 것에 의한 건 맞는데, 이건 현장의 상황을 재확인해 봐야 알겠다고 하더라."

도형은 고통스러운 듯 얼굴을 찡그리더니 울음을 참는 듯한 목소리로 말했다.

"주위 탐문 수사는 했습니까?"

"당연히 했지. 그런데 근처에서 자동차가 멧돼지를 친 사건이 있었던 것 같더라. 두 사람은 그 소리에 놀라서 실족했을 가능성도 있는 것 같다. 다발성 골절은 니도 알듯이 쉽게 사인이 분간이 안 간다."

"말도 안 되는 소리! 그 길이 그리 쉽게 실족할 곳입니까. 얼굴 상태도 이상하고……. 그래서, 멧돼지하고 사고 났다는 차량은 수배해 보셨어요?"

반장은 침착한 목소리로 도형을 보며 말했다.

"해 봤지. 차종은 모닝이다. 차량 좌측 라이트, 범퍼가 깨져서 보험 처리 받는 것도 확인 다 했다. 그 길을 빠져나가는 CCTV도 확인했다. 사고사다. 내가 지금 누구한테 보고하고 있노. 지금 누가 반장인지 모르겠다. 이제 그만해라."

"또 말도 안 되는 소리! 어떻게 그 상황에서 사람이 떨어져 죽습니까. 다발성 골절이 있다는 것이 사인이야? 골절로 죽어? 반장님 가족이 그 꼬라지 난다 해도 그래 대충 수사할 겁니까?"

도형이 화를 내자 반장은 당황스러운 표정을 지었다. 시끌벅적했던 사무실이 순식간에 조용해졌다.

"대충 수사? 도형이 니 말 다 했나."

"다 했습니다."

"이, 자식이."

"수사를 하려면 제대로 해야 될 꺼 아입니까!"

도형이 눈에 힘을 주며 반장에게 대들자 옆에 있던 황보가 그의 팔을 잡았다.

"와 이랍니까. 행님, 잠깐 나갑시다."

황보에게 끌려 나가면서도 도형은 반장을 노려보며 말을 이었다.

"수사를 그따위로 하니까 이번 진급도 누락된 거지!"

"뭐가 어째. 이 새끼가……."

도형은 문을 벗어나는 동안에도 반장을 향해 분노를 쏟아 냈다. 반장 역시 그런 도형을 보며 광분했으며, 옆에 있는 다른 형사들이 그를 붙잡고 말렸다.

밖으로 도형을 데리고 나온 황보는 그의 어깨를 다독이며 말했다.

"행님, 너무 흥분하지 마시고 진정 좀 하이소."

"황보야, 이 사건, 아무래도 내가 수사해야겠다. 반장 말 신경 꺼라. 내가 국과수에 가서 부검 결과 다시 확인해 볼 테니까, 니는 수사 보고서 정리해서 내 책상에 올리놔라. 알겠나?"

"국과수 결과도 제가 확인할 테니까 행님은 정신 치료나 좀 더 받으러 가이소."

"아니! 나는 수사에 집중해야 돼."

"아닙니다. 반장님뿐만 아니라 저도 행님이 걱정돼서 그란다 아입니까."

"상관없어."

"이 사건 수사도 제대로 하시려면 먼저 정신 치료부터 받아야 하는 게 순섭니다. 수사 관련 자료는 제가 잘 정리해서 보여 드릴 테니 우선 병원부터 갔다 오이소."

도형은 몇 초 동안 황보를 말없이 노려보더니 한숨을 쉬며 말했다.

"알았다. 자료 정리되면 연락해라. 알았나?"

"걱정 말고 어서 가이소."

도형은 못마땅한 표정으로 자신의 차에 타더니 바로 시동을 걸어 출발했다. 황보는 도형이 탄 차가 멀어져 가는 것을 보며 고개를 저었다.

잠시 후, 사무실로 들어온 황보는 진절머리를 내며 연신 마른세수를 하는 반장에게 다가갔다.

"반장님, 제가 행님 설득해서 병원에 보냈습니다."

“요즘 제정신이 아닌 건 알지만 이래 수사에 재 뿌리는 건 아니잖아.”

“저도 압니다. 행님이 아직도 마음을 잡지 못하는 것 같습니다. 반장님이 이해를 좀 해 주이소.”

반장은 긴 한숨을 쉬더니 턱을 괴고 생각에 잠겼다. 그 모습을 보고 있던 황보가 슬며시 반장을 불렀다.

“반장님.”

“와. 안 어울리게 목소리는 왜 까는데? 그냥 이야기해라.”

“그 사건 역시 좀 이상하지 않습니까.”

“흠…….”

반장은 다시 나지막이 한숨을 흘렸다.

“니까지 와 그라노. 그놈 자식이 시키드나.”

“그게 아니고 반장님.”

“와? 목소리 깔지 마라니까? 네가 말 깔면 괜히 무섭다, 인마.”

“사실은 제가 그날 현장에서 영원 그룹 조 회장을 만났다 아닙니까.”

“갑자기 그게 무슨 소리고?”

반장은 통명스러운 표정으로 황보의 얼굴을 쳐다봤다.

“고급 차가 한 대 현장을 지나가다 섰는데요. 그 안에 아들도 같이 타고 있었다 아닙니까.”

“그게 왜?”

"유명하다 아입니까, 그 양아치 새끼. 근데 그 안에서 벌벌 떨고 있더라 이거죠. 좀 더 가까이 가서 들여다볼라니까 어떤 작자가 막더니 휭하고 가 버렸는데, 왠지 수상했다 아닙니까."

"그 이야기를 와 인제 하노?"

"현장 정리하느라 정신없었잖습니까."

"우연히 지나가던 길 아니었을까?"

"근처에 별장이 있다고 했습니다. 왜 그런 말 있지 않습니까. 범인은 현장에 꼭 다시 나타난다."

"그건 그런데, 증거가 없잖아. 명확한 증거 말이다. 아~ 골치 아픈 것은 딱 질색인데. 조 회장은 재계 거물인데 괜히 파고들었다가 잘못되면 답 없다."

"그래도 확인은 해 봐야 하지 않겠습니까. 제가 영원 그룹 별장을 한번 가 볼려구요. 통행이 적은 도로라 CCTV상에는 그 시간대에 그 지역을 빠져나간 차량이 모닝 외에 없었습니다. 다른 사고 차량이 있었다면 그 지역 안에서 나가지 않았다는 얘깁니다."

"그럼 사고 차량을 그 별장에 숨겨 뒀다는 얘긴가?"

"네, 그럴 가능성이 큽니다."

"그렇다고 해도 아직까지 그대로 뒀겠나. 벌써 없어졌지."

"눈에 띄는 외제 차일 텐데 당분간 그곳에 숨겨 두는 게 안전하다고 판단할 수 있죠. 아무튼, 조사해 볼 가치는 있습니다."

"그래? 무슨 말인지는 알겠는데 일단 조심해라. 나는 솔직히 탐탁지 않다."

"네, 반장님."

"그라고 이건 둘만의 비밀이다. 상대가 거물이라 함부로 파다가 문제 되면 골치 아파진다. 알았나. 그래서 지원도 힘들다. 혼자 움직여야 한다."

"네, 잘 알고 있습니다."

"그래, 그럼 잘 한번 해 봐라."

"네, 반장님."

황보는 서둘러 자기 자리에 돌아와서 이리저리 수첩을 뒤적이더니 보험 회사 전화번호를 찾아 핸드폰을 들고 전화를 걸었다.

[네, 영원 보험 김상기입니다.]

"수고 많으십니다. 저는 남부서 강력계 황보경이라고 합니다."

[네? 가, 강력계요?]

"왜 그렇게 놀라시죠? 무슨 문제라도 있습니까?"

[아닙니다. 보통 교통사고조사계에서 전화가 오는데, 강력계는 처음이라서요.]

"아 네, 그러시군요. 일단 확인 좀 부탁드립니다. 00가0000 모닝 차량 사고 처리 담당자 맞으시죠?"

[잠시만요.]

"여보세요?"

[기다리게 해서 죄송합니다. 조회를 좀 하느라 시간이 걸렸습

니다. 그건 제가 맞습니다. 무슨 일 때문에 그러시죠?]

"네, 그 사고 차량이 모닝 차량 흰색 맞나요?"

[네, 맞습니다.]

"사고 내용이 어떻게 되나요?"

[음…… 새벽에 멧돼지와 접촉이 있었다. 음주 등은 없었고 현장에서 경찰분이 계셔서 조치했다. 그 경찰분이…… 정오진 경장 북부서 교통계네요.]

"아~ 그래요? 그 모닝 차량 사진 볼 수 있을까요?"

[네, 메일 등으로 보내 드릴 수는 있는데, 그 전에 공문이…… 근데 이거…… 아무래도…… 흠…….]

보험사 직원의 망설이는 듯한 말에 황보가 물었다.

"왜 그러시죠?"

[이 차량 접촉 부위가 좌측 앞 범퍼하고 후드인데, 제가 보기엔 솔직히 멧돼지와 접촉했다고 보기는 어렵네요.]

"그걸 어떻게 아시죠?"

[형사님, 제가 이 업계 경력이 10년이 넘었습니다. 이거 자차니까 어쩔 수 없이 그냥 처리하지 만약에 대물이었으면 멧돼지가 정말 있었는지, 어떻게 접촉했는지, 사고 장소는 어디인지, 아마 꼼꼼히 확인했을 겁니다. 게다가 현장에 있었던 정오진 경장님이라는 증인도 있어서 그냥 정리했네요. 그런데 제가 보기엔 파손 부위는 고의로 파손시킨 손상 같습니다.]

"그래요?"

[네. 음…… 이제 생각나네요. 공업사 가서 사장한테 이게 무슨 멧돼지하고 접촉한 파손이냐고 따져서 결국 수리비 일부는 빼고 수리 진행했었네요. 왜냐하면 파손 부위가 전면 앞 범퍼, 휀다예요. 그런데 정상적으로 멧돼지를 접촉하면 아무리 멧돼지가 무거워도 모닝은 앞 보닛이 짧기 때문에 보닛으로 타고 넘죠. 그러면 자연히 앞 유리도 깨져요. 그런데 유리도 깨지지 않았고, 결정적으로 동물과 접촉이 되면 하다못해 털이라도 하나 묻어 있어야 하는데, 전혀 그런 게 없으니까요. 어디 벽에다 박은 거 같습니다. 차량이 고장 나면 수리하려고 흔히들 하는 수법이에요.]

"흠…… 혹시 정오진 경장하고 통화는 해 보셨어요?"

[네, 북부서 관할이시고 하니 통화는 해 봤죠. 별문제 없었다고 하더라고요. 소리를 듣고 현장에 달려가 보니 사고가 일어나 있었고, 여성 운전자가 있어서 안심시키고 돌려보냈다고 했어요.]

황보는 깊은 한숨을 쉬었다. 이건 조작된 사고가 틀림없었다. 그의 감은 제대로 맞아 들어가고 있었다.

"그렇군요. 감사합니다. 이상한 부분은 또 없었나요?"

[아, 그러고 보니 차량이 들어가게 된 경위도 이상했습니다. 차량은 공업사에 렉커를 통해서 들어왔어요. 렉커가 픽업한 위치가 무슨 회사 앞이라고 하더라고요. 사고 난 차량을 끌고 와서 하필이면 회사 앞에다 세워 놓았다가 렉커를 불러서 다시 공업

사로 옮겼다는 얘긴데요. 그건 누가 봐도 이상하죠.]

"그게 왜 이상하죠?"

[음, 강력계시라서 모르실 수 있는데, 사고가 나면 대한민국의 거의 모든 사람들은 당황합니다. 그러면 사고 난 차량을 억지로 끌고 가려고 하지 않아요. 바로 보험 회사에 전화하거나 지역 경찰에 전화하죠. 아무리 현장에서 경찰을 만났다고 하더라도, 여자가 그것도 한밤중에 인적 드문 곳에서 다시 큰길까지 이렇게 망가진 차를 타고 갔다는 게 말도 안 되죠. 이렇게 할 수 있는 경우는 우리 보상 직원들이나 자동차 정비업자 또는 계획된 사고 세 가지밖에는 없습니다.]

"그런데 왜 더 조사하지 않으셨나요?"

[아~ 이거 창연 기업 차량이에요.]

"창연 기업이요?"

[네, 아시다시피 저희가 영원 그룹 산하인데, 창연 기업도 영원 그룹 산하라서 좀 건들기가 그래요.]

"아! 잠시만요. 운전자가 누구죠?"

[김연수 씨요. 전무라고 되어 있네요.]

"혹시 사진 전송 좀 가능할까요?"

보험 회사 직원은 곤란한 말투로 설명했다.

[죄송하지만, 개인 정보라서 함부로 보내 드릴 수는 없어요. 영장이나 공문을 주시면 사실 조회 형식으로 보내 드릴 수 있습

니다.]

“아~ 그러시구나. 그럼 일단 놔두세요. 그 공업사 이름 알려 주실 수 있나요?”

[네, 자동차병원이네요.]

“알겠습니다. 감사합니다.”

황보는 전화를 끊지미지 곧장 자동차병원이라는 곳으로 갔다. 그곳에서 사고 차량 사진을 확인할 수가 있었다. 황보가 보기에도 멧돼지와의 충격으로 만들어진 파손은 아닌 듯했다. 황보는 창연 기업으로 전화했다.

[창연 기업입니다.]

“거기 창연 기업이죠?”

[네, 맞습니다.]

“혹시 김연수 씨라고 근무하시는가요?”

[네, 저희 전무님이십니다.]

“지금 계시나요?”

[무슨 일 때문에 그러시죠?]

“좀 바꿔 주실 수 있나요?”

[전화하신 분은 누구시죠? 어떤 용무인지 밝히셔야 통화가 가능하실 것 같습니다만.]

“아~ 모닝 차량 사고 처리 관련해서 연락했다고 이야기해 주세요. 저는 경찰입니다. 남부서에 있는 황보경이라고 합니다.”

경찰이라는 소리를 들은 직원은 잠시 기다리라고 했다. 잠시 동안 대기 음악이 흐르더니 다른 사람의 목소리가 들렸다.

[네, 김연수입니다.]

"안녕하십니까. 저는 남부서 강력계 황보경 조사관입니다."

[네, 형사님께서 무슨 일로 저를 찾으시죠?]

"물어볼 것이 있어서 그러는데 잠깐 뵐 수 있을까요?"

[전화로 말씀하시면 안 되는 일인가요?]

"직접 뵙고 말씀드려야 하는 얘기라서요. 잠깐이면 됩니다."

[그럼 저희 회사 건물 1층에 있는 카페 OOO에서 3시에 뵙겠습니다.]

"아, 시간 내주셔서 감사합니다."

[제가 시간은 10분 정도밖에 못 내는데 괜찮으시겠어요?]

"그럼요, 그 정도면 충분합니다."

황보는 겨우 김연수와 약속을 잡고 창연 기업이 있는 빌딩 1층 카페로 일찍 가서 기다렸다. 3시가 되자 정장 차림의 여성이 들어오는 모습을 보고 손을 흔들었다.

"김연수 씨 맞으시죠?"

"황보경 형사님?"

"네, 바쁘신데 이렇게 시간 내주셔서 감사합니다. 일단 여기 앉으시죠."

"직접 해야 할 말씀이라고 해서 나오긴 했는데, 왜 저를 찾으신 거죠?"

"혹시 모닝 차량 사고가 있지 않으셨나요?"

"네, 있었습니다. 얼마 전에요."

"사고 상황을 좀 자세히 말씀해 주시겠습니까?"

"뭐, 특별한 건 없습니다. 밤에 도로를 달리는데 갑자기 멧돼지가 튀어나와서 충돌했어요. 덩치가 큰 놈이었는데 무서웠죠. 그런데 쓰러져 있다가 갑자기 벌떡 일어나더니 뛰어가더라고요. 십년감수했죠."

"주위에 사고를 목격한 사람은 없었습니까?"

"네, 없었어요. 사고가 나고 나서 어떻게 해야 하나 고민하고 있는데 캠핑 오신 분이 지나다가 오셨어요. 그분이 경찰이라 수월하게 일이 처리되었죠."

"그분 성함 기억나세요?"

"아뇨."

"그분이 다른 말씀은 안 하시던가요?"

"네, 사고 현장에서 벗어나는 데 도움을 주신 것 외에는 특별히……. 그런데 왜 그걸 물어보시는 거죠?"

"그 시간대에 주변에서 사람이 죽었습니다."

그 말을 한 순간, 황보는 김연수의 당황하는 눈빛을 놓치지 않았다. 아주 잠깐이었지만 분명히 알 수 있었다. 얼굴에 긴장한 기색이 보였지만 바로 표정을 바꾸며 놀란 듯 말했다.

"살인 사건이요? 세상에, 거기서 그런 일이 있었는데 몰랐네요."

"제가 그 사건 관련 수사 중인데, 혹시 단서가 될 만한 게 있을까 해서요. 김연수 씨가 운전하시던 모닝에 장착된 블랙박스를 좀 확인해 볼 수 있을까요? 이런 일을 공문 협조로 진행하면 서로 번거롭지 않겠습니까. 그래서 직접 뵙고 이렇게 부탁드리게 됐습니다. 양해 부탁드립니다."

"아닙니다. 수사에 도움이 되신다면 얼마든지요. 그런데 이걸 어쩌죠? 얼마 전에 블랙박스가 고장 나서 끄고 다녔거든요. 죄송합니다."

"아닙니다. 그러시다면 어쩔 수 없죠. 그럼, 하나만 더 여쭙겠습니다."

"네, 말씀하세요."

"밤늦은 시간에 거기에 가신 이유가 뭐죠?"

"그 동네에 회사 연수원이 있습니다. 직원 워크숍이 있었는데 회사 일이 늦게 마무리되어서 저만 좀 늦게 갔습니다. 산길 도로라 조심히 운전했는데……."

김연수는 막힘 없이 당시 상황을 얘기했다. 다른 사람이 들으면 전혀 의심하지 않을 정도였다.

"차량은 바로 견인되지 않고 나중에 따로 견인된 것으로 알고 있는데, 왜 그렇게 하셨나요?"

"그 경찰분께서 외형만 파손된 것 같으니 일단 운행해 보라고 했습니다. 그래서 몰고 갔는데 잘 가다가 거의 다 와서 차량이 멈추는 바람에 긴급 출동을 이용했어요."

"흠…… 그러셨군요. 아무튼 잘 알겠습니다. 시간 내주셔서 감사합니다."

그렇게 이야기를 마무리 짓고 일어나려고 하는데, 황보가 툭 던지듯이 말했다.

"그런데 참, 저는 사람이 죽었다고 했지 살인이라고는 하지 않았습니다. 이 사건에 대해 들으신 게 있나요?"

김연수는 화들짝 놀라며 입을 손으로 막았다. 황보는 그런 김연수를 뚫어지게 보았다.

"강력계 형사님이 사람이 죽었다고 하시니 당연히 살인 사건이라고 생각한 거죠."

김연수는 애써 침착한 목소리로 말했지만 이번에도 황보는 김연수의 흔들리는 눈빛을 놓치지 않았다.

"김연수 씨, 김연수 씨께서는 보험 회사에 접수할 당시 정오진이라는 이름을 명시했습니다. 그런데 왜 도와주신 경찰분 이름을 모르겠다고 하신 거죠? 직접 접수하신 게 아닌가요?"

"아, 아뇨."

김연수의 눈동자가 심하게 흔들렸다. 조금 전의 당당하던 모습은 보이지 않고 거짓말을 들킨 아이처럼 당황스러워했다. 황보는 그 틈을 놓치지 않고 한마디를 더 붙이려고 했다. 그 순간 김연수가 갑자기 자리에서 벌떡 일어나더니 뒤도 돌아보지 않고 카페를 나가 버렸다. 황보는 약간 놀라기는 했지만 그녀를 쫓아가진 않았다. 그녀가 나간 입구를 보며 눈을 가늘게 뜰 뿐이었다. 그러다 고개를 끄덕이며 뭔가 알겠다는 표정으로 천천히 자리에서 일어섰다.

황보는 무슨 생각을 했는지 핸드폰을 꺼내 캠핑장을 예약했다. 그리고 집에 가서 캠핑 장비를 챙긴 다음, 두 시간을 넘게 운전하여 사고 현장 부근의 캠핑장에 도착했다. 자동차를 주차하고 관리 사무실에 들어갔더니 캠핑장 주인으로 보이는 초로의 남자가 반갑게 맞이했다.

"안녕하세요. 어서 오세요."

캠핑장 주인은 밝은 인상의 친절해 보이는 사람이었다. 그는 캠핑장 사용 요령과 주의 사항에 대하여 꼼꼼히 알려 주었다. 황보는 캠핑장 주인에게 인사를 하고 나와서 캠핑장 한편에 텐트를 쳤다. 한참을 땀 흘리며 텐트를 치고 있는데 주인이 다가왔다.

"아참, 아까 말하는 걸 깜박했는데, 밤에는 되도록 도로 쪽으로 나가지 마쇼. 요즘에 멧돼지가 돌아다녀서 위험하거든요."

황보는 활짝 웃으며 주인에게 말했다.

"사장님, 안 그래도 인터넷에서 봤는데 여기 사고 있었다면서요?"

"그것 때문에 죽겠습니다. 예약도 취소되고 찾으시는 분들도 확 줄었어요. 인터넷에 누가 죽였니, 사람이 실종되었니 등등 말이 돌아서 난리거든요. 에휴~ 그나마 운영 지원금을 좀 받아서 당분간은 버틸 수 있긴 하지만…….”

“네? 운영 지원금요? 정부에서 나오는 건가요?”

“정부요? 정부 지원은 기대도 안 합니다. 사실은 근처에 영원 그룹 별장이 있거든요. 흉흉한 소문 돌면 괜히 기업 이미지 나빠진다면서 지원금 명목으로 돈을 좀 주더라구요.”

“오! 영원 그룹 대단하네요, 뭐 평소에도 기부 같은 좋은 일은 많이 하는 것 같드만.”

“그러니까요. 그러고 보니 저번에 여기서 캠핑하던 사람이 그 영원 그룹하고 뭔가 있는 것 같드만요. 영원 그룹에서 오신 분과 얘기하는 거 봤는데 그분도 거기 다니는 분인 줄 알았어요. 아무튼, 당장은 버티겠지만 분위기 바뀌는 게 쉽지는 않을 거 같습니다.”

“그렇군요.”

황보는 의구심이 생겼다. 캠핑객이 갑자기 찾아와서 영원 그룹 지원금 얘기를 하다니, 아무래도 단순한 사고가 아닌 것 같은 느낌이 들었다.

이윽고 밤이 되었다. 황보는 조용히 자리에서 일어나 조그마한 랜턴과 가방을 집어 들었다. 주위는 쥐 죽은 듯이 고요했다. 그는 이리저리 랜턴을 비추며 캠핑장에서 나와 산길을 걸었다. 그러던 중 저쪽에서 반짝이는 무언가가 눈에 들어왔다. 그 반짝이는 것을 목표로 하여 도로 위 언덕으로 올라갔다가 가건물 컨테이너와 앞쪽에 달린 CCTV 카메라 한 대를 발견했다. 황보는 도로 쪽을 향한 그 CCTV를 이리저리 살펴봤다.

황보가 든 랜턴의 불빛이 왔다 갔다 하는 걸 봤는지, 컨테이너에서 사람이 나왔다. 연세 지긋한 노인이었다. 비록 나이는 들어 보였지만 눈빛이 날카로웠다. 황보는 그런 눈빛을 어디서 본 듯해서 기억을 더듬었더니, 월남 파병 갔다가 온 외삼촌이 생각났다. 그 눈빛은 살기에 가까운 느낌이었다.

"누구야?"

"아, 실례 좀 하겠습니다. 저는 남부서에서 나온 경찰입니다."

그 말을 들은 노인은 다가오던 걸음을 멈추고 이쪽을 쳐다봤다. 황보는 품속에서 신분증을 꺼내서 들어 보였다. 노인은 그 신분증을 유심히 확인하더니 물었다.

"경찰이 여긴 무슨 일이지? 나는 뭐 잘못한 일도 없는데."

"아, 어르신, 그런 게 아니고, 저 아래에서 사고가 나서 현장 조사차 나왔습니다."

"무슨 사고?"

"추락 사고입니다. 한 엄마와 아이가 밤길을 걷다가 실족사한 것 같습니다."

"저런, 안된 일이군. 그런데 그 일과 내가 무슨 상관이 있는 거지?"

갑자기 정곡을 찌르는 말에 잠깐 당황한 황보는 어색하게 웃으며 말했다.

"아, 사실은 그게…… 뺑소니 사건의 가능성도 있어서요. 주변 탐문 중입니다."

"뺑소니? 추락사라며?"

"가능성은 적지만 사건일 가능성도 확인하고 있습니다."

"그래? 그럼 두 사람을 친 사람이 추락사로 위장하고 달아났다는 거야?"

나이 든 노인의 그것과는 어울리지 않는 논리정연한 말에 놀란 황보는 급히 표정을 수습하고 어색한 미소를 지었다.

"어르신, 말씀을 잘하시네요. 아무튼 참고로 하나만 여쭙겠습니다."

"알고 싶은 게 뭔데?"

"저 CCTV 카메라 작동되는 건가요? 그리고 어째서 도로 쪽을 향하고 있나요?"

황보는 조금 전에 본 것을 손가락으로 가리켰다.

"저거 고장 나서 안 돼. 수리를 해야 하는데 고치는 사람 부르기도 힘들고 인적이 없어서 그다지 신경 쓸 일도 없거든. 그래서 차일피일 미루고 있었지. 도로 쪽을 향하고 있는 건 그쪽에 산짐승들이 나타나는 경우가 있어서 그래. CCTV 카메라도 구청 녹지과에서 설치한 거야."

"산짐승요? 그럼 얼마 전에 요 앞에서 멧돼지와 자동차가 충돌한 거 아시겠네요."

"멧돼지? 글쎄, 나는 그런 거 못 봤는데. 한잔하러 마을에 내려가는 날도 있어서 못 볼 수도 있어."

"그러시군요. 아참, 어르신은 이곳에서 무슨 일 하세요?"

"나? 이 근처에 산소가 몇 군데 있거든. 거기 관리도 하고 구청에서 돈 받고 산 관리도 하고 그러면서 살고 있지."

"그러시군요. 아참, 그런데 저 CCTV 카메라 빨간불이 켜져 있는 것 같은데요?"

"뭐?"

노인은 CCTV 카메라 근처로 가서 살펴보더니 고개를 돌려 말했다.

"아, 고장 난 건 카메라가 아니라 녹화기야. 궁금하면 저거랑 연결된 모니터가 있으니 가서 보겠는가?"

"그래도 되겠습니까?"

"영장을 보여 주게, 영장을."

"아, 영장이 지금은 없는데. 탐문 수사만 하고 있어서……."

"농담이야. 이런 곳에서 숨길 것도 없는데 안 될 게 뭐 있나?"

노인은 웃으며 뒤로 돌아서 자신의 컨테이너로 터벅터벅 걸어갔다. 황보는 빠른 걸음으로 노인을 따라갔다. 안에 들어가서 노인이 모니터 쪽을 손가락으로 가리키자 황보는 재생과 빠르게 돌리기 버튼을 누르면서 녹화 내용을 확인했다. 하지만 노인의 말대로 고장이 나서인지 아무것도 녹화된 것이 없었다. 황보는 머리를 긁적이며 "쉬시는데 밤늦게 죄송합니다."라고 했다.

"무슨 소리, 경찰 양반이 늦게까지 고생하는데 도울 수 있는 건 도와야지. 사실 나도 오래전에는 경찰이었거든."

"어? 정말요? 그래서 아까 그렇게 말씀하신 거군요."

"쑥스러운 얘기지. 지금은 이렇게 산에서 관리인이나 하는 처지인데 뭐."

"아, 그럼 저에게는 대선배님이시네요."

"대선배는 무슨……. 늦게까지 고생했는데 대충했으면 얼른 집에 들어가."

"네, 감사합니다. 이거 제 명함인데요. 혹시나 사건에 관련해서 듣거나 보신 것이 있다면 이쪽으로 연락 부탁드립니다. 참, 선배님 성함이 어떻게 되시죠?"

"김성식이야."

황보는 고개를 끄덕이며 시선을 바깥쪽으로 향했다.

"그런데 선배님, 저 위에 별장이 있는 거 맞죠?"

"저 위? 거기는 영원 그룹 회장 사유지야. 나도 밖에서만 봐서 안에는 어떻게 생겼는지 몰라."

"잘 알겠습니다. 그럼 수고하세요, 어르신."

황보는 인사하고 그곳을 벗어났다. 조금 더 걷다 보니 위쪽에 산속에 어울리지 않는 세련된 건물이 나왔다.

"저기가 바로 말로만 듣던 그 별장이구나."

황보는 혼잣말을 하더니 그 별장으로 다가갔다. 안에는 불이 켜져 있었지만 인기척은 느껴지지 않았다. 그리고 적막함. 기분 나쁠 정도의 적막감이 황보를 위협했다. 둘러쌓은 담장 너머가 너무도 궁금했다. 들키지 않으려고 CCTV 카메라 사각지대로 보이는 위치를 찾아 있는 힘껏 뛰어 담장 위에 매달렸다. 황보는 턱걸이를 하듯이 상체를 올려서 담장 위로 올라가 안을 들여다봤다. 넓은 마당에 고급 외제 차 두 대가 서 있었다. 하나는 검정색 고급 세단이었고 하나는 빨간색 스포츠카였다. 황보는 핸드폰을 꺼내 그 차의 사진을 찍었다. 마당 이곳저곳에 조명이 있어서 밝았기 때문에 밤이지만 선명한 사진이 찍혔다. 빨간색 스포츠카의 앞부분을 보니 어디서 충돌 사고가 있었는지 범퍼가 벌어진 것을 알 수 있었다.

그때였다.

"웬 놈이야!"

어떤 노인의 목소리가 들렸다. 황보는 재빨리 핸드폰을 주머니에 넣고 담장 안쪽으로 뛰어내려 조심스럽게 나무 뒤로 몸을 숨겼다. 머리를 살짝 내밀어 안쪽을 보니, 마당에 나왔던 노인의 그림자가 안쪽으로 사라졌다. 황보는 서서히 몸을 움직여서 숨어 있던 나무 뒤에서 나왔다.

"도둑놈인가?"

순간 들려온 말에 황보는 그 자리에 얼어붙었다. 음산한 노인의 목소리에 천천히 고개를 드니 노인이 무섭게 노려보고 있었다. 황보는 어색한 미소를 지었다.

"하하, 저는 도둑 아닙니다. 기자인데요. 영원 그룹 회장님 별장이 궁금해서 몰래 들어왔습니다. 죄송합니다."

"기자? 어디 기자야?"

"아 네, 제가 프리랜서 기자라 특별히 소속이……."

노인은 여전히 의심스러운 눈빛으로 황보를 노려보았다.

"정말 죄송합니다. 집이 굉장히 좋아 보이길래 사진을 몰래 몇 장 찍고 싶어서 들어왔습니다."

"사진? 카메라도 안 들고 있잖아."

"아, 요즘은 스마트폰이 좋아져서 핸드폰으로 찍습니다. 아무튼 늦은 밤에 남의 집에 허락 없이 들어와서 죄송합니다. 저는 도둑이 아닙니다."

황보의 등줄기에서는 식은땀이 줄줄 흘러내렸다. 노인은 호통치듯 말했다.

"남의 집 안 몰래 찍는 것도 도둑질이야. 여기가 어디라고 겁도 없이 사진을 찍어. 찍은 거 내놔 봐."

황보는 찔끔했다. 노인은 찍은 사진을 보여 달라는 의미로 손을 주욱 내밀었다.

"방금 들어와서 찍은 건 별로 없습니다. 그냥 멋진 스포츠카도 있고 해서 난 언제 저런 거 가져 보나, 하는 생각에 찍었어요. 정말 죄송합니다, 바로 지우겠습니다."

황보는 핸드폰을 꺼내어서 찍은 사진을 보여 주고는 삭제 버튼을 눌렀다.

"기자라고 하니 그냥 보내 주는 거야. 다음부터 여긴 얼씬도 하지 마, 알았어?"

황보는 "네네." 하며 굽신하고 노인을 따라 정문을 통해 나왔다. 노인이 안으로 들어간 것을 확인한 그는 핸드폰을 꺼내서 사진을 복구시켰다. 그리고 캠핑장에 있는 텐트까지 헉헉대며 뛰었다. 황보는 텐트와 짐들을 그대로 놓고 자동차의 시동을 걸었다. 자신이 본 스포츠카가 영원 그룹 후계자 조석기의 것이라는 건 의심할 여지가 없었다. 그 차량이 사고를 일으켰다는 것을 직감적으로 느꼈다.

급하게 차를 출발시킨 황보는 지나가는 차가 보이지 않는 큰 도로 사거리에 들어서자 핸즈프리 기능으로 전화를 걸었다.

"반장님, 저 황보입니다."

[밤늦게 무슨 일이고.]

"찾았습니다."

[니 어디서 뭐 하는데?]

"반장님, 그 추락 사고 그거 아무래도……."

쾅!

갑자기 옆에서 달려온 차량이 측면을 강하게 충돌하였다. 그 충격에 황보가 타고 있던 차량이 크게 파손되면서 옆으로 튕겨 나갔다. 정신이 혼미한 황보를 향해서 사람의 검은 실루엣이 다가오며 일렁거렸다. 그 그림자가 황보 옆자리에 떨어진 핸드폰을 주우며 말했다.

"노인네, 이런 걸 그냥 보내면 어쩌란 거야."

의식이 희미해지던 황보는 그 자리에서 정신을 잃었다.

7

황보는 머리가 멍한 상태로 눈을 떴다. 온몸이 지끈거렸다. 마치 머릿속에 헝클어진 실뭉어리가 들어 있는 것처럼 사고가 엉킨 느낌이었다. 술을 많이 마시고 다음 날 아침 일어났을 때의 몇 배는 되는 두통이 정신을 못 차리게 했다. 그래서 자신이 지금 어디 있는 건지, 어쩌다 이렇게 된 건지 생각이 나지 않았다. 게다가 허리를 다친 건지 하체의 감각이 느껴지지 않았다. 통증이 약간 가라앉아서 겨우 정신을 차리고 주위를 살펴보았다. 자신이 있는 곳은 어느 병원 침대 위이며 의사와 간호사들이 내려다보고 있다는 걸 겨우 인식할 수 있었다.

"정신이 좀 드십니까?"

의사의 질문에 황보는 고개를 끄덕였다.

"본인의 이름은 어떻게 되세요?"

"황……보……겨."

의사가 환한 표정을 지었다.

"의식이 돌아오셨네요. 다행입니다. 황보경 씨는 지금 척수 진탕 상태입니다. 척수에 큰 충격을 받은 상태라 당분간 움직이시지 못합니다."

"하반신 불구가 되는 건가요?"

심각한 표정으로 황보가 묻자 의사 역시 진지하게 대답했다.

"다행히도 일시적인 마비 현상이라 경과를 봐야 알겠지만, 2~3일 정도면 자연히 회복될 겁니다."

"그랬으면 좋겠네요."

환자분, 어디까지 기억나세요?"

"글쎄요."

의사의 물음에 황보는 기억을 더듬으려 노력을 했지만 제대로 생각나지 않았다. 의미를 알 수 없는 단편적인 것들밖에 떠오르지 않았다. 기억을 짜내려고 인상 쓰는 황보에게 담당 의사는 달래듯이 말했다.

"무리하지 마시고 우선은 안정을 취하셔야 합니다."

황보는 아무 말 없이 눈을 감았다. 머릿속의 기억이 잡으려고 할수록 더 멀어지는 것 같았다.

그렇게 며칠이 지나 빠른 회복으로 중환자실에서 일반 병실로 옮겨졌고, 반장이 찾아왔다.

"괜안나?"

"아뇨, 죽겠는데요?"

"실없는 소리 하는 거 보니까 다 나았네. 상태는 어떻노?"

반장이 나지막한 소리로 물었다.

"이제 좀 머리가 정리된 거 같습니다."

"그래? 우리 황보, 역시 머리가 딴딴한가 보네."

"놀리지 마십시오, 반장님. 진짜 아파 죽겠어요."

"우짜다가 형사가 차를 몰다가 뺑소니 사고를 당하나."

"저도 모르겠습니다. 급하게 달리다 신호를 제대로 못 본 것 같기도 하고……. 아무튼 일단 정리한 거 말씀드릴게요. 사고 접수되었던 모닝은 실제 사고가 난 게 아니라 조작된 것 같습니다. 그 차를 운전했던 김연수 전무라는 사람을 만났습니다."

"그래? 뭔가 성과가 있긴 있었구나."

"네, 김연수는 제가 하는 질문을 몇 가지 받다가 '살인'이라는 말에 심상치 않은 반응을 보였습니다."

"그럼 그쪽을 좀 더 파 보면 안 되겠나?"

"그럴라고 했는데, 갑자기 도망가 버렸습니다. 창연 기업이 영원 그룹 산하라 더 팠다가는 변호사들 떼로 붙을 것 같습니다.

그래서 일단 물적 증거를 확보하려고 현장을 가 봤습니다. 그러다가 발견했죠. 제가 그걸 찍어 놨거든요. 반장님, 제 핸드폰 어디 있습니까?"

"뭘 찍었는데?"

"그날 밤에 전 영원 그룹 조 회장의 별장으로 들어갔습니다. 그리고 그 안에 있던 빨간색 스포츠카가 파손되어 있는 것을 발견했습니다. 그래서 사진을 찍어 뒀는데……."

"없다."

"네?"

"황보 니가 사고 난 현장에서는 핸드폰이 없었다는 말이다."

"아, 안 됩니다. 그 안에 중요한 사진이 있는데……."

반장은 황보를 보며 안됐다는 표정을 지었다.

"됐다 마, 쉬라. 그 차량도 이미 아무도 모르게 치웠을 거다."

"제가 경찰 신분도 숨겨 가며 가까스로 찾은 단서란 말입니다."

"영화 찍나, 신분을 속이구로? 무슨 경찰이 수사를 그따위로 하노. 아무튼 아직 있다고 해도 차량 상태만으로는 직접적인 증거가 못 된다. 압수 수사를 해야 하는데 조 회장이라 위에서도 쉽게 허락 안 해 줄 거고."

"반장님, 생각해 보이소. 그런 고가의 차량을 그런 곳에 처박아 두는 게 말이 됩니까. 그건 사고의 흔적을 숨기려고 그런 거밖에 더 됩니까."

“니 말 들으니 수상하긴 한데, 정황뿐이다 아이가. 우리가 할 수 있는 게 없다.”

반장은 체념한 듯한 말을 뱉어 냈다. 그 말을 들은 황보는 한숨을 쉬었다.

“그러니까 이제 고마해라. 괜히 어설픈 증거 들이댔다가는 좋을 게 없다. 사건 수사는 여기서 접자.”

“반장님, 하나만 더 확인하고 싶습니다.”

“인마 이거 도형이 닮아 가나. 니까지 반항하나? 뭘 또 확인할 건데?”

“아닙니다. 이건 확인을 해 보고 말씀드릴께요.”

“나는 모르겠다. 아무튼 괜히 사고 쳐서 위에서 불똥 떨어지게는 하지 마라. 알겠재?”

반장이 나가고 황보는 작게 한숨을 쉬었다. 그리고 간호사를 부르더니 중요한 통화를 해야 한다며 핸드폰을 빌려 사고 지역 캠핑장 주인에게 전화를 했다.

“여보세요?”

[여보세요. OOO캠핑장입니다.]

“얼마 전에 거기서 혼자 캠핑을 했던 황보경이라고 합니다. 기억하시나요?”

[아~ 그분이시구나. 전화 잘하셨습니다. 며칠 동안 연락도 안 되고 짐도 그대로 있어서 우째야 할지 고민하고 있었습니다.]

"죄송합니다. 사고가 나서 핸드폰도 잃어버리고 입원하고 있었습니다. 짐은 곧 찾으러 가겠습니다."

[아이고, 그러셨군요. 지금은 좀 괜찮으세요?]

"네, 잘 치료받고 회복했습니다. 참, 사장님, 뭐 좀 물어볼 게 있는데요."

[네, 말씀하세요.]

"전에 영원 그룹 사람과 캠핑 온 사람이 대화는 걸 보셨다고 했잖아요. 어떤 사람이었나요?"

[네? 왜 갑자기 그런 걸 물어보시는 거죠?]

"사실 전 경찰입니다. 그 근처에서 발견된 사체에 관련된 수사를 진행 중입니다."

[아, 그러셨군요. 그때도 말씀드렸지만, 영원 그룹 다니는 사람인 줄 알았어요.]

"기억납니다. 그렇게 말씀하셨죠. 그럼 영원 그룹 직원이 아니었다는 건가?"

[네, 두 사람이 대화하는 걸 본의 아니게 엿듣게 되었는데, '북부서 경장'이라고 했어요. 그래서 경찰이라는 걸 알았죠.]

황보는 '경찰'이라는 말에 잠시 말을 잃었다.

[여보세요?]

그러다 들려온 전화기 너머 목소리에 정신을 차렸다.

"아, 혹시 두 사람이 그냥 친구일 수도 있지 않나요?"

[서로 존댓말을 썼습니다. 게다가 심각하게 일 얘기를 하는 것 같았거든요.]

"일 얘기요? 혹시 뭔가 들으신 게 있으면 말씀해 주시겠습니까?"

[제가 그분들 대화를 작정하고 엿들은 게 아니라 자세한 내용은 모릅니다. 그냥 중간에 '뒤처리'라고 했던 것밖에 모르겠습니다.]

황보는 그 얘기를 듣고 두 사람이 이 사건과 관련이 있을 것 같은 느낌이 강하게 들었다.

"감사합니다. 당장은 병원에 있어서 어려울 것 같지만, 짐은 곧 찾으러 가겠습니다."

[네, 잘 보관해 두고 있을 테니까, 미리 연락만 주시고 오세요.]

"잘 알겠습니다. 그럼 조만간 뵙겠습니다."

가벼운 인사로 대화를 마무리하고 전화를 끊은 황보는 속에서 뭔가 두근거리는 걸 느꼈다.

"이 사건은 경찰이 개입되어 있어. 이거 냄새가 심하게 나는데? 사고가 아닌 사건임이 틀림없다고."

"저…… 제 핸드폰 다 쓰셨으면……."

혼잣말을 하던 황보는 그제야 자신이 빌린 전화기의 주인인 간호사가 옆에 있었다는 사실을 깨달았다.

"아, 죄송합니다. 여기 핸드폰…… 잘 썼습니다. 그리고 하나만 더 부탁드리겠습니다. 메모지와 펜을 좀 빌려주세요."

황보는 간호사가 메모지와 펜을 가져오자 지금까지 밝혀낸 것들을 적었다. 그리고 그 내용들을 하나하나 다시 들여다보고 나서 뭔가 알아낸 듯 기쁜 표정을 지었다.

"그래, 이건 시체 유기와 증거 인멸을 시도한 살인 사건이야. 하지만 뒷받침해 줄 증거가 없네."

낙담한 황보는 병원 침대에 드러누워 한동안 천장만 바라보다가 한숨을 쉬었다.

"이걸 그냥 덮어야 하는 건가. 아니, 그럴 수는 없지."

이틀 후 담당 의사가 찾아와 황보에게 회복이 빨라서 퇴원은 가능하지만 며칠 더 입원하는 것이 좋겠다고 했다. 하지만 황보는 조기 퇴원을 원했고, 통원 치료를 계속 받을 것을 약속하고 퇴원한 다음 바로 복귀했다.

아직은 불편한 몸을 이끌고 남부서 강력반에 들어갔더니 도형이 멍한 얼굴로 자리에 앉아 있었다.

"행님, 와 그라고 있습니까?"

"어! 황보? 살아 있네?"

"말도 마이소. 죽었다 살아났습니다. 핸드폰도 잃어버려서 새로 했다 아닙니까. 그나저나, 그동안 뭐 하고 있었습니까?"

"반장이 지난번 한판 하고 나서는 삐졌는지 사건 수사에서 배제시켜 놨다. 정신 치료나 계속 받으란다."

"행님, 사정은 이해하지만 그때는 좀 심했다 아닙니까."

"심하긴 뭐가 심해. 수사를 그래 엉망으로 하는데 그람 가만히 있으라고?"

"그라면 오늘은 그 꼬라지 보기 싫은 반장 보러 왔습니까?"

"어째 안 나오노. 이게 어떤 사건인데……."

"행님, 그리지 말고 저랑 나가서 얘기 좀 하십시다."

도형은 풀린 눈으로 황보를 쳐다보았다. 황보는 그런 도형을 빤히 바라보다가 이윽고 경찰서 밖으로 나갔다. 둘은 근처 공원으로 갔다. 앞서 걷던 황보가 도형이 잘 따라오고 있는지 뒤를 돌아보았다. 그때 도형이 짜증 난 목소리로 툴툴거렸다.

"마, 도대체 어디까지 가는데?"

황보는 그런 도형에게 웃으며 다가가 팔짱을 끼며 말했다.

"아따 마, 뭐 그리 질문이 많은교. 동생 믿고 하자는 대로 좀 합시다."

"이 자식이 사고 나드만 머리까지 어째 됐나? 징그럽구로."

"자, 어서 가십시다."

황보는 도형을 데리고 공원 안 한적한 곳에 있는 벤치에 앉았다.

"행님, 많이 힘듭니까?"

"내 상태 어떤가 몰라서 그런 소리 하나. 혼자가 되고 나서 죽고 싶다는 생각 얼마나 했는지 아나?"

"제발 그런 생각 하지 마이소."

"황보야, 내가 사건에 집중하려는 것도 그것 때문이다. 안 그러면 내가 무슨 짓을 할지 나도 모르겠다."

"알겠십니다. 병원 치료는 잘 받고 있는 거지요."

"병원 하면 죽을병 걸리지 않는 한 안 가는 거 알지? 그런 내가 그동안 꼬박꼬박 병원 잘 다녔다."

"그래서 좀 도움이 되셨습니까?"

"나도 잘 모르겠다. 도움이 된 것 같기도 하고, 아닌 것 같기도 하고. 요즘에는 가끔 머리가 아플 때도 있고. 아마, 앞으로 어떻게 살아가야 할지 감이 잡히지 않아서 그런 건지도 모르겠다."

도형은 조용히 고개를 숙였다.

"행님, 이 사건 수사하고 싶으시죠? 제가 도와드릴까요?"

도형은 놀란 표정으로 얼굴을 들더니 황보를 쳐다봤다. 그러자 황보는 파일 하나를 내밀었다.

"이거, 뭐야?"

"뭐긴 뭡니까. 행님이 저한테 사건 자료 정리해 달라고 하지 않았습니까. 반장님은 이 사건 접자고 하셨지만 제가 모을 수 있는 건 다 모아서 만든 자료입니다. 부검 자료를 포함해서 종합적으로 정리했습니다. 이 사건의 유력한 용의자가 누군지 아십니까?"

"누군데? 황보 니가 그걸 파악했단 말이가?"

"현재 물적 증거는 없습니다. 하지만 제 생각엔 영원 그룹 조진호 회장과 그의 아들 조석기 상무가 관련 있는 것 같습니다."

"영원 그룹이라고?"

"네, 행님."

도형은 날카로운 눈빛으로 황보를 보았다.

"그런데 위에서 몸 사리는 건지 수사하지 말라고 하네요. 이거 만드는 데도 죽을 똥 쌌습니다."

"고생했다. 이제 내한테 맡기라."

파일을 훑어본 도형은 앞주머니에서 펜을 꺼내더니 수첩에 메모를 하곤 다시 앞주머니에 꽂았다.

"와! 행님, 그래도 좋은 펜 쓸 정신은 있나 보네요."

황보가 신기한 듯 물었다.

"쓸데없는 소리는 하지 마라."

도형의 차가운 한마디에 황보는 입을 다물더니 이내 표정을 바꾸고 다시 물었다.

"그런데 행님, 이상한 점이 하나 더 있습니다. 그러니까 여기 피해자 가족과의 통화 기록 말인데요. 아! 여기, 여기에 보면 통화 기록이……."

황보가 말을 꺼내는데 도형이 자료 파일을 덮어 버렸다.

"행님, 이거 한번 보셔야 할 것 같은데요. 이게 그……."

"아냐. 이제 내가 알아서 할 테니 나한테 맡겨라. 니는 몸도 성하지 않으니까 무리하지 말고."

도형의 표정이 어두웠다. 그의 머릿속에 플래시백처럼 당시 아내와 통화했던 기억과 함께 비명이 울렸다. 당시의 고통이 되살아나는 것을 견딜 수 없었던 도형은 파일을 덮고 그 위에 손을 올려놓았다. 그를 지그시 바라보던 황보가 말했다.

"근데 행님, 괜찮으시겠습니까? 아무래도 행님이 힘드실 거 같은데……."

순간 도형의 눈에서 살기가 번뜩였다. 그의 눈빛에 쫄아 버린 황보는 더는 말을 이을 수 없었다.

"간다."

도형은 파일을 들고 자리에서 일어나더니 먼저 걸어갔다. 도형이 사라진 자리를 한참 동안 바라던 황보는 머리를 절레절레 흔들며 일어섰다. 그리고 다시 서로 향했다.

집으로 돌아온 도형은 자리에 앉아 서류 파일을 펼쳤다. 그 안에는 부검 기록들과 각종 현장 사진들이 황보가 적어 놓은 메모들과 함께 잘 정리되어 있었다. 도형은 그것들을 꼼꼼히 살펴보더니 울음을 참는 듯한 얼굴로 사진들을 하나하나 벽면에다 붙였다. 그리고 각각의 사진 옆에 메모지를 붙인 다음, 노트북을 펼쳐서 영원 그룹 관련 정보를 검색했다. 현장 사진 속에 있는 얼굴을 알아볼 수 없는 처참한 시신들이 눈에 들어오자 도형은 마음이 갈기갈기 찢기는 기분이었다. 이미 눈물이 마른 듯한데도 또다시 눈시울이 촉촉해졌다. 이를 악물고 참고 있던 슬픔과 분노를 더 이상 참을 수 없었던 도형은 책상을 두 주먹으로 내리쳤다.

"어떤 일이 있어도 내 손으로……."

도형은 사랑하는 가족의 생명을 잔인하게 앗아 간 범인을 꼭 잡고 말겠다고 맹세했다. 비록 최악의 상황이지만 자신의 목숨을 바쳐서라도 법의 심판을 받게 하고 싶었다.

"아냐, 법으로는 제대로 죗값을 치를 수 없다. 내 손으로 놈을 처단하는 거야."

도형은 원수를 자신의 손으로 죽이고 싶다는 강한 충동을 느꼈다.

"어차피 나 혼자 사는 이 세상은 아무런 의미가 없어. 지옥에 가더라도 죽기 전에 꼭……."

입술을 깨물자 신음이 흘러나왔다. 허공을 노려보는 도형의 눈빛에선 살기가 느껴졌다. 처절한 복수의 화신과도 같은 눈빛을 띤 그의 시선이 보드에 붙어 있는 사진들 중 하나에 고정되었다.

"그래, 저놈부터다."

도형은 경찰서에 도착했다. 그런데 그가 간 곳은 자신이 속한 남부 경찰서가 아닌 북부 경찰서였다.

"나 남부서 강력계 김도형 경사인데 교통계가 어디에 있지?"

"충성! 안쪽으로 들어가셔서 별관으로 가시면 됩니다."

도형이 신분증을 보여 주며 묻자 정문의 입초를 서고 있던 의경이 경례를 붙인 후 위치를 알려 줬다. 도형은 의경의 경례를 받아 주고 북부서 내부로 들어갔다. 여느 경찰서가 그렇듯 특이할 점 없는 경찰서 건물 별관으로 갔더니 교통계라는 글씨가 보였다. 도형은 문을 열고 들어가서 차분하게 내부를 둘러보았다.

"어떻게 오셨습니까?"

직원 중 한 명이 다가와서 물었다.

"아, 여기 정오진 경장이라고 있습니까?"

"누구시죠?"

"저는 남부서 강력계 김도형 경사입니다."

"그러세요? 근데 오진이는 왜 찾으십니까?"

"그분이 목격한 사건 관련해서 물어볼 게 있어서 왔습니다."

"외근 나갔다가 복귀한다고 했는데 아직 안 왔네요. 이 새끼가 사표 수리될 때까지 할 일은 해야 하는데 아주 제멋대로네요. 원래부터 미운털 박힌 놈이라 기대는 안 했지만."

"사표요?"

"네, 경찰씩이나 돼서 사람들한테 돈 빌리러 다니던 놈이 무슨 건수를 잡았는지 갑자기 사표 내더니 수리될 때까지만 나온다면서 이 모양이라니까요. 어디서 뭐 하는 건지. 에휴~"

직원이 한숨을 쉬었지만 도형은 관심 없다는 듯 질문을 던졌다.

"사표를 낸 게 언제쯤이었습니까?"

"음…… 한 3주 전인가. 근데 그 새끼 무슨 사고 쳤습니까?"

"아, 아닙니다. 저희 관할 교통사고 관련해서 참고인 조사 좀 하려고요."

"여기서 기다리는 것보다 밖에 나가서 찾는 게 빠를 겁니다."

"네, 알겠습니다. 감사합니다."

도형은 경찰서를 나와 길거리 쪽으로 발걸음을 옮겼다. 도형의 머릿속은 이런저런 생각으로 가득 찼다. 사고를 목격하고 나서 사표를 냈다고? 경찰이 돈을 빌리러 다녀?

도형은 내달듯이 오진의 근무지 위치로 향했다. 하지만 그는 근무지에 없었다. 도형은 한숨을 쉬며 핸드폰 시계를 확인했다. 오후 5시를 약간 지난 시각이었다. 화면에는 알람 창 하나가 떠 있었다. 한 시간 후에 상담 예약 일정 알람이었다.

그동안 도형은 캄캄한 어둠 속에 서 있는 느낌이었다. 그런 어둠 속 유일한 한 줄기 빛, 겨우 숨을 쉴 수 있게 해 주는 숨구멍 같은 것이 바로 정신과 상담이었다. 처음에는 떠밀리듯 찾아갔고, 상실감에서 오는 우울증 치료에 도움이 될 것이라는 기대도 없었다. 하지만 이제는 상당히 호전되어 우울증에서 오는 무기력함과 자살 충동은 완전히 사라졌고, 자신에게 엄청난 비극을 가져다준 장본인을 찾는 데 좀 더 집중할 수 있게 되었다. 그래서 자신을 치료해 준 기준에게 고마움을 느꼈고, 자신의 슬픔을 이해해 주는 유일한 친구로 여기게 되었다. 그만큼 도형에게 크나큰 위안이 되는 사람이 된 것이다.

그의 치료를 받지 않았다면 지금 이렇게 수사에 집중할 수도 없었을 것을 생각하니, 상담 시간을 어기지 않겠다는 의지가 더욱 강해졌다. 그는 빠른 발걸음으로 기준의 병원으로 향했다. 다행히 병원까지는 멀지 않았다. 도형은 병원 문을 열고 들어가다 때마침 병원을 나서는 기준과 마주쳤다. 두 사람은 서로 눈인사를 했다.

"도형 씨 오셨어요?"

"선생님, 곧 상담 시간인데 어디 가세요?"

"네, 잠깐 갔다 올 데가 있어서요. 상담실에서 잠시만 기다려 주세요. 금방 돌아오겠습니다."

상담실로 들어간 도형은 소파에 앉아서 생각에 잠겼다. 황보가 넘겨준 파일에서 체크한 내용을 적은 수첩을 꺼내서 당시 상황을 재확인하며 미심쩍은 부분이 또 없는지 생각하고 있었다.

똑똑.

문득 노크 소리가 들렸다. 이윽고 방문이 열리고 한 여자가 들어왔다. 가운을 입은 것으로 보아 같은 의사인 듯했다.

"어? 내담자가 계셨군요. 서기준 박사는…… 자리에 없네요."

여자가 방 안을 둘러보며 말하자 도형이 고개를 끄덕이며 대답했다.

"선생님은 금방 돌아오신다고 했습니다."

"아~ 그렇군요."

여자는 미간을 살짝 찡그리더니 씽긋 웃으며 도형에게 물었다.

"혹시 김도형 형사님이세요?"

도형이 놀란 얼굴로 되물었다.

"어떻게 제 이름을?"

"아~ 서 박사한테 이야기 많이 들었습니다. 사실 경찰청에서 심리 수사 자문 역을 맡고 있기도 해서 형사님을 서 박사한테 추천한 사람이 저예요. 아참, 제 이름은 오정혜라고 합니다."

"아…… 네."

경찰청 자문이라고 해서 그런지 도형은 오 박사의 얼굴이 왠지 익숙한 느낌이었다. 동시에 묘한 위화감 같은 것도 느껴졌다.

"선생님 오실 때까지 잠깐 기다리셔야겠네요."

"아, 저는 바로 외근을 나가야 해서요. 서 박사한테 전해 줄 게 있어서 왔는데…… 죄송하지만 부탁 하나만 드려도 될까요? 나중에 서 박사 들어오면 제가 자료를 책상 위에 두었다고만 전해 주세요."

"네, 알겠습니다."

무표정한 도형과는 대조적으로 오 박사는 생글생글 웃으며 인사를 하더니 밖으로 나갔다. 도형은 오 박사가 방금 놓고 나간 책상 위의 자료 파일을 응시했다. 사람의 보편적 심리지만, 봐서는 안 된다고 하면 더욱 보고 싶어진다. 도형은 파일 안이 궁금했다. 혹시 자신에 대한 내용도 있는 게 아닐까 하는 생각에 자기도 모르게 서서히 손이 서류를 집었다. 그때였다.

"어서 내놔! 내놓으라고, 이 새끼야!"

큰 소리가 나자 도형은 들고 있던 서류를 놓고 소리가 들린 창가 쪽으로 갔다. 밖에는 기준이 경찰관 복장을 한 남자의 멱살을 잡고 있었다. 순간 도형의 동공이 커졌다. 기준이 멱살을 잡고 있는 사람은 바로 오진이었다. 자료 사진에서 본 그의 얼굴을 금방 알아본 것이다. 그는 자리를 박차고 나가 기준의 손을 붙잡았다.

"선생님, 진정하세요."

기준도 도형을 보고 놀랐지만, 오진 역시 당황한 얼굴로 기준과 도형을 번갈아 쳐다보았다. 도형은 멱살을 잡고 있는 기준의 손을 내렸다.

"이게 대체 무슨 일입니까?"

"아, 죄송합니다. 기다리시게 해 놓고 이런 모습까지 보여 드려서……."

"무슨 일인지 잘은 모르겠지만, 선생님도 이렇게 화를 내실 수 있다는 거 처음 알았네요."

"네?"

"항상 차분하신 모습만 봐서 부처님이나 예수님 같은 분이신 줄 알았거든요."

"아, 네……."

멱살에서 벗어난 오진은 불쾌한 표정으로 두 사람을 보았다. 도형과의 대화 중에 간간이 오진을 향하는 기준의 눈빛엔 살의에 가까운 적개심이 담겨 있었다. 도형이 오진을 힐끗 보며 물었다.

"이분에게 무슨 문제라고 있는 겁니까?"

"아…… 그게, 우연히 창밖으로 지나가는 걸 봤거든요. 이 사람한테 받을 게 있습니다."

"나 참, 조금만 기다리라니까 왜 이렇게 보채시나. 아직 때가 아니……."

"장난치는 것도 아니고, 곧 준다고 한 게 몇 번째……."

"선생님, 잠깐만요."

도형은 발끈하는 기준의 말을 가로막으며 오진을 향해 말했다.

"나 남부서 강력계 김도형 형사야. 당신은 뭐야?"

"아, 저는 교통계 정오진 경장입니다. 근무 중인데 이 사람이 다짜고짜 달려와서는 멱살을 잡잖아요. 경찰을 뭘로 보고."

"정오진 경장? 당신 근무지 여기 아니잖아. 여기서 뭐 하냐고."

"네, 그걸 어떻게……."

도형은 손을 들어 오진의 말을 멈추게 하더니 기준 쪽으로 시선을 돌렸다.

"선생님, 일단 병원으로 돌아가시죠. 이 사람 경찰입니다. 길거리에서 이러는 것은 좋지 않아요. 일단 병원에 가 계세요. 저도 참고인 조사 겸 이 사람한테 볼일이 있으니 제가 알아서 할게요."

분노에 찬 표정을 짓고 있던 기준은 도형의 말에 고개를 끄덕이더니 눈의 힘을 풀었다.

“좋습니다. 상담 시간인데 폐를 끼쳐서 죄송합니다.”

“괜찮습니다. 제가 얘기 끝내고 금방 들어갈 테니 먼저 들어가 계세요.”

오진은 기준을 보더니 전화하는 시늉을 하곤 바로 도형의 눈치를 봤다. 기준이 돌아서서 병원 안으로 들어가자마자 도형은 오진의 팔을 붙잡고 끌고 갔다. 병원에서 약간 거리가 떨어진 골목 안으로 들어가서야 팔을 놓아줬다. 오진은 어이없다는 듯 옷매무새를 만지면서 도형에게 말했다.

“아~ 뭡니까, 형사님. 갑자기 저한테 왜 이러세요. 요즘 같은 세상에 계급 높다고 함부로 대하시면 안 되죠.”

도형은 뻔뻔하게 말하는 오진을 무섭게 노려보았다.

“야, 내 눈 잘 봐.”

도형의 살기 어린 눈빛을 오진은 똑바로 보지 못했다.

“캠핑장 사고 기억나지?”

“네?”

“뺑소니 사고 말이야!”

“빼, 뺑소니요?”

“시치미 떼도 소용없어!”

두통을 느낀 도형은 험악한 얼굴로 오진을 몰아붙였다.

"잘 들어. 너는 그 사건을 목격하고도 은폐를 도왔어. 내 말이 틀려?"

"무슨 말씀 하시는 겁니까? 뭔 소린지 도통 알 수가 없네. 무슨 뺑소니 사고요?"

도형은 더욱 화가 치밀었다.

"아, 이 새끼야!"

도형이 소리를 지르자 오진도 욕지거리로 맞받아쳤다.

"알아듣는 얘기를 가지고 와서 말해, 이 새끼야!"

"니가 캠핑장에 놀러 갔다가 흰색 모닝 차량이 멧돼지를 치었다고 확인했지? 운전자를 확인했다고 했고. 하지만 사실은 그게 아니잖아. 니가 허위 진술한 거 다 알고 있어!"

도형은 미친 사람처럼 소리치며 흥분했다.

"아니, 난데없이 무슨 말도 안 되는 소리를 하고 있어!"

"좋아, 끝까지 모르쇠 한다 이거지. 그럼 질문을 바꿔 보지. 빚에 시달리고 있다면서 돈은 어디서 생겼냐? 회사는 왜 그만두려고 하지?"

"아니, 그게 당신하고 무슨 상관인데. 주식 해서 터졌다, 왜? 아이 참, 경찰 일 이제 지겨워서 그만둔다는데 남의 사생활은 왜 캐고 다니는데?"

오진은 도리어 큰소리를 쳤지만 도형은 전혀 기가 꺾이지 않았다.

"말이 되는 소리를 해! 이 새끼야!"

"뭐가 말이 안 되는데?"

오진은 도형이 자신을 잡고 사고에 대해서 물었을 때는 뜨끔했다. 하지만 이 타이밍에 도형이 나타나 자신을 자극하는 것에 넘어갈 필요가 없다는 생각이 들었다. 도형의 행동에서 아무런 증거 자료 없이 몰아붙이기만 한다는 것이 보였기 때문이다. 게다가 상황도 나쁘지 않았다. 이미 세탁된 돈은 다 받았고, 안전한 장소에 있다. 사표가 수리되든 말든 오진은 며칠 내로 한국을 떠날 것이다. 그렇게 생각하고 나니 여유가 생겼다. 오진은 기분 나쁜 웃음을 실실 흘렸다. 그런 오진을 보는 도형의 눈엔 살기가 어렸다.

"하나만 묻자. 네 생각에 멧돼지가 사람을 치면 어떻게 될 것 같냐?"

"그게 무슨 소리야?"

"묻는 말에 대답이나 해!"

"그게 무슨 개소리냐!"

오진은 도형의 살기가 두려웠다. 하지만 여기서 기가 꺾이면 모든 걸 그르치게 될 것 같았다.

"무슨 소리인지 모른다니까. 당신 지금 아무런 증거도 없이 나한테 왜 이러는 거야. 니가 날 이렇게 협박해서 무사할 것 같아! 민원이 얼마나 무서운 건지 몰라? 더 할 말 없으면 이거 놔!"

오진은 도형을 강하게 뿌리쳤다. 두 사람은 서로 노려보았고, 눈에서 스파크가 튀었다. 먼저 돌아선 것은 오진이었다. 오진은 고개를 설레설레 저으며 골목 밖으로 나갔다. 도형은 오진의 뒤통수를 향해 소리쳤다.

"두고 봐! 영원 그룹의 개가 돼서 잘살 거라는 건 착각이라는 걸 곧 깨닫게 해 줄 테니."

오진은 잠깐 멈칫하더니 바로 다시 걸었다. 그의 뒷모습을 보던 도형은 문득 몸이 얼어붙는 느낌이 들었다.

"내가 왜 이러지?"

도형은 감정에 지나치게 휘둘리는 자신이 낯설게 느껴졌다.

8

띠리리리리리.

협탁 위에 있는 도형의 핸드폰이 울렸다.

지난밤 도형은 오진과 헤어진 후 기준이 있는 병원으로 다시 돌아갔다. 그는 기준에게 오진을 어떻게 알게 되었는지 물었다. 기준은 어떤 경위로 오진이 자신한테 중요한 물건을 가지고 있는데 돌려줄 생각을 안 한다며, 그 물건이 무엇이며 어쩌다가 오진이 가지고 있는지는 사적인 부분이라 말해 주지 못한다고 했다.

미심쩍은 얘기이긴 했지만, 도형은 예정된 상담과 심리 치료를 마친 후 집으로 돌아와 잠이 들었다. 전에는 불면증에 시달렸는데 치료를 받고 나서 집에 가면 금방 잠들 수 있었다. 도형은 이 역시 치료의 효과라고 생각했다.

침대에서 몸을 일으켜 협탁 위의 핸드폰을 집어 든 도형은 덜 깬 목소리로 전화를 받았다.

"여보세요?"

[접니다.]

"알아. 왜?"

[행님, 지금 어딥니꺼?]

황보의 목소리에서 당황하는 기색이 느껴졌다.

"집이야. 무슨 일인데?"

[서로 좀 나와 보셔야 할 것 같습니다. 아니다. 서로 오지 마시고 현장으로 바로 오시죠.]

"현장? 무슨 사건인데 이렇게 호들갑이야?"

[살인입니다. 우리 관내에서 살인 사건이 발생했어요.]

"어디서 술 먹다가 시비 붙어서 과실 치사라도 났나? 그나저나 집에서 좀 쉬라고 할 때는 언제고 아침부터 날 왜 찾는 거야. 나는 모르겠으니까 니들끼리 알아서 처리해."

[행님, 살해당한 피해자가 정오진 경장입니다.]

정오진이라는 말에 도형은 벌떡 몸을 일으켰다. 그리고 놀란 얼굴로 핸드폰 화면을 다시 한번 들여다보았다. 화면에는 '황보'라고 전화 건 사람 이름이 떠 있었다.

"뭐? 누가 죽어?"

[행님이 쫓는 사건 주요 참고인 정오진 경장 말입니다. 어젯밤에 살해되었어요.]

"어디고 지금?"

도형은 전화기를 들고 한 손으로 옷을 챙겨 입었다.

[여기가 어디냐 하면…… 위치 링크 보내 드릴께요.]

도형은 서둘러 옷을 입고 황보에게 전송받은 위치에 있는 사건 현장으로 차를 몰았다. 운전 중인 도형은 어제 일이 떠올랐다. 아무리 추궁해도 끝까지 뻔뻔했던 오진. 그는 이 사건의 주요 참고인이었다. 사건 현장의 유일한 목격자인 그는 멧돼지 충돌 사고를 목격한 것으로 되어 있지만, 그건 조작된 것이다. 그는 분명히 가해지가 아내와 아들을 치고 달아난 것을 봤을 것이다. 도형은 황보가 준 자료를 종합해 보고 오진이 그 사건의 목격자임을 확신했다.

그리고 그 뒤에 있는 영원 그룹. 그들이 저지른 범죄의 움직일 수 없는 증거를 확보하기 위해 오진부터 자극하려던 계획이었다. 겉으로는 모르는 척하지만 계속 자극해서 불안하게 만들면, 그때는 영원 그룹과 이어질 것이라는 판단이었다. 그런데 불과 하루 만에 죽어 버리다니. 혹시 영원 그룹에서 꼬리를 자르려고 제거한 걸까? 아니다. 아직 속단은 금물이다. 다만 그의 죽음 역시 그 사건과 관련이 있을 것이라는 느낌은 지울 수 없었다.

도착한 현장은 OO동에 위치한 아파트였다. 아파트 입구에는 이미 구경꾼들이 장사진을 이루고 있었다. 도형은 사람들 사이를 비집고 들어가 지키고 있던 경찰들에게 신분증을 보이고 폴리스 라인을 넘어갔다. 현장 내부로 진입하다가 아파트 창문에 반사된 햇빛에 눈이 부셔서 얼굴을 찡그리다 발이 무언가에 걸려 넘어지고 말았다. 그런 도형을 내부에 있던 감식반원들이 쳐다봤다.

"이제는 앞도 안 보이나. 대체 왜 그 모양이고?"

고개를 들어 쳐다보니 떨떠름한 얼굴의 반장이 있었다. 말없이 일어선 도형은 반장을 무시한 채 안으로 들어가려고 했다. 반장은 그런 도형에게 신발 커버를 내밀었다. 눈도 마주치지 않고 커버를 받아서 신발에 씌우고 안으로 들어갔다. 방은 모두 세 칸, 그중에 안방으로 보이는 곳에 오진이 있었다. 침대 위에 누워 있는 오진의 목에는 선명한 줄이 그어져 있었다.

"교살."

뒤에서 그런 말이 들렸다. 황보였다.

"교살입니다, 행님. 근데 흔적이 거의 없어요. 족적도 없고 범인을 특정할 만한 것이 없습니다. 입구 쪽에 CCTV가 있긴 한데, 하필이면 고장 나서 확인할 수 없네요."

"입주자가 범인일 가능성이 있잖아."

"이미 애들 풀어서 확인했는데 평일 밤이고 그 시간에는 인적이 거의 없었습니다. 눈 씻고 찾아봐야 학원에서 돌아오는 고등학생 정도인데 특별한 혐의점은 없어요."

"블랙박스는?"

"네, 확인 중이긴 한데 쉽지 않을 것 같습니다."

도형은 시체로 다가가 몸을 웅크리고 이리저리 살펴보았다.

"사망 시간은 지금으로부터 약 열 시간에서 열두 시간 전으로 추정하고 있습니다. 손에 저항흔이 있는 것으로 봐서 격렬한 저항이 있었던 것 같고요. 그렇게 강렬하게 저항을 했는데도 아무것도 나오지 않은 걸 보면 범인이 보통 놈은 아닌 것 같습니다."

"최초 발견자는?"

"그게 희한합니다. 최초 발견자가 행님 아는 사람입니다."

도형이 멈칫하더니 고개를 돌렸다. 황보는 수첩을 들여다보며 말했다.

"행님 정신과 치료하는 그 의사 있지 않습니까. 서기준 박사?"

"뭐?"

도형은 어안이 벙벙한 얼굴로 황보를 올려다봤다.

"무슨 말이고?"

"틀림없습니다. 참고인 진술을 현장에서 받았는데요. 받을 물건이 있어서 정오진 경장의 집을 찾았는데, 벨을 눌러도 답이 없길래 문을 당겨 보니 열렸다고 합니다. 그라고 시신을 발견한 거죠."

"서기준 박사가 정오진의 집을 어떻게 알고 있었지?"

"정오진이 집으로 찾아오라고 했답니다. 두 사람의 핸드폰에 통화 기록이 남아 있는 것도 확인했습니다."

"서기준 박사는 어디 있어?"

"일단 진술받고 돌려보냈죠. 병원에 진료 예약도 있다고 하고, 반장님도 일단 돌려보내라고 했거든요."

"그래?"

도형은 몸을 일으키더니 말없이 현장을 나왔다. 황보가 따라 갔지만 도형은 "따라오지 마." 하며 내치는 손짓을 했다.

"어디 가는데요?"

"서기준 박사 만나러."

자신의 차에 올라탄 도형은 곧바로 기준의 병원으로 향했다. 잠시 후 도착한 병원 앞에 차를 세우고 곧바로 진료실로 들어갔다. 문을 벌컥 열자 안에 있던 기준이 놀란 눈으로 그를 봤다.

"도형 씨, 웬일이세요? 어제 오셨잖아요. 오늘은 상담일도 아닌데."

도형이 기준에게 성큼 다가섰다. 기준은 자리에서 벌떡 일어났다.

"갑자기 무슨 일이세요?"

쾅!

도형이 기준의 책상을 주먹으로 내리쳤다. 순간 진료실 내부에는 정적이 흘렀다. 도형이 기준을 노려보며 말했다.

"나한테 정말 중요한 참고인인데 왜 죽였어? 왜! 당신이지? 당신이 죽였지? 내가 모를 줄 알아? 어제 그놈하고 싸울 때 당신 눈빛을 똑똑하게 기억한다고."

"무, 무슨 말씀이세요?"

"정오진 말이야! 당신이 죽이고 최초 발견자 연기했잖아!"

기준의 당황한 표정을 도형은 놓치지 않았다.

"대체 갑자기 왜 이러세요? 그 경찰이 죽어서 저 역시 답답하단 말입니다."

"시치미 떼지 마. 말해! 정오진이 왜 죽였냐고!"

도형의 눈은 분노로 이글거렸다. 그러면서 느끼는 두통이 그의 얼굴을 더욱 험악하게 만들었다. 그런 도형을 기준은 황당하다는 표정으로 보았다.

"제가 정오진 경장 집에 찾아간 건 사실입니다. 그 사람이 먼저 제 물건을 가지고 있다고 연락했습니다. 처음에는 경찰인지도 몰랐어요. 곧 준다고 하면서 자꾸 미루길래 어제 그랬던 겁니다. 그런데 나중에 전화가 왔습니다. 그래서 오늘 찾아갔더니 이미 죽어 있었습니다."

"그 말을 믿으라고? 서기준 박사, 당신도 그쪽 사람이야? 그들이 정오진을 죽이라고 시켰어?"

"그들요? 누구요? 갑자기 무슨 말씀 하시는 거예요?"

"당신, 그놈들한테 돈 받고 이러는 거지? 치료한다면서 나 감시하고, 내가 정오진한테 접근하니까 제거한 거 아니냐고!"

기준의 표정이 차가워졌다.

"무슨 말씀인지 모르겠지만, 수사차 오신 거라면 정식 절차를 밟으세요. 다짜고짜 이러지 마시고요. 저는 도형 씨를 내담자로 만났지만 친구라고 생각했습니다. 그런데 오늘 도형 씨는 너무도 낯설게 느껴지는군요."

"친구? 그 말 잘했어. 나야말로 지금 얼마나 배신감 느끼는 줄 알아!"

도형이 기준의 멱살을 잡으려는 순간 방문이 열렸다. 그리고 황보가 들어와서 도형의 팔을 잡고 말렸다.

"행님! 그만하이소. 내 이럴 거 같아서 형님 쫓아왔다 아입니까."

"따라오지 말라니까 왜 왔어. 너까지 나 무시하는 거야?"

"행님, 요즘 정말 왜 이러십니까. 언제나 냉철하고 철저했던 에이스 형사가 왜 이렇게 감정적이고 앞뒤 안 가리십니까?"

"야, 내가 안 그러게 생겼어?"

"제가 형님 상황 모르겠습니까. 그래도 이건 아니다 아입니까."

"너가 뭘 알아."

도형이 소리치고 고개를 숙이자 황보가 타이르듯 말했다.

"행님, 아직 알리바이 조사 전입니다. 왜 이리 성급하신데요?"

"알리바이 조사? 지랄한다. 인마, 보면 몰라? 조사가 무슨 필요야."

"행님, 정오진 경장이 죽기 전에 저항이 상당했습니다. 경찰이라 그냥 당하고만 있지 않았을 거고요. 행님 정도 되면 모를까, 의사 선생님 체격을 보세요. 두 사람이 몸싸움을 했으면 오히려 당했을 거 같지 않습니까? 게다가 멍 자국 하나 없잖아요. 진의 행님 같았으면 제가 이런 말 할 필요도 없을 겁니다. 제발 진정하이소. 이럴 때일수록 차분히 행동하셔야죠."

도형은 기준의 오른팔 소매를 올렸다. 기준의 팔은 상처 하나 없이 깨끗했다. 도형은 실망한 표정이었지만 여전히 분을 삭이지 못하고 씩씩거렸다. 그러다 다시 기준의 와이셔츠를 잡아 뜯어 벗기려고 했다.

"아, 진짜! 진정 좀 하라고!"

보다 못한 황보가 성급히 도형을 제지했다.

"행님, 행님은 좀 가만히 계세요. 제가 질문을 좀 할 테니까 진정하시고예. 우선, 사망 추정 시간이 어젯밤으로 나왔습니다. 선생님 어젯밤에 어디에 계셨습니까?"

그때 하얀 가운을 걸친 웬 여성이 문을 열고 들어왔다.

"아, 손님이 계셨네. 어? 김도형 형사님도 계시네요. 옆에 분도 형사님?"

황보는 오 박사에게 신분증을 꺼내 보였다.

"남부서 황보경 형사입니다."

"안녕하세요. 서기준 박사와 같이 병원을 운영하는 오정혜라고 합니다."

"아 네, 어제 발생한 사건 때문에 서 박사님께 몇 가지 묻고 싶은 게 있어서 왔습니다. 어젯밤 10시 이후 서 박사님이 어디서 뭐 하고 계셨는지 알 수 있을까요?"

오 박사가 고개를 끄덕이며 말했다.

"어제 둘 다 연구 논문 때문에 병원에서 밤새웠어요. CCTV로 확인하실 수 있을 겁니다."

"CCTV 어디에 있죠?"

"진료실 나가시면 간호사가 보여 드릴 겁니다. 저희는 곧 환자 진료 들어가서……."

"네, 알겠습니다."

황보는 목례를 하고는 불만이 가득한 얼굴로 두 사람을 쳐다보는 도형을 끌고 밖으로 나갔다. 그리고 간호사가 보여 주는 CCTV 영상을 꼼꼼하게 확인했다. 화면에는 시간 표시가 보였으며 기준이 가끔씩 왔다 갔다 했지만 대부분 방 안에 있었다는 걸 알 수 있었다. 방 안에 창문이 있지만 그곳을 통해 나갈 만한 높이가 아니었다. 게다가 결정적으로 의료실 내부의 영상에서도 기준은 그대로 앉아서 분주히 업무를 보고 있었다. 빠르게 돌리기를 하여 의자에 기대어 잠이 들었다가 아침에 깨어나는 것까지 확인했다. 영상을 대충 다 본 황보가 도형에게 말했다.

“행님, 일단 나가 계시소.”

그때 방에서 기준이 나왔다. 황보가 그에게 영상을 확인했고 알리바이에 문제가 없다고 말했다.

“아시겠지만, 이분이 개인적인 일로 아직 불안정합니다. 제가 대신해서 정중히 사과드립니다.”

“당연히 잘 알고, 도형 씨를 이해하고 있습니다. 그런데 제가 언제 서로 찾아갈까요?”

“아닙니다. 알리바이가 확인되었으니 따로 오실 필요 없습니다. 안 그래도 힘드실 텐데 저희까지 폐를 끼쳐서 죄송합니다.”

“저는 괜찮습니다. 언제든지 증언이 필요하면 연락 주세요.”

“네, 알겠습니다. 그럼…….”

인사를 마친 황보는 넋 나간 얼굴의 도형을 끌고 밖으로 나왔다. 도형은 병원 앞에 주저앉아서 담배를 연신 피워 댔다.

“행님, 도대체 와 그라는데요. 이건 전혀 행님 스타일 같지 않아요. 그라고 아무 데다 그래 주먹질 좀 하지 마이소. 무슨 깡패도 아니고. 에휴~”

도형은 무척 초조해 보였다. 딴생각을 하고 있던 도형은 피우던 담배를 집어 던지고 벌떡 일어났다.

“또 어디 갈라고요?”

도형은 황보의 말을 듣는 척도 안 하고 바로 차에 타 시동을 걸었다. 쫓아와서 차창을 두드리며 뭐라고 하는 황보를 무시한 채 집으로 달려가 곧바로 작은방으로 들어갔다. 그러고는 본인이 정리해 놓은 사건의 보드를 가려 놓았던 커튼을 걷었다. 오진의 얼굴에 빨간색으로 X 표시를 한 그가 분노에 찬 얼굴로 보드를 쳐다봤다.

9

정석은 약을 한 알 집어 들었다. 머리가 무거운지 얼굴을 찡그렸다. 그의 사무실 노트북 모니터에 오진의 사망 소식이 인터넷 뉴스로 나와 있었다. 약을 삼킨 후 물을 마시고 창밖을 보고 있는데 비서의 노크 소리가 들렸다.

"전무님, 오 비서입니다."

"들어와."

문을 열고 들어와서 정중하게 인사를 한 비서가 정석에게 다가가 결재판을 올려놓았다.

"회장님께서 찾으십니다."

"알았어."

정석은 일어나서 정장 윗도리를 걸쳤다. 넥타이를 만지작거리며 옷매무새를 다듬고 회장실로 향했다. 회장은 심각한 표정으로 정석에게 자리를 권했다. 조 회장의 표정은 무거웠다.

"알고 있나?"

"네?"

"그 경찰, 그놈아 죽었다매?"

"네."

"우애 이야기가 되고 있노?"

"흠……."

정석이 깊은 한숨을 쉬었다. 조 회장은 가만히 정석을 응시했다.

"그놈아 준 돈은 철저히 세탁되었재?"

"네, 그 부분은 염려 놓으셔도 됩니다. 돈을 추적해도 영원 그룹까지 닿을 리는 없지만, 그 돈이 생긴 경위는 어떻게든 밝히려 하겠죠. 제가 조치를 취해 보겠습니다."

"꼬리 잡히지 않게 잘해야 한다."

"네, 알겠습니다."

똑똑.

대화 도중에 밖에서 노크 소리가 들렸다.

"뭐야!"

조 회장이 신경질적으로 소리치자 비서가 문을 열고 들어왔다.

"조 상무님 오셨습니다."

"들어오라고 해."

석기가 사색이 된 얼굴로 급히 들어오더니 문을 닫았다.

"그 경찰 새끼 죽었다면서요?"

겁먹은 얼굴의 석기를 보고 정석이 말했다.

"상무님, 보는 눈도 많은데 말조심 좀 하세요. 여기 회사입니다."

"아니, 김 전무는 왜 일을 이따구로 처리합니까? 그때 죽여 버렸으면 걱정할 일도 없었잖아요."

"그건 제가 할 말입니다."

"전무님, 무슨 짓이든 뒤탈 없게 하는 게 전무님이 영원 그룹에서 하시는 일이잖아요. 이번 일도 알아서……."

석기가 한창 말을 하고 있는데 갑자기 그의 얼굴로 재떨이가 날아들었다. 재떨이는 그의 얼굴을 스치며 방구석으로 가 처박혔다.

"이 새끼가 뭘 잘했다고 나불거려!"

조 회장의 호통에 석기의 얼굴이 굳었다.

"지가 싼 똥 치워 줬더니 별 지랄 같은 소리 하고 있어. 병신 같은 놈. 나가, 이 새끼야!"

석기는 몇 초 동안 조 회장을 노려보더니 눈을 깔며 고개를 숙였다. 그 상태로 곁눈질로 정석을 보다가 한숨을 푹 쉬고는 벌떡 일어나 아무런 말 없이 방을 나가 버렸다.

"저, 저 새끼가……. 하~"

조 회장은 기가 막힌다는 표정이었다.

"늦게 낳은 하나밖에 없는 자식이라 애지중지 키웠더니 개망나니처럼 사고란 사고는 다 치고 다니니. 에휴~ 저런 놈한테 영원 그룹 넘겨줄 생각 하니 가슴이 답답하다."

조 회장은 고개를 가로저었다.

"걱정 마십시요. 제가 탈 없이 처리하겠습니다."

"그래, 김 전무만 믿는다."

"알겠습니다. 신속하게 진행하겠습니다, 회장님."

정석은 바로 자리에서 일어났다. 조 회장에게 90도로 인사를 하고 방을 나오자마자 곧바로 주차장으로 향했다. 지하에 있는 주차장에 세워 둔 차에 올라 시동을 걸더니 어디론가 전화를 했다. 전화가 연결되자 어떤 남자가 굵은 목소리로 [네, 전무님.]이라고 했다.

"찾아, 시간이 얼마나 걸려?"

[3일만 주십시요.]

"2일 안에 찾아내."

[네.]

바로 전화를 끊은 정석은 차를 출발시켜 어디론가 향했다. 거리에 묵직한 중형차의 엔진음이 울려 퍼졌다.

*

도형은 사건 파일을 면밀하게 살펴보고 있었다. 천천히 심호

흡하며 차분하게 파일에 있는 오진의 신상 명세와 기록들을 살폈다. 오진은 경찰이라고 믿기지 않을 만큼 행실이 좋지 않아서 그로 인한 징계 처분도 몇 번 기록되어 있었다. 그에 관한 조사 서류를 짚어 내려가던 중에 한 가지가 눈에 들어왔다. 최근에 많은 돈이 생겼는데, 그 시기가 캠핑장 사고가 있은 지 약 3주 후였다.

"돈의 행방부터 쫓았어야 하는 건데 내가 너무 성급히 달려들어서 일을 망쳤어."

도형은 혼잣말을 하고는 잠시 뭔가 생각하는 듯하더니 시간을 확인한 후 다시 옷을 걸치고 북부서로 향했다.

잠시 후 도착한 북부서 교통계는 초상집 분위기였다. 문제아에 사표까지 낸 사람이지만, 경찰이 피살되었다는 사실이 큰 타격을 준 것이다. 도형은 내부 관계자들을 대상으로 참고인 조사에 들어갔다. 오진의 그간의 행적들을 살펴보기 위해서였다. 도형은 한쪽 구석에서 고개를 숙이고 있는 직원에게 다가갔다.

"저, 실례합니다."

"네?"

눈물을 흘린 듯한 그 직원은 약간 놀란 표정으로 도형을 봤다.

"정오진 씨에 대해서 몇 가지 여쭤볼 게 있어서 왔습니다. 그분이 숨진 곳이 남부서 관할이라 남부서에서 온 김도형 형사라고 합니다."

"아, 네. 저는 이진우라고 합니다. 계급은 순경이고요."

"평소에 정오진 씨와 친분이 있던 사이신가요?"

"네, 다른 사람들은 싫어하지만, 저에게는 좋은 형 같은 선배였습니다."

"그렇군요. 잠시 몇 가지 질문 좀 해도 되겠습니까?"

도형은 이진우 순경을 데리고 청사 바깥에 있는 흡연실로 향했다. 흡연실에 앉은 도형은 담배 한 개비를 꺼내 물고는 이진우 순경에게도 한 개비를 권했다. 그러고는 말을 이어 갔다.

"정오진 씨와는 어떻게 친해지셨나요?"

"이곳이 첫 발령지라 제가 업무 파악 못 해서 어리바리했을 때 오진이 형이 많이 도와줬었습니다."

"소문과 다르게 정오진 씨에게 그런 면이 있었군요. 다른 분들은 평이 안 좋던데……."

"네, 저도 알고 있습니다. 다른 사람들은 다 그렇게 이야기하죠. 그 형 성격이 좀 직선적이라 동료들하고 트러블이 많았어요. 하지만 저한테는 좋은 형이었습니다."

이진우 순경은 울먹이는 목소리로 말했다. 그를 물끄러미 바라보던 도형은 다른 질문을 했다.

"평소에 누군가에게 원한 살 만한 일은 없었나요?"

"성격도 성격이지만 행실이 안 좋아서 미운털이 박혔죠."

"안 좋은 행실이라면?"

"아시겠지만, 원래 강력계 형사였는데 도박에 손댔다가 걸려서 경질되어서 이쪽으로 왔잖아요. 그런데 여전히 도박 빚에 시달리고 있어서 여기저기 돈 빌리러 다니고 단속 나갔다가 돈 받은 게 또 걸려서 욕먹었죠. 큰돈도 아니었고 고소도 없어서 내부에서 마무리 짓긴 했지만, 안 짤린 게 신기할 정도였죠. 그런데……."

"그런데?"

"어느 날 갑자기 빚을 싹 갚았다면서 이제 경찰도 때려치우고 편하게 살 거라고 하더라고요. 알기로는 빚이 한두 푼이 아닌데……."

도형의 눈썹이 꿈틀거렸다.

"그 돈이 어디서 났다고 하던가요?"

"글쎄요. 그건 말해 주지 않았습니다. 다만 돈을 통장에 넣지는 않았다고 하더라고요. 그게 안전하다면서."

어떻게 보관하고 있는지는 말 안 하던가요?"

"그런 말은 안 했어요."

도형은 순경이 무엇인가 알고 있다는 생각이 들었다.

"그 돈을 찾으면 범인을 찾는 데 도움이 될 거 같은데 안타깝네요."

"형이 그 돈 때문에 그렇게 된 건가요?"

"그럴 가능성도 있습니다."

"아참, 그러고 보니……."

"뭔가 짚이시는 게 있나요?"

"도움이 될지 모르겠지만, 예전에 형이 저한테 그랬어요. 우리 같은 경찰이 뭘 숨기기에 가장 안전한 장소가 어딘 줄 아냐고요. 제가 모르겠다고 했더니 웃으면서, '바로 우리가 있는 곳이지, 어디긴 어디야, 인마.' 하더라고요. 그 말뜻은……."

도형은 순경의 말이 끝나기도 전에 자리에 벌떡 일어나 밖으로 나갔다. 그가 향한 곳은 증거품 보관실이었다. 그는 들어가자마자 내부에 있던 증거품실의 직원을 큰 소리로 불렀다. 직원이 귀찮다는 표정으로 밖으로 나왔다.

"무슨 일이세요?"

"정오진 경장이 등록한 증거품 있죠?"

직원은 퉁명스럽게 대답했다.

"확인해 봐야 하겠는데요. 그런데 누구세요?"

도형이 신분증을 꺼내 내밀었다.

"남부서 강력계 김도형 경사입니다. 지금 정오진 씨 살해 사건 조사 중입니다. 그분이 맡긴 증거품 좀 보여 주세요."

"아~ 잠시만 기다리세요."

직원이 안으로 들어갔다가 가방을 하나 끌고 나왔다. 캐리어 가방이었다. 가방에는 시건장치가 되어 있었고, 커다란 자물쇠가 걸려 있었다.

"이거 열어 볼 수는 없나요?"

"저희는 기본적으로 증거품에 손대지 못합니다. 잘 아시지 않으세요?"

도형은 커다란 자물쇠를 쳐다봤다. 그리고 뭔가 생각이 난 듯 고개를 들어 직원에게 물었다.

"누가 또 이 증거품을 보러 왔었나요?"

"저희 서장님이요. 증거품 다 봤죠? 이제 이거 제자리에 넣습니다."

"잠, 잠깐만 그거 열어 봅시다."

"안 됩니다. 말씀드렸잖아요."

"이건 분명히 살인 사건의 증거 자료가 됩니다."

"그럼 증거품 영장 있으십니까? 절차라는 것이 있습니다. 지금은 못 합니다."

"아 씨발, 그냥 열어. 담당 형사라잖아!"

"아~씨, 당신이 뭔데 반말이야! 영장 가져오라고!"

"그럼 좋아. 정오진이 등록한 증거품이라면 사건 기록이 있을 거 아니야. 어느 사건의 증거품인지만 알려 줘."

"아~ 정말 계속 반말이네. 가서 영장을 가져오시라고요."

도형은 갑자기 또 두통이 느껴졌다. 화가 치밀어 오른 그는 증거품 보관실 문을 세게 두들겼다.

"야! 너 계속 그따위로 나올래!"

도형의 말에 증거품을 내려놓던 직원이 눈을 크게 뜨며 소리쳤다.

"담당 형사면 형사지 어디서 욕지거리에 명령질이야! 너 이거 경찰 내규 위반이야. 정식으로 감찰반에 보고할 테니 각오해."

"하든지 말든지 알아서 해. 너 그 증거품 서장한테 보여 줬다고 했지? 그게 언제야? 언제냐고!"

도형은 악다구니를 쓰며 달려들었다. 하지만 직원은 무시한 채 안으로 들어가 버렸다. 안에서 난리 치는 소리를 들었는지 의경들이 몰려와서 도형을 끌고 밖으로 나갔다.

경찰서장실에서 정석은 다리를 꼬고 서장과 마주 보며 앉아 있었다.

"잘 처리했죠?"

무표정하게 차를 마시던 정석이 나지막한 목소리로 말했다.

"아~ 물론 잘 처리했죠. 그동안 영원 그룹 조 회장님께서 저에게 많은 도움을 주셨는데, 저 역시 잘 처리하는 게 도리 아니겠습니까?"

"수고 많으셨습니다. 탈 날 일은 없으니 안심하시고 드십시요."

"아하하, 감사합니다."

"입조심, 하시고요. 그럼 저는 이만 일어나겠습니다."

정석은 자리에서 일어났다. 서장은 경찰서 앞까지 배웅을 나왔다. 바로 그때, 의경에게 끌려 나가던 도형이 그들을 봤다. 도형이 정석을 금방 알아볼 수 있었던 건 사건 파일 때문이었다. 영원 그룹 전무. 사건 은폐의 중심으로 추정되는 사람. 도형은 그를 보자 뭔가 명확해지는 느낌이 들었다. 도형의 눈이 번뜩였고, 몸부림을 치며 의경들을 밀쳤다. 그가 두 사람이 있는 곳으로 달려갔다.

"당신, 경찰까지 매수한 거야?"

정석이 도형을 응시하더니 안경을 치켜세우며 물었다.

"누구신지?"

서장은 당황한 표정으로 의경들에게 소리쳤다.

"뭐야, 이 미친놈은? 어서 끌어내!"

의경들이 우르르 몰려와 도형의 팔을 잡았다. 도형은 몸을 비틀며 저항했다.

"이거 놔! 내가 알아서 나갈 거니까."

도형은 팔을 툭툭 털더니 정석을 보며 말했다.

"내가 어디까지 알고 있는지 궁금하지? 기대해라. 나는 절대로 포기 안 하거든."

도형은 의경들 사이를 비집고 정문으로 걸어 나갔다. 그가 나가는 모습을 보던 정석은 서장을 노려보았다. 서장은 멋쩍은 웃음을 지으며 정석의 차 문을 열어 주었다. 차량에 탄 정석은 창문을 내리더니 서장에게 조용히 말했다.

"잘 드셨으면 알아서 하셔야겠죠?"

"네네, 걱정 마십시요."

비굴한 웃음을 짓던 서장은 정석이 사라지자 정색을 하더니 서장실로 들어갔다. 그가 벨을 눌러 형사과장을 불렀다. 이윽고 서장실에 형사과장이 들어왔다.

"앉아라."

"네."

"정오진 경장 사건 어떻게 되어 가고 있나?"

"하필이면 남부서 관할에서 죽어서 좀 복잡하게 되었습니다. 쉽게 접근이 안 돼요. 게다가 남부서에 김도형 형사라는 또라이 새끼 한 명이 있는데 통제가 잘 안 된답니다. 뺑소니 사고 쫓는다면서 난리를 치는데, 오진이 그 사건 목격자라 더 물고 늘어지는 것 같습니다."

"아까 그놈이구만. 조용히 안 덮어지는 건가?"

"쉽지 않을 거 같습니다."

"흠……."

잠시 입을 다물고 있던 서장이 이윽고 형사과장에게 나지막하게 이야기했다.

"관할 이전 신청해라. 우리 서 직원이 죽은 일이다. 우리가 하는 게 맞지? 그렇지 않나?"

"네, 당연하죠. 저희가 해야죠."

"그래, 잘 정리해 봐."

"네, 알겠습니다."

형사과장이 나가자 서장은 전화기를 들어 남부서 서장에게 전화를 걸었다.

"형님, 오랜만입니다."

[그래, 최 서장. 요새 심란하지?]

"아~ 안 그래도 골치가 아픕니다. 경찰이 살해당했으니 위에서도 난리고, 머리가 아픕니다."

[그럴 거라 생각했다. 밑에 애들에게 기자들 안 붙게 조심하라 일러 뒀다.]

"그래서 말인데요, 형님. 그 사건 우리가 진행하면 안 되겠습니까? 동료가 죽었는데 우리 관할로 가져와서 정리하는 게 안 나을까요?"

[나는 상관없다.]

"그런데 형님, 그 김도형 형사라는 놈이 오늘 저희 서에 와서 난리 치고 갔습니다."

[아~ 그놈 진짜 통제 안 된다. 내가 알아서 할 테니까 너희는 이전 신청해라.]

"아! 넵, 형님. 감사합니다. 조만간에 골프 한번 치러 가시죠."

[그래, 수고해라.]

전화를 끊은 최 서장은 긴 한숨을 쉬었다.

남부서 사무실로 돌아온 도형은 그동안 조사한 것을 하나씩 다시 정리해 보려고 자료 파일을 펼쳤다. 그때 황보가 그에게 다가왔다.

"행님, 오셨습니까?"

"그래."

도형은 수사 자료들에서 눈을 떼지 않은 채 대답했다.

"방금 들었는데, 북부서 가서 또 한바탕 하셨네예. 그래서 뭐 건지셨습니까?"

그때야 황보 쪽으로 얼굴을 돌린 도형이 심각한 표정으로 말했다.

"황보, 니 감이 맞는 거 같다."

"네?"

"내가 거기서 누구 봤는지 아나?"

"누굴 봤는데예?"

"영원 그룹 김정석 전무."

황보가 놀라며 되물었다.

"진짭니까?"

"그래, 그 사람이 북부서 서장하고 같이 있더라고."

"영원 그룹이 정계에 연줄이 있다는 얘기는 들었지만, 경찰에까지……. 하긴 없는 게 더 이상할 것 같네예. 그래서 뭔가 알아냈습니까?"

"딱히 정확한 증거는 없다. 그런데 그 사람이 거기 있었던 것만 봐도 알 수 있지. 정오진과 관련이 있다는 걸 다 말해 주는 거잖아."

"냄새가 심하게 나네예."

"유일한 목격자인 정오진 경장의 매수 정황과 살해 의혹, 사건 수사를 은폐하려는 영원 그룹의 움직임 등이 나타내는 게 뭐겠노? 바로 캠핑장 사건에 관련이 있다는 거다."

"네, 행님 생각에 저도 동의는 합니다. 하지만 아직 결정적인 증거가 없지 않습니까?"

"이제부터 찾아내야지."

도형은 갑자기 두통이 느껴져서 손가락으로 양측 관자놀이를 눌렀다.

"형님, 왜 그랍니까? 어디 안 좋은가요?"

그의 모습이 걱정되었는지 황보가 도형의 얼굴을 들여다보며 물었다.

"아, 아니야. 괘안타. 약간 피곤해서 그렇다."

"안 좋으시면 그냥 넘어가지 마시고 병원이라도 가 보세요."

"병원?"

"네, 행님 그 정신과 치료 받고 나서 좀 이상해지셨습니다. 혹시 무슨 약 부작용 같은 거 아닙니까?"

"내가 이상하나?"

"네, 다른 건 모르겠는데 툭하면 흥분하시고 그래서요. 전에는 냉철한 수사를 하셨는데 뭔가 변하신 거 같습니다."

"그래?"

"네, 앞으로도 신중하게 수사하셔야 할 긴데, 그러다 망치면 안 되지 않습니까?"

황보의 말에 도형이 날카로운 눈빛으로 노려봤다.

"아, 제가 주제넘어서 죄송합니다. 하지만 저는 우수한 형사인 예전의 행님을 보고 싶습니다."

황보가 사과하자 시선을 아래로 떨구었던 도형이 고개를 들며 말했다.

"그래, 내가 잘 추스르고 알아서 한다. 황보 니가 여러모로 도와줬는데 실망시키면 안 되지."

"다른 건 모르겠고, 일단 행님이나 잘 챙기세요. 상담 빼먹지 말고요."

"알았다. 간다."

도형은 고개를 끄덕이며 자리에서 일어났다. 그리고 차를 타고 기준의 병원으로 향했다. 병원에 들어서자 간호사가 도형에게 물었다.

"무슨 일로 오셨어요?"

"그…… 진료받으러 왔습니다."

도형이 약간 자신 없는 목소리로 대답했다.

"예약은 하셨나요?"

"아뇨, 오늘은 그냥……."

"잠시만 기다리세요."

원장실로 들어갔던 간호사가 바로 나오더니 도형에게 말했다.

"면담은 가능하신데 지금은 다른 환자들이 있어서 좀 기다리셔야 합니다."

"네, 알겠습니다. 지난번에는 소란 피워서 죄송합니다."

"아, 네."

도형의 말에 간호사는 어색한 표정을 지었다.

잠시 후 문이 열리면서 내담자로 보이는 젊은 여성과 그를 배웅하는 기준이 나왔다. 여성이 밖으로 나가자 기준은 도형 쪽으로 시선을 돌렸다.

"도형 씨 오셨어요?"

"선생님, 제가 실례를 했습니다. 죄송합니다."

"저는 괜찮습니다. 어서 안으로 들어오시죠."

기준은 아무런 일도 없었던 것처럼 태연하게 대했고, 도형은 그를 따라 진료실로 발걸음을 옮겼다.

"다행입니다. 이렇게 다시 저를 찾아오신 걸 보니 오해가 풀린 모양이군요."

"네, 형사라는 직업 때문에 사람을 의심하는 것이 몸에 배었거든요. 게다가 제가 요즘 좀 민감해져서 그랬던 것 같습니다."

"도형 씨가 그런 걸 누구보다 잘 아는 사람이 저 아닙니까. 너무 괘념치 마세요."

그 말을 들은 도형은 환한 표정을 지었다.

"솔직히 말씀드리면, 이제 선생님께 치료받는 거 못 하게 될 거라 생각했습니다."

기준이 온화한 미소를 보이며 말했다.

"무슨 말씀이세요. 작은 오해가 있었다고 어떻게 제가 도형 씨 치료를 포기합니까. 저는 히포크라테스 선서를 한 의사입니다. 그렇게 쉽게 포기할 수는 없죠."

"감사합니다. 선생님, 제가 요즘 좀 이상합니다. 갑자기 감정적이 되어서 일에도 지장이 생기는 것 같습니다. 이런 것도 치료가 가능할까요?"

기준이 자리에서 일어났다.

"물론이죠. 아직은 치료 효과가 눈에 띄게 나타나지 않습니다. 뭐든 꾸준함이 최고죠. 그럼 오늘의 치료를 시작해 볼까요? 최면 치료를 위해 저쪽에 편한 의자로 가시죠."

"네."

10

북부서에서 회사로 복귀한 정석은 조 회장에게 상황 보고를 한 후 자신의 방으로 가서 밀린 업무를 처리하고 비서를 불렀다.

"오늘 스케줄은 더 없나?"

"네, 결재가 전부 끝나셨으면 계열사 임원 모임으로 저녁 식사 일정이 있습니다."

"아~ 오늘은 내가 집에 급한 일이 생겨서 못 나간다고 전달해 줘. 가 봤자 요즘 회사 주가 하락 때문에 푸념이나 할 텐데 뭐."

"네, 알겠습니다."

정석은 자리에서 일어나 재킷을 걸쳤다. 바로 주차장으로 간 그는 자신의 차를 타고 출발했다. 잠시 후 정석이 도착한 곳은 단골 바였다. 마담으로 보이는 여자가 그를 반갑게 맞이했다. 자리를 잡은 정석은 즐겨 마시는 고가의 위스키 온더록스를 마시면서 마담과 담소를 나눴다.

"오늘 좀 피곤해 보이네."

"그래?"

"회사에 안 좋은 일이라도 있어?"

마담의 물음에 정석은 쓴웃음을 지었다.

"안 좋은 일만 있어. 회사 주가는 떨어지지, 오너 자식 놈은 망나니짓만 하지. 나는 그거 수습이나 하러 다니지."

정석은 머리를 세게 저으며 진저리를 치더니 모든 걸 떨쳐 버리려는 듯 위스키를 연신 들이켰다. 그렇게 한참 마담에게 넋두리를 늘어놓더니 피곤함이 짙게 묻은 얼굴로 자리에서 일어났다.

"벌써 가려고?"

"응."

"오늘, 일찍 끝나는데 우리 집에 안 갈래? 약도 있는데……."

마담이 눈을 가늘게 뜨며 얘기하자 정석이 힐끗 보면서 고개를 저었다.

"아냐, 내가 요즘 그럴 여유가 없어. 오늘도 겨우 한숨 돌리려고 온 거야."

"알았어. 그럼 기사나 불러?"

"오늘은 좀 쉬라고 퇴근시켰어. 그냥 대리나 불러 줘."

"그래, 그럼."

마담은 전화를 걸더니 대리 운전 기사를 불렀다. 잠시 후 대리기사가 도착했다는 전화를 받은 마담은 정석과 함께 정석의 차가 주차되어 있는 건물 앞까지 나왔다.

"대리 부르셨죠?"

모자를 푹 눌러써서 거의 입만 보이는 검정 사파리 재킷을 입은 남자가 그들 앞에 나타났다.

"어? 빨리 오셨네요. 5분 정도 걸릴 거 같다더니."

남자는 마담의 말에 어색한 미소를 지으며 고개를 끄덕였다.

취기가 돈 정석은 차 문을 열고는 뒷자리에 깊숙이 기대었다.

마담은 차 문을 닫아 주면서 “잘 가, 또 놀러 오고.”라고 했다.

“알았어. 수고해.”

정석은 손을 들어 마담에게 인사를 하더니 취기가 도는지 눈을 감았다. 얼마나 잠이 들었을까, 깨어난 정석은 게슴츠레 뜬 눈으로 앞을 봤다. 운전석에선 대리 기사가 열심히 운전을 하고 있었다.

“어디쯤 왔지?”

정석은 몸을 일으키며 대리 기사에게 물었다. 하지만 그는 아무런 대답이 없었다. 정석은 자신의 말을 못 들은 모양이라고 생각하면서 차창 밖을 봤다. 그런데 뭔가 이상했다. 주위가 어둡긴 했지만 왠지 낯설었다. 아무래도 집으로 가는 길이 아닌 듯했다. 정석을 태운 차는 인적이 없는 길로 들어가더니 이윽고 멈춰 섰다.

“뭐야? 차는 왜 세우는 건데. 여긴 어디야?”

정석이 대리 기사를 향해 소리쳤다. 하지만 그는 아무런 반응 없이 차에서 내리더니 정석을 향해 나오라는 손짓을 했다. 멍하니 그를 쳐다보던 정석의 표정이 점점 험악해졌다. 그동안 겪었던 것을 생각하면 정석은 조폭도 두렵지 않았다. 정석은 피곤함에서 비롯된 짜증이 차오르며 여느 때보다 더한 분노를 느꼈다. 그런 기분이 표출된 것인지 차 문을 힘차게 걷어차면서 내리더니 상대를 잡아먹을 듯 노려봤다.

“너 이 새끼, 누가 보냈어!”

"내가 보냈다."

"뭐?"

주위가 어두운 데다 모자까지 깊게 눌러써서 대리 기사의 얼굴은 보이지 않았다. 자동차 전조등에 비친 남자의 입 모양으로 기분 나쁜 미소를 짓고 있다는 것만 알 수 있는 정도였다.

"야! 내가 누군 줄 알고 이러는 거야?"

"아니까 여기로 데리고 왔지."

남자의 목소리는 삭막한 주위 분위기처럼 아무런 감정이 느껴지지 않았다.

"비는 모습이라도 보여 봐. 그게 싫으면 내가 내는 문제를 맞혀 보든지. 그럼, 목숨만은 살려 줄게. 여생을 불구로 살긴 하겠지만."

"뭐야, 이 새끼야? 어느 조직인지 모르겠지만, 호랑이 무서운 줄 모르는 개새끼 주제에 빌어 보라고? 나 참 기가 막혀서."

정석은 어이없다는 표정으로 피식 웃었다.

"비는 건 싫다 이거지? 그럼 문제를 낼 테니 잘 들어 봐."

"뭐?"

"멧돼지가 사람을 치면 어떻게 될까?"

"뭐, 뭐라고 하는 거야, 이 미, 미친 새끼가 죽을라고……."

정석은 말이 제대로 나오지 않는지 더듬었다. 그 순간, 정석의 머릿속에는 석기가 저지른 사건을 무마시키기 위해 멧돼지 충돌 사고로 위장했던 것이 떠올랐다.

"다시 한번 묻지, 멧돼지가 사람을 치면 어떻게 될까?"

"대체 그게 무슨 개소리야! 이 미친 새끼야!"

정석은 호통치듯 크게 소리쳤다. 그러자 대리 기사의 표정이 확 바뀌었다. 주변의 공기는 살기로 가득했고 정석은 목덜미에 서늘한 식은땀이 흐르는 걸 느꼈다.

"죄를 지었으면 사죄하고 바닥에 엎드려 빌어야지. 그게 안 되면 죽는 수밖에 없어. 물론 편안한 안락사 같은 건 기대하면 안 돼. 깊이 참회하고 싶을 정도로 고통을 느껴야겠지."

말이 끝남과 동시에 대리 기사는 정석을 향해 돌진했다. 시커먼 사람이 갑자기 달려들자 정석은 빠르게 몸을 회전해서 상대의 몸을 꽉 끌어안았다. 오랫동안 단련된 몸에서 나오는 힘은 상당했다. 정석은 상대를 뒤에서 껴안듯 잡은 상태에서 팔에 힘을 주었다.

"잡았다, 이 새끼야."

자신을 공격한 상대를 제압한 정석은 아무리 취기가 좀 있어도 힘에는 자신이 있었다. 하지만 정석에게 제압당한 상태인데도 대리 기사는 기분 나쁜 미소를 지었다. 남자가 옷 소매에서 쑥 튀어나온 단검으로 뒤에 있는 정석의 허벅지를 푸욱, 하고 찔렀다.

"아악!"

칼에 찔린 정석은 타는 듯한 고통으로 얼굴을 찡그렸다. 뒤에서 제압하고 있던 힘이 풀리자 대리 기사는 몸을 휙 돌리더니 얼굴을 정석의 코앞까지 내밀었다.

"너, 너는……."

잘 보이지 않았던 대리 기사의 얼굴을 가까이서 본 정석은 놀라서 눈을 크게 떴다. 대리 기사는 변장용 실리콘 마스크를 쓰고 있었던 것이다. 눌러쓴 모자 속으로 안경 쓴 남자의 섬찟한 눈빛이 보였다.

"우욱!"

정석은 옆구리에 극심한 통증을 느꼈다. 정석은 방어 본능으로 옆구리를 찌른 대리 기사의 손을 잡고는 힘을 다해 잡아당겼다. 그렇게 상대방의 공격을 저지하려고 했지만, 대리 기사가 들고 있던 칼이 다른 손으로 옮겨지더니 단숨에 정석의 배를 갈라 버렸다. 하얀 와이셔츠가 피로 붉게 물들면서 동시에 정석의 입에서 선혈이 뿜어져 나왔다.

"커억!"

정석의 입에서 괴상한 소리가 새어 나왔다. 다리에 힘이 풀린 그가 무릎을 꿇었다. 대리 기사는 그런 정석을 경멸의 눈으로 내려다봤다. 다시 칼을 든 대리 기사는 빠른 동작으로 정석의 경동맥이 있는 목을 그어 버렸다. 정석은 그 자리에서 쓰러졌고, 몇 초 동안 캑캑대더니 숨이 끊어졌다. 그런 정석을 증오의 눈으로 내려다보던 대리 기사는 괴력으로 숨진 정석을 들어 올리더니 차에 태웠다. 그는 차량을 운전하여 벼랑이 있는 산길까지 이동한 후 내려서 차를 밀어 벼랑 밑으로 떨어뜨려 버렸다.

띠리리리리.

도형의 핸드폰이 울렸다. 잠에서 깬 도형은 신경질적으로 핸드폰을 들었다.

“와 또!”

[와~ 행님, 전화하자마자 신경질입니까? 지금 어딘데요?]

“집이지, 어디긴 어디야, 인마.”

[출근 좀 합시다. 요즘 에이스 형사 와 이라는데요. 맨날 내가 전화해야 합니까?]

“에이스 형사? 지랄도 풍년이다. 반장한테 나 형사 때려치운다고 전해.”

[행님, 또 살인 사건입니다.]

황보의 말투는 진지했지만 도형은 별로 개의치 않는다는 듯이 말했다.

“그게 뭐 어쨌다는 거야. 나 신경 쓰지 말고 니가 알아서 해.”

[행님, 영원 그룹 김정석 전무가 죽었습니다.]

도형이 놀란 눈을 크게 뜨며 벌떡 일어났다.

“언제?”

[발견된 건 오늘입니다. 그런데 죽은 지는 며칠 된 거 같습니다.]

"발견된 곳이 어디고?"

[완전 산골짜기입니다. 위치 메시지에 찍어 줄 테니까 넘어오실라면 오이소. 싫으면 마시고요.]

"이 새끼가……. 기다려라, 바로 넘어갈 테니까."

전화를 끊은 도형은 옆방으로 가서 커튼을 젖혔다. 그리고 빨간색 펜을 들어 김정석의 사진에 엑스 표시를 그은 다음 사건 보드를 뚫어지게 보았다.

"아악!"

도형이 소리치며 보드를 주먹으로 내리쳤다.

"도대체 왜 내 타깃들이……."

도형은 죽은 오진과 정석의 사진을 노려보며 이를 악물더니 재킷을 집어 들고 나가 현장을 향해 차를 몰았다.

얼마 후 도착한 현장은 주위에 인가가 없는 벼랑 아래였다. 도형은 문득 아내와 아들의 시신이 발견된 장소가 떠올랐다. 여기처럼 벼랑 아래 나무들로 무성한 곳이었다. 갑자기 머리가 어지러웠다. 비틀거리는 도형을 본 황보가 달려와 말을 걸었다.

"행님, 괘안십니꺼?"

"어, 나는 괘안타."

황보와 도형은 사건 현장으로 들어가지도 못하고 있었다. 어수선한 분위기 속에서 크레인으로 차량을 끌어 올리고 있었다.

"어째 된 건데?"

"마~ 엉망입니다. 죽은 지 며칠은 되었어요. 주변에 산짐승들도 많고 해서 시체가 온전하지 않습니다. 심하게 훼손돼서 사인도 바로 알기 힘든 상태고요. 차량 상태를 보니 저기 벼랑 위에서 떨어진 것 같습니다."

"저 위는 뭔데?"

"산길 도로입니다. 포장 상태도 안 좋은데 가드레일도 제대로 설치되어 있지 않습니다. 그래서 운전 실수로 추락했을 가능성도 있고요."

"주변에 CCTV 카메라는 없나?"

"보시다시피 이런 곳이라 없습니다."

"하~"

도형은 주위를 둘러보더니 한숨을 쉬었다. 그를 보고 있던 황보가 말을 이었다.

"행님, 아무래도 심상치 않습니다. 그 사건의 관련자들이 연이어 죽는 게 이상하지 않습니까? 누군가 복수를 하고 있는 느낌입니다."

"복수?"

"네, 생각해 보니 제가 겪은 교통사고도 그렇고 촉이 안 좋습니다. 이 사건 더 손대면 우리까지 위험합니다. 행님, 이 사건 광

수대에 넘기고 손떼입시다."

"뭐?"

도형은 황보를 무섭게 쳐다보았다.

"형사 맞나? 언제부터 우리가 위험하지 않은 사건만 수사했노?"

"행님, 그게 아니라……."

"됐어. 수사는 내 혼자 해도 된다. 쫄리면 빠지라."

도형은 그렇게 말하더니 휙 하고 뒤돌아 걸었다.

"어디 가십니까?"

"알 거 없다."

"아, 행님……."

황보가 급히 도형을 쫓아가려는데 누군가가 뒤에서 어깨를 잡았다. 반장이었다.

"바빠 죽겠는데 니 또 어디 가노?"

"반장님, 아무래도 이건 사고가 아닌 살인 사건 같습니다. 사건 관련자 두 명이 연속으로 죽었고, 관련자는 두 명이 남았습니다. 이거 분명히 예고 살인입니다."

반장은 하늘을 한번 올려다보더니 황보에게 말했다.

"내라고 직감이 없는 것은 아니다. 근데 우리가 감당할 만한 사건이 아니다."

"그래서 저도 말려 봤다 아입니까. 그런데 저렇게 막무가내니 저라도 도와야 하지 않겠습니까."

반장은 황보를 물끄러미 쳐다보더니 말했다.

"그래, 알았다. 대신에 도형이 저 새끼 미친 짓 못 하게 황보 너가 잘 지켜봐라. 알겠나?"

황보는 고개를 끄덕이더니 바로 차를 타고 출발했다. 그렇게 국도를 벗어나 고속 도로를 타고 경찰서에 도착한 황보는 방검복 두 개를 챙겼다. 그러고는 다시 차를 몰아 영원 그룹으로 향했다. 영원 그룹 본사 빌딩 주차장에 차를 세우고 챙겨 온 방검복을 꺼낸 황보는 건물 안으로 들어서자 회사 직원만 통과할 수 있는 엘리베이터 쪽 게이트 데스크로 걸어가 직원을 향해 고개를 끄덕였다.

"어떻게 오셨습니까?"

"조 회장님 만나러 왔습니다. 경찰입니다."

"사전에 연락이 되셨거나 영장이 있으신가요?"

"아니요. 하지만 회장님 신변에 대한 중요한 일 때문에 왔습니다."

"잠시만 기다리십시요."

데스크 직원이 내선 전화를 거는 동안 황보는 잠시 숨을 고르며 자리에 서 있었다. 그때 문득 뒤에서 그를 부르는 소리가 들렸다.

"황보경 형사님?"

황보는 뒤를 돌아보았다. 말쑥한 옷차림, 하얀 가운, 잘생긴 얼굴, 기준이었다.

"선생님, 이곳에 어쩐 일이십니까?"

"저는 여기 직원들 헬스 케어 때문에 왔습니다. 같이 병원을 운영하는 오 박사가 지원을 요청해서요. 그런데 형사님은 어쩐 일이세요?"

"아~ 저는 뭐 그냥 공무상……."

황보는 말을 하다가 뭔가 생각난 듯 기준의 얼굴을 들여다봤다.

"그런데 선생님, 여기 오시는 거 괜찮으세요?"

황보의 물음에 기준이 환한 미소로 대답했다.

"괜찮지 않을 게 뭐 있나요?"

황보는 고개를 갸우뚱했다.

"일찍 도착했네. 어? 형사님도 오셨네요."

기준의 팔꿈치 사이로 손이 하나 나오더니 팔짱을 낀 미모의 여성이 환하게 미소를 지었다.

"아, 오 박사님, 안녕하세요."

"네, 이런 곳에서 또 뵙게 되었네요. 김도형 형사님은 잘 계시죠?"

"물론이죠. 잘 계십니다."

황보는 오 박사의 얼굴에서 이상한 위화감을 느꼈다. 오 박사의 시선이 황보의 옆구리 쪽으로 옮겨졌다.

"그게 뭐예요? 방탄조끼?"

"이건 방검복입니다. 경찰이 흉기를 든 사람과 대치할 때 입는……."

"그렇군요. 그럼 직원들 안전 교육 같은 거 때문에 오셨나 봐요."

"아, 그런 건 아니……."

"형사님."

황보가 오 박사에게 설명을 망설이고 있는데 전화를 끊은 데스크 직원이 말했다.

"회장님께서 잠깐이면 시간이 된다고 하십니다. 어떻게 가시는지 안내해 드리겠습니다."

"아, 네."

황보는 기준과 오 박사에게 눈인사를 하고 직원의 안내를 듣고 임시 출입증을 받아 엘리베이터로 향했다. 잠시 후 엘리베이터에서 내린 황보는 자신을 마중 나온 비서와 마주했다.

"어서 오세요."

"아~ 안녕하세요. 남부서에서 나온 황보경이라고 합니다."

"네, 그럼 이리로……."

비서를 따라 회장실 방문 앞에 선 황보는 웅장한 분위기에 살짝 압도당했다. 이윽고 방문을 열고 들어간 비서는 황보를 안내한 후 바로 문을 닫고 나갔다. 회장석에 앉은 조 회장을 향해 황보는 고개 숙여 인사했다.

"회장님, 갑자기 뵙자고 해서 죄송합니다. 제가 이렇게 온 건……."

"형사님, 혹시 전에 만난 적 있었나요?"

조 회장이 묻자 황보가 고개를 끄덕였다.

"네, 회장님 별장 근처에서 제가 회장님 차 검문을 했었습니다. 그때 김 전무님도 있었죠."

"아, 이제 생각났습니다. 그때 무슨 사고가 났다고 했죠?"

"그렇습니다."

조 회장은 황보의 얼굴을 관찰하듯 보더니 물었다.

"형사님이 여기 오신 건 김정석 전무가 죽은 것 때문인가요?"

"네, 맞습니다. 시체가 훼손돼서 쉽지 않았지만 다수의 자상을 찾아냈습니다. 누군가에게 여러 군데 칼로 찔린 것 같습니다."

"그렇군요. 김 전무가 죽은 건 저와 임원들 몇 명밖에 모릅니다. 일단 개인 사정으로 인한 장기 휴가로 가려 두고 나머지 임원들이 업무 공백을 메꿔야 하거든요. 경찰에서도 아직 수사 중인 사건이라 언론에 공개를 안 한 상태로 알고 있습니다. 형사님께도 외부에 새어 나가지 않도록 부탁드립니다."

"네, 알겠습니다."

황보의 대답을 들은 조 회장은 깊은 한숨을 쉬었다.

"그렇게 정석이가 갈 줄이야. 아직도 믿기지 않습니다. 아, 김 전무를 사적으로는 그렇게 부르고 있습니다. 원래 형 동생 하던 사이였거든요. 정석이가 없었으면 오늘의 영원 그룹은 없었을 겁니다."

"그러셨군요. 충격이 크시겠습니다. 김정석 전무님이 언제부터 출근하지 않으셨나요?"

"한 나흘 된 거 같습니다. 결근은커녕 지각도 해 본 적이 없는 사람이 갑자기 전화 연락도 안 돼서 발칵 뒤집혔었죠. 아마 제가 제일 많이 놀랐을 겁니다. 저한테는 오른팔 같은 존재였거든요."

"김 전무 댁에서 실종 신고를 안 하셨던데요."

"네, 제가 제수씨에게 부탁했습니다. 혹시라도 누군가 몸값을 요구할 수도 있어서……."

"그래도 일단 경찰에 신고는 하는 게 좋지 않았을까요?"

황보가 굳은 얼굴로 말했다.

"솔직히 말씀드리면, 지금까지 사업을 키우면서 비슷한 경우가 몇 번 있었습니다. 저희는 회사 이미지도 있고 해서 가급적 조용하게 해결하는 편이 낫거든요. 괜히 일을 키우면 골치 아파져요."

"혹시 이쪽에서도 뭔가 숨기고 싶은 게 있어서 그런 건 아닐까요? 단순히 회사 이미지 차원이 아닌……."

순간적으로 황보를 날카로운 눈빛으로 노려본 조 회장은 즉시 옅은 미소를 지었다.

"저희는 숨길 거 없습니다. 저희 영원 그룹이 그동안 나쁜 짓 해서 돈 벌었다고 떠드는 사람들이 있는 걸로 압니다만, 그거 다 허위 정보입니다."

"회장님, 저에게 솔직하게 말씀해 주시는 게 좋습니다. 살인은 여기서 끝나지 않을 겁니다. 지금 누군가 어떤 사건에 관계된 사람을 하나씩 죽이고 있습니다."

"어떤 사건요?"

"네, 조금 전에 말씀드렸던 별장 근처 사건입니다."

"사건요? 그건 사고라고 하지 않았나요?"

"사고인 줄 알았는데 타살 정황이 드러났습니다. 그리고 그 사건은 조석기 상무님과 관련이 있고요."

"석기요?"

"회장님, 저는 조석기 상무님이 숨기고 있는 걸 알고 있습니다. 사고 차량도 확인했고요. 뺑소니 은폐 정황도 파악하고 있습니다. 법정에 세울 만한 증거까지는 찾지 못했지만, 확신하고 있습니다."

"무슨 말씀이신지……. 석기가 뭘 숨기고 있다고요?"

조 회장은 고개를 갸우뚱했다.

"회장님, 조 상무님의 은폐를 도운 것으로 추정되는 정오진 경장이 죽었습니다. 그리고 김정석 전무님의 죽음도 그것과 관련이 있다는 걸 압니다. 조 상무님이 문제를 일으킬 때마다 김 전무님이 수습했다는 것도요. 그럼 두 사람을 죽인 범인은 다음에 누굴 노리겠습니까? 조 상무님 그리고 회장님 아니겠어요?"

황보의 말을 들은 조 회장의 얼굴이 어두워졌다.

"김 전무의 죽음이 석기와 관련되어 있다니, 말도 안 됩니다.

석기 그놈이 말썽은 가끔 일으켜도…….”

“회장님, 제가 처음 뵈었던 날 조 상무님하고 김 전무님하고 같이 차에 타고 계셨죠?”

“네? 아, 그때요? 그랬을 겁니다. 왜요?”

“저는 분명히 기억합니다. 그때 조 상무님이 극도의 불안을 느끼고 있었던 걸요.”

조 회장은 황보의 얘기가 가소롭다는 듯 말했다.

“그날은 석기가 몸이 좀 안 좋았던 것뿐입니다.”

“제가 별장에서 조 상무님 차에 사고 흔적이 있는 걸 봤습니다. 그게…….”

“형사 양반, 그거 증명할 수 있소?”

“네?”

“석기의 차가 뺑소니 사고를 일으켰다는 걸 증명하실 수 있겠냐고요.”

“그건 차량이 폐기돼서…….”

“아무런 증거도 없이 그렇게 단정해 버리는 게 대한민국 경찰인가요?”

“아, 아닙니다. 저는 다만…….”

조 회장의 기에 눌린 황보는 말이 막혔다.

“지금 중요한 건 김 전무를 죽인 범인을 찾는 거 아닌가요? 어떤 새끼가 감히 영원 그룹의 넘버 투를 죽였는데, 형사님께서는 범인을 잡을 생각은 안 하시고 뭐 하는 거요!"

"회장님, 진정하세요."

"오늘의 영원 그룹을 만들기 위해 내가 죽을 고비를 한두 번 넘긴 줄 아쇼? 도대체 어떤 새낀지 몰라도 잡히면 피눈물을 흘리며 후회하게 만들어 줄 거요. 알겠소!"

흥분한 조 회장의 눈에서는 분노가 이글거렸다. 막무가내인 조 회장을 보며 황보는 한숨을 쉬고는 옆자리에 두었던 물건을 조 회장에게 내밀었다.

"여기 방검복 두 개 챙겨 왔습니다. 조 회장님, 그리고 조 상무님이 입으세요. 제가 해 드릴 수 있는 건 이 정도밖에 없네요."

조 회장은 황보가 가져온 방검복을 말없이 보며 불만스러운 표정을 지었다.

"저는 이만 가 보겠습니다. 시간 내주셔서 감사합니다."

황보는 자리에서 일어나 꾸벅 인사하고 회장실을 나왔다. 빌딩 밖으로 나가려는데 로비 카페 안에 앉아 있는 기준과 오 박사가 눈에 들어왔다. 기준이 황보를 발견하고 손을 흔들었다. 그는 커피를 마시고 있는 두 사람 쪽으로 갔다.

"저는 이제 서로 다시 들어가 보려고 합니다. 수고하세요."

"네, 조심히 들어가세요. 도형 씨에게 안부 전해 주시고요."

"네, 알겠습니다. 그런데 서 박사님……."

"네?"

기준이 커피 잔을 내려놓으며 황보를 쳐다봤다.

"정말 괜찮으세요?"

"괜찮다뇨? 뭐가요?"

"아닙니다. 커피 맛있게 드십시요."

황보는 뒤돌아서 출입문으로 향했다. 기준을 향해 미소를 지으며 커피를 한 모금 마신 오 박사가 힐끗 출입문 쪽을 봤다.

11

석기의 차가 회사에 도착하자 운전사가 급히 내려 뒷좌석 문을 열었다. 기분이 좋은 듯 흥겹게 휘파람을 불며 차에서 내린 석기는 마중 나온 비서에게 주요 업무 일정을 들었다.

"……그리고, 회장님께서 찾으시니 가 보셔야 합니다."

석기가 휘파람을 멈추었다.

"아~ 씨발, 기분 좋았는데. 나한테 그런 말투 쓰지 말라고 했어, 안 했어."

석기는 귀싸대기라도 때리려는지 비서를 향해 손을 번쩍 올렸다. 비서는 움찔하며 방어 자세를 취했다. 석기는 씨익 웃으며 손을 내리더니 비서의 등을 쓰다듬었다. 그의 손이 움츠리고 있는 비서의 하체 쪽으로 내려가더니 엉덩이를 툭 쳤다.

"앞으로 조심해."

석기는 휙 돌아서 빌딩 안으로 들어갔다. 그 모습을 보고 있는 비서의 얼굴은 당장이라도 울음이 터질 듯했다.

화장실에 똑똑, 하는 노크 소리가 들렸다.

"들어와."

문이 열리면서 석기가 들어왔다. 조 회장은 상당히 언짢은 표정을 짓고 있었다. 석기는 조 회장에게 조심스럽게 다가갔다.

"부르셨어요, 아버…… 아니 회장님."

조 회장은 석기를 잠시 노려보고 나서 말했다.

"오늘 형사 하나가 왔다 갔다."

"누구……."

"우리 뒤 캐고 다녀서 교통사고로 정리했던 그 형사."

"아~ 네."

"사고 나서 그만둘 줄 알았는데 멀쩡하네."

"끈질긴 놈이군요."

"정석이 죽었다는 소식 들었지?"

"네, 들었습니다."

"그 형사가 저거 입고 다니란다."

조 회장이 가리키는 쪽으로 석기의 시선이 이동했다.

"저게 뭔가요?"

"방검복. 정석이가 어떤 놈한테 칼 맞고 죽었대. 그래서 입고 다니란다. 다음은 우리 차례가 될 거라나. 그 형사 놈은 제대로 된 증거도 없는데 개새끼처럼 냄새 하나는 잘 맡는단 말이지."

"그냥 둬도 괜찮을까요?"

"아마도 별문제 없을 거다. 물적인 증거도 없는 데다 경찰 간부들을 구워삶아 놨으니까, 저러다 말 거야."

"다행이네요."

"그나저나, 정석이를 대체 누가 그랬지?"

"우리가 작살낸 회사에 있는 사람들이 그런 거 아닐까요?"

"그 인간들은 깜냥도 안 돼."

"그럼 누굴 고용한 건 아닐까요?"

"그 인간들이 그럴 돈이 어디 있냐?"

"그렇군요."

"옛날부터 정석이 목숨 노리는 놈들은 많았지만 모두 상대가 안 됐어. 원한 가진 놈들이 한둘이 아니라 짐작이 안 가네."

조 회장은 그렇게 말하다가 멈추고 뭔가 생각하는 듯했다.

"석기야."

"네."

석기는 경계 어린 눈으로 조 회장을 바라보았다. 불같은 성격의 조 회장이 언제 또 뭐를 던질지 모르기 때문이었다.

"이제 정석이 죽고 이 세상이 네 꺼 같재? 근데 쉽지 않을 끼다. 경영하는 일도 이런 일들을 처리하는 일도 니는 좀 더 농익어야 한다. 정석이가 죽었다고 해서 니 멋대로 하고 다니면 안 된다."

"네, 회장님."

"그라고 이 방검복 입고 댕기라. 그래도 하나밖에 없는 후계자인데 목숨 줄은 붙어 있어야 하지 않겠나?"

"예, 잘 알겠습니다. 이야기 끝나셨으면 그만 일어나겠습니다."

석기는 조 회장에게 인사하고 그대로 방을 나왔다. 자신의 손에 들려 있는 방검복을 무심코 내려보다 어이가 없다는 표정을 지었다.

본인의 방으로 들어온 석기는 핸드폰을 꺼내더니 어디론가 전화를 걸었다.

"경호원 좀 섭외해 봐, 쓸 만한 애들로."

[예, 상무님.]

"24시간 경호니까 교대로 경호할 수 있게 해."

[네, 알겠습니다. 금일 내로 처리하겠습니다.]

"금일 내는 씨발, 당장 보내."

[네.]

석기의 얼굴이 환해졌다.

"김 전무, 그 꼰대 새끼가 뒈졌으니 이제 자유구나. 그나저나 누군지 몰라도 대단한 놈이야, 김 전무를 꺾다니."

석기는 혼잣말을 하더니 소파에 던져 둔 방검복을 다시 봤다.

"그래, 어디서 술 처마시고 방심하다가 당했을 거야. 경호원 데리고 다니면서 몸 좀 사리면 괜찮겠지. 그렇게 버티다 보면 범인도 잡히지 않겠어?"

석기는 데스크 의자 등받이를 젖히면서 웃음을 터뜨렸다. 그러더니 신나는 놀이라도 앞둔 아이처럼 몸을 벌떡 일으켰다.

"그래, 오늘 같은 날은 기분 전환을 좀 해야지."

석기는 방에서 나와 상담실로 가더니 노크도 없이 문을 열고 들어갔다.

"계셨군요, 우리 아름다우신 오 박사님~"

"전무님, 예약도 없이 무슨 일이세요?"

"무슨 일은요. 저야 오 박사님 보고 싶어서 왔죠."

오 박사의 얼굴에 일순 불쾌한 표정이 나타났다.

"지금은 바쁘니까 다음에 다시 오시죠."

오 박사는 시선을 컴퓨터 화면에 고정시키고 있었다. 석기는 전혀 개의치 않는 듯 오 박사의 책상에 턱 걸터앉더니 아이처럼 보챘다.

"아~ 그러지 말고 우리 나가서 한잔해요."

"지금은 바쁘다니까요."

"에이~ 계속 튕기면 재미없어, 오 박사."

오 박사는 옆 책상에 앉아 있는 기준을 흘깃 보았다. 기준 역시 말없이 모니터를 응시하면서 컴퓨터 자판을 두들기고 있었다. 석기는 기준이 옆에 있다는 걸 전혀 신경 쓰지 않았다.

"오 박사님, 오늘은 내가 꼭 오 박사님하고 한잔해야겠어."

"후~"

오 박사가 한숨을 쉬더니 석기를 한번 보고는 어쩔 수 없겠다는 표정을 지었다.

"그럼, 저는 술은 안 되고 밥만 먹을게요."

"아하~ 이제야 말이 통하네. 어서 가시죠."

신이 난 석기는 가벼운 동작으로 상담실 문을 열고 바깥 방향으로 손을 내밀었다. 그렇게 상담실을 나와 회사 로비를 나선 두 사람의 앞으로 기사가 차를 몰고 왔다. 석기는 기사에게 자신이 운전할 테니 내리라고 했다. 석기는 운전석에 타자마자 속도를 높였다. 옆자리에 앉은 오 박사는 무표정한 얼굴로 앞을 응시했다.

"박사님은 원래 심리 치료가 전문이야?"

"그렇죠. 그러니까 이 회사에 직원들 상담하러 나오죠."

"참, 경찰서에도 간다면서?"

"네, 자문 역으로 갑니다."

"그래? 그곳에서 경찰들 상대로 심리 치료 같은 것도 해?"

"그럼요. 제 전문인 최면으로 심리 치료를 하죠."

"오호~~ 신기하군. 최면으로 막 뭐 전생도 알아보고 그러나요?"

"알아볼 수 있죠."

"그래? 그럼 나한테 했던 거하고는 다른 건가?"

“네, 뭐 비슷한 종류이긴 하지만 그거하고는 좀 다르죠.”

석기의 얼굴에 음흉한 미소가 번졌다.

“그 최면 치료라는 거, 어디 어두운 데에서 둘이 하는 거 맞지? 그럼, 오늘 당장 합시다.”

석기를 지그시 보던 오 박사가 시선을 돌리며 말했다.

“다음에 해요. 다음에 저희 병원에 한번 오세요.”

기쁜 표정의 석기가 고개를 끄덕였다.

“그 전에 오 박사님하고 좀 더 친해지고…….”

그때 핸드폰 벨이 차 안에 울렸다. 블루투스로 연결시킨 석기의 핸드폰이었다. 대시보드 디스플레이를 보니 조 회장의 전화였다. 석기는 인상을 쓰더니 핸즈프리 통화 버튼을 눌렀다.

“네, 회장님.”

[너 이 새끼, 어디야!]

“아, 네…… 우리 회사 직원들 멘털 케어해 주는 오 박사님 수고가 많으셔서 식사 대접을 좀 하려고…….”

[야! 이 새끼야! 지금 목숨이 왔다 갔다 하는데 한가롭게 밥 처먹을 때야!]

“회장님, 그게 아니고…….”

[아니긴 뭐가 아니야! 당장 회사로 들어와!]

“네, 회장님.”

전화가 툭 끊겼다.

"이~ 씨발!"

화를 주체할 수 없었던 석기는 얼굴이 터질 듯 벌겋게 달아오른 채 애꿎은 핸들만 주먹으로 두들겼다. 옆자리에 앉은 오 박사는 옅은 미소를 지으며 차창 밖으로 시선을 돌렸다.

"한심한 새끼, 아들이라고 하나 있는 게 저 모양이니……."

조 회장은 안색이 좋지 않았다. 정신 못 차리는 아들 석기도 문제지만, 같이 오늘의 영원 그룹을 만들어 낸 정석의 죽음이 아직도 믿기지 않았기 때문이었다. 심각한 표정의 조 회장은 인터폰을 눌러 비서를 불렀다.

"부르셨습니까?"

"그래, 김 전무 장례식은 어떻게 됐지?"

"경찰에서 부검 중이라 다음 주에나 가능할 것 같습니다."

"업무 공백은 얼추 마무리되는 것 같군. 부검 완료되는 대로 회사에 공지 띄워. 사유는 적당하게 하지만 장례식은 영원 그룹 임원으로 부족하지 않게 잘 치러야 해."

"네, 회장님. 영원 그룹과 계약되어 있는 상조업체의 최고 대우로 진행 예정입니다."

"알았어."

그때 조 회장의 핸드폰에 메시지 알람이 울렸다. 무심코 메시지를 확인한 조 회장은 놀란 듯 눈이 커졌다. 전방을 노려보며 뭔가 생각하던 조 회장은 자리에서 벌떡 일어나서 외출 준비를 했다. 그 모습을 본 비서가 물었다.

"회장님, 오늘 일정이 있는데 어디로 가십니까?"

"일단 연기하고, 차 좀 대기시켜."

"네, 바로 준비하라고 하겠습니다."

조 회장은 회장실에서 나와 엘리베이터를 탔다. 1층 로비에 내리자 대기하던 기사가 와서 꾸벅 절을 했다. 조 회장은 기사에게 앞장서라는 손짓을 한 뒤 뒤따라 정문을 빠져나갔다. 그리고 정차해 있던 차에 올라탔다. 차가 출발하기 전에 조 회장은 기사에게 말했다.

"별장으로 갈 거야. 지금 연락해서 경호원들한테 별장으로 모이라고 해. 최 영감도 준비하라고 전하고."

"준비요?"

"그냥 그렇게 말하면 돼."

"네, 회장님."

"그리고 조 상무가 곧 복귀할 건데, 경호원들하고 같이 집으로 가서 얌전히 있으라고 해."

"알겠습니다."

차 유리가 검게 선팅되어 내부가 보이지 않는 고급 외제 세단인 전용차 뒷좌석에 앉은 조 회장. 그는 주머니에서 핸드폰을 꺼내 아까 확인했던 메시지를 봤다. 그 메시지의 내용을 이랬다.

'회장님, 저는 김정석 전무를 죽인 사람입니다. 제가 누군지 궁금하지 않으십니까? 그럼 지금 별장으로 와 주십시요. 안 오시면 조석기 상무 차례가 될 것입니다.'

조 회장의 차가 산길 도로를 달렸다. 이윽고 한적한 별장의 전경이 눈에 들어왔다. 차가 별장 앞에 정차하자 기사가 재빨리 내려서 뒷문을 열며 에스코트를 했다. 조 회장이 차에서 내리자 최 영감과 경호원들이 나와 허리 숙여 인사하며 맞이했다. 조 회장은 최 영감에게 다가가더니 귓속말로 무슨 말을 했다. 최 영감은 고개를 끄덕이고는 경호원들 쪽으로 갔다. 그들은 진지한 표정으로 최 영감의 말에 귀를 기울였다.

"회장님께서는 여기서 김 전무님을 죽인 놈을 만나기로 했다. 내가 말한 위치로 이동해서 경비를 서고 30분 간격으로 이상 유무를 보고해라. 알았나?"

"네, 알겠습니다."

최 영감은 마치 대장처럼 경호원들에게 지시했다.

각자 자신의 자리를 잡고 나서 경호원 중 한 명이 다른 경호원에게 말했다.

"아니, 왜 우리가 별장지기 영감 지시를 따라야 하지? 저 노인네 대체 뭐야?"

"야, 조용히 해. 그런 소리 함부로 하지 마. 저분이 우리 경호 회사 사장님 선배인데 사장님이 나오신 특수부대 선임이래. 저래 봬도 별명이 살인 병기래."

"살인 병기?"

"그래, 용병들 중에서도 전설적인 존재였대."

"그렇게 대단한 사람이 왜 저러고 있어."

"나도 자세한 건 모르지만, 저 노인네 가족이라곤 딸 하나밖에 없는데 큰 병에 걸려서 수술을 해야 하는데 조 회장님이 그 많은 수술비를 전액 지원해 줬대. 그래서 평생 조 회장님 경호하겠다고 맹세했다나. 그런데 나이도 있고 해서 조 회장님이 그냥 이 별장이나 관리해 달라고 했대."

"너, 그런 얘기는 어디서 다 들었냐?"

"우리 회사 사장님이 저 노인하고 술자리했었는데, 그때 수행을 했거든. 아무튼, 이거 하나는 확실하니까 잘 들어 둬."

"뭔데?"

"우리가 소속된 경호 회사 진짜 주인은 조 회장님이야. 우리 사장님이나 저 노인이나 조 회장님 밑에 있는 거라고. 오늘 조 회장님 경호 잘하면 우리에게 뭐라도 한 자리씩 줄지 모르니까 일 제대로 하자고. 오케이?"

"오케이!"

쥐 죽은 듯 조용한 밤이 되었다. 조 회장은 아무 말 없이 창밖을 바라보고 있었다. 밖에는 인기척이 전혀 느껴지지 않았다. 최 영감은 조 회장의 옆에서 말없이 서 있었다. 조 회장은 초조했다. 어둡고 고요한 저 밖에서 당장이라도 무슨 일이 생길 것 같은 불길함을 느꼈다. 그리고, 그 느낌은 틀리지 않았다.

콰!

갑자기 밖에서 폭음이 들렸다. 약간 떨어진 곳에서 난 소리였다. 놀란 경호원과 최 영감이 일제히 밖으로 뛰어나갔다. 그러나 주위는 잠잠했다. 최 영감은 경호원들 중 두 명에게 밖으로 나가서 살펴보고 오라고 했다.

잠시 후, 밖에 나갔던 경호원들이 돌아와서 조 회장에게 보고했다.

"회장님, 소리의 원인을 찾았습니다."

"뭐였지?"

"근처 계곡에서 폭약을 터뜨리고 다니는 불량한 놈들이 있는 것 같습니다. 마을 이장도 올라와서 확인하고 있는데, 이놈들이 가 보면 흔적도 없이 사라져서 잡기가 어렵다고 합니다."

"여태 별장에서 지내는 동안 그런 일은 없었는데……."

"최근 며칠 동안 갑자기 그랬다고 합니다."

조 회장의 인상이 구겨졌다. 조 회장이 최 영감을 쳐다보며 물었다.

"최 영감도 알고 있었나?"

"저는 일주일 동안 고향 갔다가 어제 와서 몰랐습니다."

"우라질!"

조 회장은 욕지거리를 내뱉었다. 이런 산중 별장에서 폭약 소리까지 거슬리게 할 줄은 생각도 못 했다. 조 회장은 그렇지 않아도 초조해서 신경이 날카로워져 있는데 이런 일까지 생기자 어이가 없었다. 그러다 겨우 진정을 되찾고 슬슬 잠자리에 들려고 방으로 향하려던 때였다.

콰쾅!

또다시 폭발음이 들렸다. 이번에는 가까운 곳에서 들렸다. 경호원들이 일제히 집합했다. 화가 난 조 회장은 경호원들에게 명령을 내렸다.

"어떤 새끼 짓인지 최 영감만 빼고 다 나가서 잡아 와! 감히 내 심기를 건드려? 내 오랜만에 한 놈 담가야겠다."

"네, 회장님."

합창을 한 경호원들은 문밖으로 뛰어나갔다. 조 회장은 소파에 기대어 앉은 채 최 영감을 향해 오라는 손짓을 했다.

"아무래도 느낌이 이상해. 경호원들 돌아올 때까지 가까이에 좀 있게."

"알겠습니다. 그 전에 문을 잠그고 오겠습니다."

최 영감이 문 쪽으로 걸어가다 갑자기 발길을 멈추더니 조 회장이 있는 곳으로 돌아왔다.

"회장님, 지금 이곳에……."

갑자기 소름 끼치는 웃음소리가 들렸다.

"어떤 놈이야!"

최 영감은 주변을 둘러봤다. 별장 부지의 경계인 벽 안쪽, 등이 고장 나서 만들어진 어둠의 사각지대에서 뭔가 움직이는 느낌이 들었다. 그러더니 그 어둠 속에서 사람으로 보이는 존재가 성큼성큼 걸어 나왔다.

"영감님 대단하시네. 다른 사람들은 모르던데."

"뭐야! 이 새끼!"

"아무튼 난 영감님한테는 볼일이 없어. 조 회장님 만나러 왔거든."

조 회장은 뒤에서 최 영감의 어깨를 꼭 잡더니 슬며시 옆으로 밀면서 저쪽에는 안 들리게 작은 목소리로 말했다.

"일단 들어 보자. 그사이에 경호원 애들이 돌아오겠지."

최 영감은 고개를 돌려 조 회장과 눈을 마주치더니 이내 끄덕이며 고개를 떨구었다. 조 회장이 최 영감 앞쪽으로 나섰다. 어둠 속에서 걸어 나온 남자가 가까이 오자 얼굴이 보였다. 정석을 죽인 그 남자였다.

"그래, 여기까지 나를 만나러 온 이유가 뭐지?"

"조 회장님, 제가 질문 하나 할 테니 잘 들으세요."

남자는 조 회장의 얘기는 듣지도 않고 그렇게 말했다.

"질문?"

"그럼 잘 들어 보세요."

범인의 목소리는 침착하고 밝은 느낌이었다.

"멧돼지가 사람을 치면 어떻게 될까요?"

밑도 끝도 없는 말에 조 회장은 멍한 표정으로 상대를 보더니 이내 큰 소리로 웃었다.

"어디서 정신 나간 놈이 왔구만."

남자는 아무런 말이 없었다. 그러더니 느닷없이 조 회장을 향해 달려들었다. 조 회장은 반사적으로 몸을 움츠렸다. 이러다 무방비 상태로 괴한에게 습격을 받게 생겼다.

퍽!

달려오던 남자는 갑자기 날아온 발차기에 맞고 옆으로 쓰러졌다. 뒤로 물러나 있던 최 영감이 빠르게 앞으로 나가 남자를 공격한 것이다. 작고 마른 체구에서 나온 생각지도 못한 힘에 쓰러진 남자는 놀란 표정을 지었다. 하지만 남자의 맷집 역시 만만치 않았다. 벌떡 일어서더니 다시 자세를 고쳐 잡았다. 남자의 손에는 칼이 들려 있었다. 최 영감도 다시 공격 자세를 취하며 주먹을 쥐었다. 그는 맨손이었지만 대치하고 있는 두 사람의 기는 어느 한쪽으로 밀리지 않았다. 잠시 동안 그들 사이에는 정적이 흘렀다. 뒤에 서 있는 조 회장은 의미심장한 표정으로 지켜보고 있었다.

먼저 움직인 건 최 영감이었다. 남자는 달려오는 최 영감을 향해 칼을 휘둘렀다. 하지만 최 영감은 빠르게 몸을 숙여 피하더니 그대로 왼손 훅을 복부에 꽂았다.

"켁!"

단말마의 비명과 함께 남자가 상체를 숙였다. 최 영감은 때를 놓치지 않고 얼굴에 어퍼컷 연타를 날렸다. 작은 체구의 낮은 위치를 활용한 빠르고 강력한 주먹에 남자는 속수무책으로 당했다. 승부는 짧은 시간에 결정되었다.

"너는 오늘 나를 만났으니 운이 나쁜 거야."

최 영감은 주먹을 풀고 범인이 무릎을 꿇는 모습을 지켜보았다. 조 회장 쪽으로 시선을 돌리자 그는 잘했다는 표정으로 고개를 끄덕였다. 최 영감은 범인의 두부 관자놀이를 향해 일격을 날렸다. 둘 사이에 피가 튀었다.

"윽!"

갑자기 최 영감의 얼굴이 일그러졌다. 남자가 마무리 일격으로 날아온 최 영감의 주먹에 그대로 칼을 쑤셔 박은 것이다.

"아아악!"

최 영감은 고통스러운 비명과 함께 뒷걸음질 치며 칼을 손에서 뽑아냈다. 화가 끝까지 난 그는 험악한 표정을 지으며 남자를 향해 달려들었다. 남자는 미친 듯이 달려오는 최 영감의 힘 빠진 주먹을 피하면서 예비로 준비해 둔 칼을 뽑아 그의 옆구리에 쑤셔 박았다.

"커헉!"

최 영감의 입에서 피가 흘러나왔다. 깊숙하게 찔린 그는 무릎을 꿇고 쓰러진 자세로 다시 고개를 들어 남자를 노려봤다. 눈싸움을 하듯 쳐다보는 남자의 눈에서 광기가 느껴졌다. 하지만 그것도 잠깐이었다. 의식을 잃은 최 영감은 앞으로 꼬꾸라지며 쓰러졌다. 무표정한 얼굴로 최 영감이 쓰러진 것을 확인한 남자는 시선을 돌려 조 회장을 향해 걸어갔다.

예상도 못 했던 최 영감의 패배에 충격을 받고 얼어 있던 조 회장은 그제야 몸을 움직였다. 그는 잔뜩 겁에 질린 얼굴로 뒷걸음질 쳤다.

"김, 김 팀장 어디 있어? 여봐! 김 팀장! 어서 와서 이 새끼 막아!"

조 회장은 주위를 둘러보며 소리쳤다. 생명의 위협을 느낀 그는 뒤돌아서 어디론가 달아나려 했다. 하지만 남자는 조 회장의 다리를 가볍게 걷어차서 바닥에 쓰러뜨렸다.

"멧돼지가 사람을 치면 어떻게 될까요? 아직 대답을 듣지 못 했는데요?"

뒤로 넘어진 조 회장은 공포에 찬 눈으로 남자를 올려다봤다. 몇 초의 정적이 지난 후, 남자가 칼을 든 손을 치켜들었다.

띠리리리리리.

도형은 잠을 깨운 벨 소리에 신경질적으로 전화를 받았다. 핸드폰 화면에 '황보'라는 이름이 보였다.

"또 뭔데?"

[행님, 맨날 똑같다. 나는 행님한테 전화하고 행님은 내한테 짜증 내고, 나는 어디냐고 묻고 행님은 집에서 자고 있다 하고. 에혀~]

전화기 너머로 들리는 한숨 섞인 푸념에 도형은 짜증스러운 목소리로 말했다.

"나 피곤하니까 쓸데없는 소리 할 거면 끊어라."

[행님, 조 회장 갔습니다.]

"그게 뭔 소리고?"

[어젯밤에 별장에서 칼에 찔려 죽었습니다. 일어나서 뉴스 좀 보이소.]

"알았어. 다시 전화할게."

도형은 전화를 끊고 벌떡 일어났다.

"억."

급히 몸을 일으키던 도형은 생각지 못한 통증을 느꼈다. 누구한테 뚜드려 맞은 것처럼 몸이 욱신거렸다. 왜 이런 건지 궁금했지만 지금은 그걸 신경 쓸 때가 아니었다. TV를 틀었더니 영원그룹 조 회장 사망 뉴스가 나오고 있었다. 뉴스 화면에 조 회장 별장이 나오는데, 노란 테이프로 출입을 막아 놨으며, 그 앞에 방송국 기자들의 모습이 보였다. 기자의 말에 따르면, 어젯밤 조 회장의 경호원들이 밖에서 들린 폭발음의 범인을 찾으러 자리를 비운 사이 괴한에게 당한 것 같다고 했다. 복귀한 경호원들이 별장을 지키는 노인이 피를 흘리고 쓰러져 있는 것을 발견했으며, 더 안쪽에는 조 회장이 가슴을 여러 번 칼에 찔린 채 쓰러져 있었다고 했다. 둘 다 과다 출혈로 사망한 상태였다.

"도대체 뭐, 뭐가 어떻게 된 거야."

도형은 순간 머리가 핑 돌았다.

"어떤 놈이 내가 수사하려는 대상을 하나씩 죽이는 거야."

도형은 뭔가 생각난 듯 벌떡 일어나더니 대충 옷을 입고 밖으로 나갔다. 그러고는 거칠게 차를 몰아 영원 그룹으로 향했다.

영원 그룹 사옥 앞은 기자들과 경찰들이 뒤섞여서 난리가 아니었다. 도형은 그 사이를 비집고 들어가려고 했으나 잘되지 않았다. 그러던 중 로비에서 경호원들에게 둘러싸여 나오는 조석기를 발견했다. 도형은 거칠게 사람들을 밀쳐 냈다.

"조석기!"

석기는 순간 자신을 부르는 쪽으로 고개를 돌렸다. 그리고 도형을 쳐다봤다.

"네가 다 죽인 거 아냐? 너의 죄를 알고 너의 인생에 걸림돌이 되는 인간들을 죽인 거 아니냐고!"

조석기는 도형을 노려보며 중얼거렸다.

"미친 새끼."

"내가 너 꼭 죗값을 받게 해 줄 테니까 기다려라!"

석기는 잔뜩 인상을 쓰며 차에 탔다. 그가 탄 차는 지체 없이 출발하더니 어디론가 가 버렸다. 도형의 주위엔 순식간에 기자들로 둘러싸였고, 플래시 세례와 질문 세례를 받았다. 도형은 아무 말 없이 석기가 간 방향만 쳐다봤다. 그때, 어디선가 손 하나가 나오더니 도형을 기자들 밖으로 끌어내 사람이 없는 곳으로 데려갔다. 황보였다.

"행님, 지금 뭐 하시는 겁니까? 또 근신 처분 당하고 싶으세요? 그러다 경찰 얼굴에 먹칠한다고 짤리면 어떡하시려고 그래요."

"황보야, 아무리 생각해도 이런 일 저지를 인간은 저 새끼밖에 없어."

"아니, 그건 또 뭔 말입니까?"

"내 생각이 그래. 오진이는 범행을 목격한 자라 죽였고, 김정석은 영원 그룹을 빼앗길까 봐 죽였을 거야."

"그럼 조 회장은 뭡니까? 아버지를 그렇게 죽이는 인간이 어디 있습니까?"

"마! 니는 조석기가 인간 같나? 저 새끼? 인간이 아니야. 김정석이까지 제거했는데 영원 그룹을 물려주지 않겠다고 했을 수 있잖아."

"행님, 기자들 많습니다. 그만하시고 얼른 가입시더."

"야! 그 새끼 빨리 데리고 와!"

저쪽에서 화가 잔뜩 난 반장이 소리쳤다. 도형은 그쪽을 노려보더니 황보를 뿌리치며 자신의 차로 돌아갔다. 그러고는 차에 올라타 어디론가 가 버렸다. 남겨진 반장과 황보는 답답한 심정이 드러난 얼굴로 한숨을 쉬었다.

"황보야."

"네, 반장님."

"도형이 저 새끼, 놔두면 분명히 큰 사고 친다. 그러니까 네가 가서 잘 지켜봐라."

"네, 알겠습니다."

12

차창 밖에는 추적추적 비가 오고 있었다. 도형은 으리으리한 저택의 앞에 자동차를 세운 채 한 곳만을 주시하고 있었다. 그곳은 고 조 회장의 집이었다. 잠복 중이던 도형은 주머니에서 비닐에 포장된 경주빵 하나를 꺼내서 캔 커피와 함께 먹으며 어제 집으로 경주빵 한 박스를 들고 찾아온 황보와의 대화를 떠올렸다.

"뭐고, 이거는?"

"제가 샀겠습니까? 간만에 집에 들어갔더니 저 빼고 경주로 가족여행 갔던 와이프가 형님 혼자서 밥도 못 챙겨 먹을 거라며 가져다드리라고 했습니다."

"제수씨한테 고맙다고 전해 도."

"그나저나 행님, 그날 일로 근신까지 당하셨는데, 계속 수사하실 겁니까?"

"당연히 해야지. 조석기, 그 새끼 범행을 밝혀야 돼."

"증인도 증거도 불충분한데 어떻게 잡는다는 말씀입니까?"

"억지로라도 실토하게 만들어야지."

"네? 그게 가능했으면 진즉에 했지 않겠습니까?"

"나는 어떻게든 밝힌다. 이대로 두면 모든 게 도로아미타불이야."

"그래서 어떻게 하시려고 그라십니까?"

"무슨 수라도 써야지."

"그러다 행님이 다치실 수 있습니다. 아니, 생명까지 위험할 수도 있습니다."

"생명이 위험하다고?"

"당연한 거 아입니까. 행님은 그 세 사람을 누가 죽였는지 궁금하지 않으십니까?"

"궁금하지. 뭐 좀 알고 있는 게 있나?"

"제대로 된 증거는 없습니다만, 그 사람이 관련된 것 같습니다."

"그 사람이 누군데?"

"행님……."

황보는 진지한 눈으로 도형을 보았다. 잠시 침묵이 흘렀다. 황보가 다시 입을 열었다.

"행님한테는 사정상 말씀드릴 수는 없지만, 저는 그 사람이 너무 불쌍합니다. 법으로 해결할 수 없으니 그렇게 미친 짓이라도 하고 싶은 심정도 이해합니다. 하지만 제가 형사 아닙니까. 범죄를 저지르고 있는데 그냥 보고 있을 순 없다 아닙니까."

"사정은 무슨 사정인데. 니 자신 없어서 그러는 거지? 지난번처럼 엉뚱한 사람 가지고 그러는 거 아니야? 자꾸 이상한 소리만 하지 말고, 그래서 우짤 건데?"

도형이 차가운 표정으로 황보에게 물었다.

"가능하다면 제가 잡고 싶습니다. 그리고……."

황보가 말하는데 핸드폰 벨이 울렸다. 황보의 핸드폰에서 나는 소리였다. 그는 주머니에서 핸드폰을 꺼내 받더니, "네, 알겠습니다." 하고 대답하곤 끊었다.

"반장님 호출입니다. 행님도 아시다시피 지금 조 회장 죽어서 서 내 분위기가 말이 아니다 아닙니까. 저는 가 볼 테니 행님은 근신 기간 동안 얌전히 좀 계세요."

"신경 꺼라. 내 일은 내가 알아서 해."

"제발 신경 좀 안 쓰게 해 주시고요."

황보는 꾸벅 인사하고 도형의 집에서 나갔다.

도형의 차량으로 한 남자가 비옷을 입고 다가오더니 다짜고짜 조수석 문을 열고 탔다.

"행님."

"뭐고?"

비옷 모자를 벗자 드러난 얼굴은 황보였다. 도형은 피곤이 가득한 눈으로 황보를 봤다.

"행님 여기 있을 줄 알았습니다. 아니, 근데 진짜 지겹다. 언제까지 이랄 겁니까. 와~ 차 안에 냄새 진짜. 숨쉬기가 힘드네. 이거 어째 할랍니까."

도형이 그런 황보를 물끄러미 쳐다보았다.

"쓸데없는 소리 할 거면 꺼져."

"행님, 적당히 하시고 이제 고마 저하고 일어납시다. 점마 저거 짱박혀서 한 달이든 두 달이든 안 나올 생각입니다. 그라고 나온다고 한들 행님이 우째 할랍니까? 답 있습니까?"

도형은 바로 대답하지 않고 잠시 생각에 잠겼다가 입을 열었다.

"황보야, 니 내랑 얼마나 같이 알았노?"

"대학 때부터 합치면 벌써 한 17년 아닙니까."

"오랫동안 니 내 봐 왔다 아이가? 근데 내가 이렇게 미치도록 매달리는 것 봤나? 눈을 감으면 잠이 안 온다. 저런 것들이 뻔히 잘 사는 꼴을 내가 더 이상 볼 수가 없다."

"예, 행님 백번 이해 갑니다. 그래도 집착한다고 해결될 일 아이다 아입니까."

"일단 먼저 들어가라. 내 생각 좀 해 보고 좀 더 있다 들어가든가 하께."

"후~~"

황보는 깊은 한숨을 쉬었다.

"행님, 지나고 나서 하는 말이지만, 행님 힘들 때 행님 옆에 못 있은 거 죄송합니다. 근데 이제 행님도 일상으로 복귀하실 때가 되지 않았습니까. 세상 살다 보면 힘든 일이 많은데요. 우짜겠습니까."

황보가 그렇게 말하며 도형을 봤지만, 도형은 아무런 대답도 하지 않고 묵묵히 전방만 보았다. 그의 반응을 기다리던 황보는 고개를 저으며 포기했다는 듯 말했다.

"그럼 행님이 알아서 하이소. 저는 어디 좀 갔다 올게요."

"오지 마라."

"형님 혼자서 있으면 심심해서 안 된다 아닙니까. 금방 갔다 오겠십니다."

황보는 도형의 어깨를 툭툭 두들기고는 비옷 모자를 다시 뒤집어쓰더니 차 문을 열고 내렸다.

자신의 차로 옮겨 탄 그는 바로 차를 출발시켰다. 그의 차가 향한 곳은 도형이 치료를 받고 있는 병원이었다. 병원에 도착할 즈음 비가 그쳤다. 황보는 병원 문을 열고 들어가서 접수 창구에 있는 간호사에게 말했다.

"저, 원장 선생님 뵙기로 약속을 해서 왔습니다."

때마침 기준은 병원 로비에서 환자와 이야기를 나누고 있었다. 황보를 발견한 그는 환자에게 뭐라고 말하더니 이쪽을 보며 인사했다.

"형사님, 오셨어요."

"아 네, 바쁘신데 시간 내주셔서 감사합니다."

기준은 간호사에게 커피 한 잔을 가져다 달라고 부탁하고 황보와 함께 진료실로 들어갔다. 두 사람이 자리에 앉자 기준이 온화한 미소로 물었다.

"그래서, 어떤 걸 알고 싶으시죠?"

"음……."

황보는 고개를 숙이고 잠시 뜸을 들이더니 얼굴을 들어 기준을 보며 말했다.

"선생님, 도형이 행님 현재 상태를 어떻게 파악하고 계신지 알고 싶습니다."

"도형 씨 상태라……."

기준은 나지막한 한숨을 쉬었다. 그리고 말없이 숙고하는 표정으로 조심스러운 태도를 보였다.

"솔직히 말씀드리면, 행님이 너무 사건에 집착하고 있어서 걱정입니다. 선생님도 아시지요? 조 회장이 죽은 사건?"

"네, 뉴스로 봤습니다."

"처음에 정오진 경장이 죽었을 때도 그랬고, 선생님께 와서 소리를 지르며 격한 태도를 보였잖아요. 아직도 그러고 있습니다."

"그런데 저한테는 어떤 걸 알고 싶으신 거죠?"

"행님이 왜 저렇게 되었는지 궁금해서 그럽니다. 행님이 정신적으로 힘든 건 충분히 이해하지만, 그렇다고 해도 이해가 안 가는 부분도 있고 걱정이 됩니다. 저러다 사고라도 치거나 다칠 거 같아서 말이죠."

"그러시군요. 음…… 도형 씨가 처음 상담 오셨을 때는 무기력한 상태였습니다. 심리 치료를 반복하면서 의욕이 많이 회복된 모습이 보였거든요."

"그런데 왜 저럴까요, 선생님."

"상담을 통해 분석을 해 봐야 알겠습니다만, 자신의 일에 지나치게 집중해서 그런 건 아닐까 하는데요."

"그럴 수도 있는 건가요?"

"네, 상실감을 채우기 위한 보상 심리랄까. 아직은 짐작이긴 하지만 그렇습니다."

"선생님, 그럼 저런 집착에서 벗어나는 것도 가능할까요?"

"글쎄요. 그것에 관해서는 상담과 치료를 더 해 봐야 알겠습니다만, 저는 가능하다고 생각합니다. 다만……."

"다만?"

"지금 집중하고 있는 일이 어느 정도 마무리되었다고 하는 시점에서 치료를 하는 것이 좋을 것 같습니다. 도형 씨에게는 지금 수사하고 있는 사건이겠죠."

"그렇군요."

"도형 씨는 지금 어디 계신가요?"

"영원 그룹 후계자인 조석기 상무 집 앞에서 잠복 중입니다. 아무도 시키지 않았는데 자기 혼자 저런답니다. 그래서 형 동생하며 친했던 반장님하고도 요즘 좀 사이가 안 좋구요."

"잘 알겠습니다. 정신 상담으로 알게 되긴 했지만, 아픔을 공감하는 저로서는 도형 씨를 친구처럼 생각합니다. 앞으로 좀 더 면밀히 상태를 지켜보면서 적당한 치료를 할 수 있도록 신경 쓰겠습니다."

"정말 감사합니다."

황보는 어색한 미소를 지으며 찻잔을 들어 커피를 한 모금 마셨다. 그러던 중 문득 기준의 한쪽 손목에 멍이 시퍼렇게 번져 있는 것을 발견했다.

"선생님, 팔 다치셨네요?"

"아, 이거요? 제가 취미로 공방에 다니는데 거기서 의자를 만들다 다쳤습니다."

"그렇군요. 꼭 누구랑 싸우다 다친 상흔 같아서요."

"그렇게 보이세요?"

"네."

기준은 소매를 내려 멍든 손목을 가렸다. 그때 내선 전화벨이 울렸다.

[선생님, 내담자 진료 시간이십니다.]

"어, 손님 나가신 후에 들어오시라고 해."

[알겠습니다.]

황보는 황급히 자리에서 일어나며 거듭 고개를 숙였다.

"바쁘신데 시간 뺏어서 죄송합니다."

"아닙니다. 도형 씨에 대해서 해 주신 말씀 잘 참고하겠습니다."

"감사합니다. 그런데 선생님……."

"네?"

"이제 좀 안정되셨나요?"

"아……."

기준은 살짝 쓴웃음을 짓더니 고개를 끄덕였다.

"걱정해 주셔서 감사합니다. 저는 잘 지내고 있습니다."

"그럼 다행입니다. 저는 이만 가 보겠습니다."

황보는 짧게 인사한 후 진료실 문을 열고 나갔다. 그때 내담자와 문 앞에서 마주친 황보는 자리를 비켜 주려고 몸을 돌리다가 무심코 안에 있는 기준을 봤다. 기준은 멍든 쪽 손목을 주무르며 리모컨을 들고 모니터를 응시하고 있었다.

잠시 후, 도형이 잠복하고 있던 곳에 도착한 황보는 도형의 차량이 어디에도 보이지 않아 주위를 둘러보았다. 석기의 저택 쪽을 본 황보는 무언가 알아차린 표정으로 급히 차에 타고 시동을 걸었다. 그러고는 도형에게 전화를 걸어 봤지만 받지 않고 자동 응답으로 넘어갔다. 황보는 다른 곳으로 전화를 걸었다.

"반장님."

[왜?]

"행님이 안 보입니다."

[옆에서 잘 지켜보라고 했는데 뭐 하다가 놓쳤어? 어디에 있었는데?]

"조석기 집 앞에서 계속 잠복하고 있었습니다. 그런데 집 앞에 있는 경호원들 차량이 안 보이는 것을 보니 조석기가 외출한 것 같습니다. 그걸 바로 쫓아간 듯합니다. 아까 행님 봤을 때 뭔 일 저지를 것 같았어요. 어서 찾아야 됩니다."

[이쪽에서 도형이 핸드폰 위치 확인해 볼 테니까 와서 수사팀에 합류해라.]

"네, 일단 서로 가겠습니다."

황보는 긴박한 분위기에 심장이 빨리 뛰는 것을 느꼈다. 차 안에서 전화벨이 울렸다. 대시보드에 거치해 둔 핸드폰 화면을 보니 반장의 전화였다. 왠지 느낌이 안 좋았던 황보는 잠시 망설이다 통화 버튼을 눌렀다.

“여보세요?”

전화기에선 아무런 대답도 들리지 않았다.

“반장님, 말씀하세요.”

황보는 역시 뭔가 불길하다는 생각에 애가 탔다.

“무슨 일입니까, 반장님?”

[하…….]

긴 한숨 소리가 들렸다.

“왜 그러세요?”

[증거 나왔다.]

“네?”

[영상 파일을 메시지로 보냈으니까 확인해 봐라. CCTV 영상 파일인데, 조석기가 산길에서 자동차로 사람을 치고 내려서 당황하고 있는 영상…….]

“그럼 어서 조석기를 체포해야겠네요.”

[내 얘기 마저 들어 봐라. 아무래도 도형이가 사람을 죽인 거 같다. 조 회장을 죽이고 나오는 범인의 동영상도 있는데, 무슨 변장인지 가면인지 벗으며 나오는 도형이 얼굴이 찍혔다.]

“뭐라고요?”

황보는 급히 차량을 갓길에 세웠다. 핸드폰을 들어 전화를 끊고 메시지로 온 영상 파일들을 확인했다. 반장의 말대로 석기와 도형의 얼굴이 선명하게 보였다. 그는 놀라서 할 말을 잃었다.

그때 다시 반장으로부터 전화가 왔다.

[확인해 봤나?]

"반장님, 이거 조작 영상 아닙니까? 행님은 집에 있었을 텐데……. 이건 말도 안 됩니다."

[나도 의심스러워서 영상 전문가에게 확인 의뢰도 해 봤다. 진짜 맞다.]

"저는 믿을 수 없습니다. 행님이 왜 그런 짓을 합니까. 그 CCTV 영상은 도대체 어디서 나온 건데요?"

[나도 모르겠다. 누가 내 핸드폰으로 보내서 번호를 확인해 봤는데 대포폰이라 추적도 못 한다.]

갑작스러운 사태의 변화에 황보는 뇌가 정지할 것 같은 충격을 느꼈다. 그때 전화기 너머에서 다급한 목소리가 들렸다.

[황보, 일단 도형이 빨리 잡자. 조석기를 쫓고 있다면 또 무슨 일이 생길지 모른다.]

"네, 알겠습니다."

황급히 전화를 끊은 황보는 다시 차를 출발시켰다. 그의 머릿속에는 도형에 대한 기억들이 주마등처럼 스쳐 지나갔다. 황보는 도형을 친형처럼 여겼고 대학교 때부터 그를 따랐다. 밥 먹을 돈이 없어서 이리저리 기웃대고 있으면 언제나 자기를 불러서 밥을 사 주던 형이었다. 도형이 특전사를 지원했을 때 그 역시 따라 지원 입대했다. 도형이 경찰에 지원했을 때도 그림자처럼 그를 따라갔다. 그렇게 둘은 경찰이 되었다. 결혼도 도형을 따라 했을 정도였다. 황보의 인생에서 도형은 절대적인 존재였다. 그 동안의 일들이 아득하게 느껴졌다.

왜 우리에게 이런 일이 생기는 거지? 왜? 왜 이렇게 된 거지?

황보는 너무 화가 나서 머리가 폭발할 것 같았다. 황보는 어금니를 꽉 깨물었다. 그때 또 반장으로부터 전화가 왔다. 황보는 퍼뜩 정신을 차리고 통화 버튼을 눌렀다.

"네, 반장님."

[도형이 차량 위치 파악됐다. 지금 평택을 지났다. 위치 정보를 보낼 테니 이쪽으로 오지 말고 그쪽으로 가 봐라. 우리도 바로 출동한다.]

"네, 알겠습니다."

13

석기는 머리가 띵했다. 눈앞이 뿌옇게 보였다. 속이 메슥거리며 토할 것 같았다. 고개를 들어 보니 달리는 차 안이었다. 온몸이 아팠다. 삭신이 쑤시면서 힘이 빠진 상태였다.

"깼냐?"

앞자리 운전석의 남자가 말했다. 시야가 흐려서 그의 얼굴이 잘 보이지 않았다.

"뭐, 뭐야? 다, 당신 누구야?"

"나? 저승사자야. 너는 이제 죽으러 가는 거야."

"죽기는 누가 죽어, 이 새끼야!"

석기는 남자를 향해 악다구니를 썼다.

"이거 풀어, 개새끼야!"

석기의 몸은 손을 뒤로 한 채 밧줄에 묶여 있었고 다리 역시 묶여 있었다. 그 밧줄은 차량에 고정되어 있어 꼼짝도 할 수 없었다.

잠복하던 도형은 석기가 집에서 나오려는 움직임을 포착했고, 대기하던 차량이 집 앞으로 이동하는 것을 눈으로 좇았다. 여태까지 집에 틀어박혀 있던 석기가 갑자기 무슨 일로 나오려는 걸까. 그런 생각도 잠깐, 도형은 이런 절호의 기회를 놓칠 수 없었다. 상황을 주시하면서 미리 준비해 둔 장비들을 확인했다. 머릿속으로 석기가 집에서 나올 때의 행동을 시뮬레이션하고 있던 도형은 석기의 차량이 출발하자 바로 뒤를 쫓았다. 그리고 지름길로 빠져 석기의 차량이 대로로 나가기 전 사거리에 다다랐을 때, 우측 길에서 튀어 나가 앞을 막았다.

"뭐야, 저 새끼?"

석기가 초조한 표정으로 말하자 경호원이 뒤를 돌아보았다.

"제가 한번 나가 보겠습니다."

앞자리에 탔던 경호원이 차에서 내리더니 도형의 차량으로 향하려 했다. 그것을 본 도형 역시 차 문을 열고 나와 빠른 걸음으로 석기가 탄 차 앞으로 갔다.

"당신 뭐야! 뭔데 앞길을 막는……."

도형은 전기 충격기를 들어 그대로 소리치는 경호원의 목에 꽂아 넣었다. 그러고는 바로 테이저건을 꺼내서 운전석 창문을 열고 있던 기사를 향해 쐈다. 두 사람은 경련을 일으키며 기절했다. 놀란 석기는 얼른 차에서 내려 뒤쪽으로 도망쳤다. 뒤에 서 있던 차량에서 경호원 두 명이 내리자 석기는 그들 뒤로 숨으며 비열한 표정으로 말했다.

"하~ 시발, 큰일 날 뻔했네. 너 뭐야, 이 새꺄. 영원 그룹에서 나만 남았다고 이러는 거야? 그런 거야? 누가 보냈어? 이사들? 그 새끼들이야? 나 없애고 영원 그룹 꿀꺽하려고? 맞지? 이런 하이에나 같은 새끼들. 내가 그렇게 호락호락할 줄 알아?"

도형은 아무런 대답 없이 석기를 노려보기만 했다.

"뭐야? 너 혼자야? 우리 경호원들이 그렇게 우습게 보이냐? 답답해서 단골 마담네나 놀러 가려고 했더니, 그 전에 개 잡는 거 구경하게 생겼네. 뭐 해, 어서 저 새끼 처리하지 않고."

무서울 게 없어진 석기가 말하자 경호원들과 도형의 몸싸움이 시작되었다. 커다란 덩치의 경호원이 도형을 향해 주먹을 내질

렸고 도형은 그를 피하는 듯했으나 옆에 있던 놈의 발길질에 그대로 나뒹굴었다. 도형의 입가에서 피가 흘렀다. 그가 특전사 출신이긴 하지만 잘 훈련된 경호원 둘을 한꺼번에 상대하는 건 무리였다. 그는 악에 받친 소리를 질렀다.

"으아아아악!"

아내와 아이의 얼굴이 도형의 뇌리에 떠올랐다. 웃음을 흘리고 있는 석기를 보자 화가 더욱 치밀었다.

"이 개새끼야!"

짧은 외침과 함께 도형은 석기를 향해 달려들었고, 경호원들은 그를 저지하려고 움직였다. 빠른 동작으로 맨 앞에 달려오는 경호원을 그대로 흘려 버리고 뒤에 따라오던 경호원에게 킥을 날렸다. 앞에 있는 큰 덩치가 시야를 가려서 도형의 킥을 피할 겨를이 없었던 그는 그대로 나가떨어졌다. 도형은 바로 뒤돌아 큰 덩치의 경호원에게 달려들어 뒤에서 목을 조였다. 전세는 순식간에 역전되었다. 도형은 사력을 다해서 경호원을 기절시키려 했다.

"억!"

순간, 도형의 뒤통수에 충격과 함께 뜨거움이 느껴졌다. 그리고 힘이 빠졌다.

"죽어, 이 개새끼야!"

석기가 길가에 있던 벽돌을 들어 도형의 머리를 후려갈긴 것이다. 석기는 씩씩대며 앞으로 고꾸라진 도형을 노려봤다. 그가 경호원들을 향해 소리쳤다.

"뭐 해, 병신 새끼들아! 밟아!"

그 말을 들은 경호원들이 도형에게 다가갔다. 겨우 정신을 차린 도형은 이대로는 무너질 수 없다는 생각에 일어나려고 안간힘을 썼다. 그가 몸을 일으키려 하자 겁먹은 석기는 귀신을 본 얼굴로 잽싸게 뒤로 물러섰다. 도형은 뇌진탕 증세로 시야가 흐렸다. 아무래도 둘을 상대하기에는 무리가 있어 보였다. 경호원들은 먹잇감을 찾은 짐승들처럼 그에게 다가갔다.

바로 그때.

느닷없이 어디선가 승용차 한 대가 돌진해 왔다. 그리고 경호원 두 명을 그대로 쳤다. 피할 새도 없이 차에 치인 둘은 튕겨 나가더니 바닥에 쓰러졌다. 잠깐 멈춘 승용차는 곧장 골목을 빠져나가 버렸다. 순식간에 벌어진 일이기도 했지만, 차창이 진하게 선팅되어 있어서 운전자를 확인할 수도 없었다. 석기는 그 상황을 멍한 표정으로 바라보고 있었다.

그 틈을 노린 도형이 석기에게 달려들어 뒤에서 목을 졸랐다. 그대로 기절한 그를 질질 끌고 가서 자신의 차에 태우고는 즉시 가속 페달을 밟았다. 도형의 차가 떠난 자리에는 경호원들의 괴로운 신음들만 허공에 메아리쳤다.

그렇게 잡혀 온 석기가 의식을 차린 건 달리는 도형의 차 안에서였다. 그는 자신이 묶여 있다는 사실을 깨달았지만 아직 객기가 남아 있었다.

"너 이사 새끼들이 보낸 거 맞지?"

"난 누가 보낸 사람이 아냐."

"그럼 씨발, 누군데 나한테 이러는 기야?"

"정말 몰라서 물어?"

룸미러를 통해 보이는 도형의 눈은 한마디로 표현할 수 없는 분노로 가득 차 있었다.

"어, 진짜 몰라. 당신이 누군데 나한테 이러냐고!"

석기는 여전히 악다구니를 써 댔다.

"하~ 끝까지 이 새끼가. 잘 들어 둬. 지금부터 내가 겪은 고통의 수십 배를 너한테 돌려줄 거니까. 잘 기억해 봐. 너한테 원한을 가진 사람이 누군지 잘 생각해 보라고."

"원한?"

"그래. 원한 가진 사람이 너무 많냐?"

"씨발, 무슨 소린지 모르겠고, 돈 때문에 이러는 거 아냐? 좋아. 나 풀어 주면 평생 만져 볼 수 없을 만큼의 돈을 줄게. 어때?"

"지랄 마. 그딴 거 필요 없어."

"나 영원 그룹 회장이야, 씨발 놈아. 너 고용한 새끼보다 훨씬 돈 많이 줄 수 있다고!"

"말했지. 난 누가 보낸 것도 아니고, 돈도 필요 없다고."

"그럼 씨발 뭐야. 왜 이러는 건데!"

석기는 우는소리를 했다. 이럴 줄 알았으면 집에서 나오지 말걸 하는 후회도 했다. 그렇게 절망에 빠져 있는 상황에서 달리던 차가 속도를 줄이더니 이윽고 멈춰 섰다. 주위를 둘러보니 아무도 없는 허허벌판이었다. 차에서 내린 도형은 뒷문을 열고 석기를 잡아끌어 내리게 했다. 그리고 그 자리에 무릎을 꿇렸다. 그가 무표정한 얼굴로 석기에게 말했다.

"멧돼지가 사람을 치면 어떻게 될까?"

"뭐?"

"멧돼지가 사람을 치면 어떻게 될까?"

"뭔 개소리야."

도형은 마치 고장 난 로봇처럼 같은 말을 반복했다.

"멧돼지가 사람을 치면 어떻게 될까?"

"야, 이 미친 새끼야!"

도형은 소리치는 석기의 뺨을 후려갈겼다. 그러고는 품에서 칼을 꺼내더니 석기의 다리를 푹 찔렀다.

"아~악!"

석기는 옆으로 쓰러지며 비명을 질렀다. 강렬한 고통에 몸부림치며 연신 욕을 터뜨렸다. 도형은 그런 석기의 머리채를 잡고 일으켜서 자신의 얼굴 앞에 들이댔다.

"조석기, 넌 선량한 사람을 치어 죽였어. 그리고 잔인하게 시체를 유기하고 사고로 위장해서 모든 것을 은폐하려 했지. 그래 놓고 조금의 가책도 느끼지 않고 있어. 자, 다시 묻지. 멧돼지가 사람을 치면 어떻게 될까?"

석기가 비열한 미소를 지으며 말했다.

"아~ 그 여자 하나하고 애새끼 하나 죽인 것 때문에 니가 나한테 이렇게 하는 거야? 술 먹고 그런 건데 실수잖아. 그럴 수 있는 거 아니야? 근데 니가 무슨 상관인데? 그래서 돈 준다잖아, 씨발아! 그 경찰 새끼는 주니까 넙죽넙죽 잘도 받더구만, 넌 뭔데 이러는 거야!"

"아악!"

도형이 짐승의 포효 같은 소리를 질렀다. 놀란 석기가 몸을 움츠렸다. 도형의 머릿속은 소용돌이치고 있었다. 수많은 기억들이 선명하게 하나씩 스쳐 갔다. 아내의 전화, 그리고 커다란 폭음. 아내와 아이의 시신 앞에서 통곡하던 자신의 모습이 비참하고 처량하게 느껴졌다. 이런 쓰레기 인간 때문에 비명횡사하여 이 좋은 세상에서 아무것도 느껴 보지 못하고 간 아내와 아이의 얼굴이 떠올랐다. 바쁘다는 핑계로 제대로 해 준 것도 없는데, 그렇게 떠나 버린 사랑하는 가족들이 이 세상에 없다는 사실을 견딜 수 없었다. 머리를 쥐어뜯던 도형의 얼굴은 분노로 일그러졌다. 그리고 그 분노는 석기를 향했다. 한참을 노려보던 도형은 마침내 석기를 향해서 주먹질을 시작했다.

퍽! 퍽!

"내가 그 죽은 여자의 남편이고 죽은 애의 아빠다, 이 쓰레기 새끼야."

도형은 석기를 때리면서 눈물을 흘렸다. 아무리 때려도 속이 후련하지 않았다. 가슴은 터질 듯했고 뭐라고 말할 수 없는 복잡한 감정이 휘몰아쳤다. 가슴속에서 끊임없는 절망이 용트림하며 도형의 몸은 벌겋게 달아올랐다. 도형이 때리던 주먹을 내리며 말했다.

"원래는 자백을 받고 경찰에 넘기든지 하려고 했다. 지금이라도 용서를 빌면 목숨만은 살려 주려 했다. 근데 너는 도저히 안 되겠다. 그냥 이 자리에서 죽자."

도형이 칼을 들어 올렸다. 그리고 석기를 향해서 내리찍으려 했다.

탕!

갑작스런 총소리. 도형은 내리찍으려던 걸 멈추고 고개를 들었다.

"칼 버려!"

도형은 제게 소리를 지르는 자가 황보라는 것을 곧 깨달았다. 황보는 그에게 권총을 조준한 채 다시 말했다.

"칼 버려!"

"황보야, 내가 드디어 이 새끼 잡았다. 니 내 편이재? 그럼 여기서 끝내게 해 줘. 이 새끼는 내 손으로 죽여야 한다."

"행님, 제발 그 칼 좀 내려놓이소."

"그럴 수 없어. 이 새끼는 내가……."

"계속 그라시면 쏠 수밖에 없습니다."

"황보야, 이번 한 번만 눈 감자. 제발 쫌!"

도형의 말투는 절절했다. 그는 간절한 표정으로 황보에게 말했다.

"니도 니 형수랑 조카한테 안 미안하나. 그러니 그 총 좀 내리라. 내가 일단 인마부터 죽이고 자수하든가 내도 죽든가 할게. 니한테 절대 피해 안 가게 한다."

"행님, 이라면 안 됩니다. 빨리 칼 버리세요. CCTV 영상 나왔습니다. 조 회장, 김정석 전무, 정오진 경장 모두 형님이 그런 거지요? 대체 왜 그라신 겁니까. 저 쓰레기가 차로 사람 치고 숨긴 건 맞습니다. 그렇다고 행님이 이러실 필요는 없잖아요. 백번 이해할라고 해도 저는 모르겠습니다. 아무튼, 행님이 점마까지 죽이면 안 됩니다. 쓰레기들 때문에 왜 형님 인생을 망칠라 합니까!"

"무슨 소리야. 나는 그 사람들 안 죽였다. 죄를 밝히고 법의 심판을 받게 하려고 한 것뿐이다. 그런데 내가 밝혀내기도 전에 죽어서 조석기 이 새끼 짓이라고 생각했다. 지 애비까지 죽인 사이코패스 새끼. 맞지, 니가 그랬지?"

도형에게 흠씬 두들겨 맞은 석기는 아무런 말도 못 했다.

"CCTV 영상 저도 봤습니다. 행님이 변장하고서 조 회장 별장에서 나오는 걸요."

"그게 무슨 소리야. 난 그런 적 없다니까."

황보는 도형이 좀 이상하다고 느꼈다. 하지만 지금은 석기를 죽이려는 그를 말리는 것이 우선이었다.

"행님, 왜 이러십니까. 왜 저런 새끼 때문에 자신의 인생을 망치려고 하시냐고요."

"너도 알잖아. 내 마누라와 아들을 이 새끼가 죽였잖아!"

도형이 절규하듯 소리쳤다. 그 말을 들은 황보는 어처구니없다는 표정을 지었다.

"그게 무슨 소리입니까. 누가 누굴 죽여요. 오는 길에 형수님한테 전화해서 요새 행님 상태 걱정돼서 한번 만나 보라고 했는데요."

"그게 뭔 개소리야. 이 새끼가 차로 내 마누라하고 내 아들을 치었잖아. 우리가 수사하던 그 사건이잖아. 잊었어?"

"그 사건을 왜 잊어요. 근데 행님과 저는 그 사건의 담당 형사일 뿐이에요. 죽은 피해자의 남편은 기준 씨라고요. 형님이 정신과 치료받던 서기준 박사요. 아, 씨발! 정신 차리라고!"

"그게 무슨 소리야. 말 같은 소릴 해!"

"크큭, 병신 같은 새끼."

정신이 든 석기가 크큭거리며 비웃음을 흘렸다. 도형은 어안이 벙벙한 얼굴로 웃고 있는 석기를 바라봤다.

"내가 그 사람들 가족도 모르겠냐? 만약을 위해 다 알아봤지. 의사 남편인가 뭔가는 그날 차 사고 나서 입원했다더구만. 근데 니가 왜 지랄이야! 번지수 잘못 찾았어, 이 새끼야. 애먼 사람이나 잡아 패고. 골 때리네, 정말."

"뭐?"

도형은 분노에 찬 얼굴로 석기를 보다가 머리에 통증을 느꼈다. 그가 황보 쪽으로 시선을 돌렸다.

"황보야, 이 새끼 뭐라고 하는 거냐?"

"행님, 일단 칼부터 버리소."

도형은 혼란에 빠졌지만 이내 황보를 향해 소리쳤다.

"말도 안 되는 소리 하지 마라. 그날 내가 반장한테 전화했어. 우리 가족 좀 찾아 달라고. 분명히 내가……."

"그날 반장님한테 전화한 사람은 오 박사입니다. 서기준 박사가 오 박사한테 부탁한 겁니다. 오 박사는 우리가 수사 고문 등으로 도움을 받아 와서 적극 수사에 착수한 거고요. 형님한테는 수없이 전화했는데 통화가 안 됐잖아요. 핸드폰에서 그날 기록 확인해 보세요. 아무튼, 칼부터 버리고 천천히 얘기해 보시자고요."

황보는 내심 초조했지만 부드럽게 목소리를 낮추며 다가갔다. 도형은 한 손에 칼을 든 채 다가오는 황보를 멍하니 바라만 보았다. 그때 옆에 주저앉아 있던 석기가 끼어들었다.

“야, 죽여. 어디 한번 죽여 봐. 병신이 그동안 엉뚱한 사람 붙잡고 생쑈했구만.”

“아냐, 그럴 리가 없어.”

도형은 고개를 숙인 채 기억을 더듬어 갔다. 그런데 아무런 기억이 나지 않았다. 도형은 머릿속이 멍해졌다. 그 가운데 기억나는 건 단 하나였다. 가족의 죽음이다. 가족의 죽음에서 시작된 나의 슬픔, 비참함 그리고 주체할 수 없는 분노. 도형은 아내와 아들의 시체를 분명히 보았다. 아내와의 마지막 통화, 그리고 사고 소식을 들은 장모, 장인의 슬픈 모습, 장례를 치르고 나서 경찰서에 찾아가 반장과 황보에게 하소연하던 일들. 눈만 감으면 모든 것이 떠올랐다. 그런데 그런 기억이 내 것이 아니라고?

도형은 혼란스러웠다. 서서히 고개를 들어 황보를 보았다. 그는 천천히 다가오며 어딘가로 전화를 걸었다. 그러고는 도형이 멍하게 있는 틈을 놓치지 않고 들고 있던 칼을 빼앗아 던져 버렸다. 칼을 놓쳐 버린 도형은 다시 칼을 주우려고 했다. 그때였다. 황보가 자신의 핸드폰을 들어 화면을 도형 쪽으로 내밀었다. 핸드폰은 스피커 기능이 켜져 있었다.

“형수님? 접니다. 지금 도형이 행님하고 같이 있어요. 통화 좀 해 보세요.”

[무슨 일인데요? 여보?]

아내의 목소리가 분명했다. 그 순간 도형은 자리에 털썩 주저앉았다. 머리가 멍해져 오는 것이 느껴졌다. 아무런 생각이 나지 않았다. 그러다 갑자기 안도감이 들기 시작했다. 그저 안도감. 죽은 줄만 알았던 가족이 살아 있다. 도형은 무릎을 꿇더니 갑자기 오열을 하기 시작했다. 그러던 중 전화기 너머 들리는 목소리에 정신을 차렸다.

[아빠? 무슨 일이야? 괜찮아?]

황보는 천천히 도형의 손에 핸드폰을 쥐여 주었다.

"어, 아들. 아빠는 괜찮아."

[아빠, 요새는 왜 나 만나러 안 와. 아빠가 다음에 올 때 놀이동산 데리고 간다고 했잖아.]

"어…… 미안해. 그동안 바빠서 못 갔어. 곧 갈게."

[응, 얼른 와. 근데 아빠 울어?]

"아, 우리 아들 보고 싶어서 그러나 봐."

[나 아빠 우는 소리 처음 들어. 울지 말고 어서 와.]

"알았어. 곧 갈게."

전화를 끊은 도형은 황보를 쳐다봤다. 그의 얼굴은 눈물로 범벅이 되어 있었다. 황보가 도형에게 말했다.

"행님, 잘은 모르겠지만 뭔가에 씌었나 봅니다. 이제 갑시다."

곧이어 경찰차가 도착하고 반장을 포함한 여러 명이 차에서 내렸다. 황보는 도형의 손을 잡아 일으켜 반장에게 인계했다. 반장은 황보를 보며 뭐라고 하려다가 그저 고개만 저었다. 석기는 수갑을 채운 후 차에 태웠다. 그는 음주 뺑소니 및 사체 유기 혐의로 긴급 체포되었다.

14

두 사람을 체포하고 하루가 지났다. 서로 출근한 반장이 인상을 잔뜩 찌푸리며 황보에게 말했다.

"뭐가 어찌 된 일이고."

"왠지 모르겠지만 행님은 서기준 박사 가족의 뺑소니 사고를 자신이 겪은 것으로 생각하고 있었어요. 그래서 지금까지 그렇게 사건에 집착하고 이상한 행동을 했던 것 같습니다."

"그게 가능한 일이가?"

"가능하니까 이런 일이 벌어진 거 아니겠습니까. 저도 도저히 이해되지 않지만, 원래 희생자 가족인 서기준 박사를 만나 봐야 할 것 같습니다. 행님의 상담을 맡아서 했던 것으로 봐서 서기준 박사가 행님을 이용했지 싶습니다."

"알았다. 일단 뭐가 되었든 간에 니는 서기준 쫓아라. 내 생각에는 서기준이가 키를 들고 있다. 나는 도형이 데리고 진술 받으께."

"네, 알겠습니다."

황보는 바로 나가서 자신의 차에 시동을 걸고 기준의 병원으로 향했다. 가는 동안 황보는 이번 사건에 대해 생각했다. 도형의 과도한 집착과 신경질적인 태도가 의심스럽긴 했지만, 왜 이런 일을 저질렀는지 도저히 이해할 수 없었다. 기준이 시켰을까? 아니다. 도형은 줄곧 자신의 가족이 희생되었다고 생각하고 있었다. 어떻게 그럴 수 있는 거지? 기준과 도형이 만난 건 도형이 아내와 이혼하고 자꾸 술만 찾아 댈 때부터니까 불과 몇 달 전이었다. 도대체 왜 이렇게 된 것일까. 황보는 이런저런 생각으로 머릿속이 복잡했다. 그러던 중 어느새 기준의 병원에 도착했다. 차를 대충 주차한 황보는 2층으로 올라가서 병원 문을 열고 들어가 간호사에게 물었다.

"서기준 원장님 계시죠?"

"네?"

뭔가에 집중하고 있던 간호사가 놀라며 고개를 들어 황보를 보았다.

"원장님 갑자기 연락이 안 되세요. 전화도 안 받으시고 방문까지 잠겨 있어서 뭘 어찌해 볼 수가 없어요. 예약이 밀려 있는데. 오정혜 원장님께도 연락을 드렸는데 외부 일 때문인지 전화를 안 받으셔서 문자만 남겨 놨어요."

"혹시 원장실 스페어 키는 없나요?"

"있긴 한데…… 원장님은 허락 없이 방에 들어가는 것을 극도로 싫어하셔서 열어 볼 엄두를 못 내고 있어요."

"그래요? 그럼 그 키 저한테 줘 보세요. 무슨 일 생기면 제가 책임지겠습니다."

간호사는 내키지 않는 얼굴로 황보에게 키를 건넸다. 황보는 기준의 방문에 키를 꽂고 돌렸다. 이윽고 문이 열리자 깔끔하게 정돈된 실내가 눈에 들어왔다. 황보는 거침없이 방으로 들어가서 이리저리 살피기 시작했다.

"어제가 주말이었는데, 주말에는 진료 안 하시죠?"

"네, 특별한 진료 예약이 없으면 휴무로 하고 있습니다."

석기가 갑자기 단골 술집 마담의 연락을 받고 집에서 나왔고, 도형은 석기의 경호원들과 대치 중에 정체불명의 자동차의 도움을 받았다고 했다. 그렇다면 기준이 그 배경에 있을 가능성이 있다.

방을 둘러보던 중 황보의 머릿속에 무엇인가 하나의 장면이 스쳐 지나갔다. 지난번에 기준을 만나고 나오면서 우연히 본 기준의 손목의 멍, 그리고 방을 나갈 때 그 손목을 어루만지면서 리모컨으로 모니터를 켜는 모습.

"저, 간호사님, 이 방에서도 CCTV 모니터를 볼 수 있나요?"

"네, 환자 진료 상담하는 걸 찍어서 모니터로 관찰하시곤 했어요."

그때는 몰랐지만, 이 방에는 CCTV 모니터가 있었다. 기준은 누군가 들어오기 전에 그 모니터를 꺼 둔 것 같았다. 황보와 도형이 병원 CCTV를 확인하자고 했을 때, 기준은 간호사에게 가 보라고 했다. 본인의 방에서도 보여 줄 수 있는데도 말이다. 황보의 눈길이 모니터로 향했다. 황보는 기준의 책상 위에 놓여 있는 리모컨을 손에 쥐었다. 그리고 모니터의 전원 스위치를 눌렀다.

모니터가 켜지자 화면을 본 황보는 크게 놀랐다. 화면 속에 경찰서가 나오고 있었다. 모니터에는 반장의 모습이 보였고, 커피를 한 잔 내밀고 있었다. 황보는 반장에게 전화를 걸었다.

"반장님."

[어, 왜?]

실시간으로 자신이 건 전화를 받는 반장의 모습을 보며 황보는 반장에게 말했다.

"반장님, 행님 몸에 뭐 부착되어 있는 게 있습니까?"

[아니, 그런 거 없는데? 와?]

황보는 이맛살을 찌푸렸다. 무엇인가를 생각해 내려고 안간힘을 썼다. 그러다 문득 도형이 쓰던 펜이 생각났다.

"반장님, 반장님."

[왜? 니 왜 이렇게 호들갑이고.]

"저는 지금 반장님과 행님이 앉아 있는 게 보입니다."

[그게 뭔 개소리고, 보이다니.]

"반장님, 도형이 행님 앞주머니에 있는 펜 한번 뽑아 주세요."

[잠깐만.]

반장은 전화를 들고 도형에게 다가갔다.

[도형아.]

[예.]

[그 앞주머니에 있는 거 그거 니 꺼가?]

[이거요?]

도형은 앞주머니에 있던 펜을 쳐다봤다. 그리고 수갑 찬 손을 들어 펜을 잡아 뺐다. 그 순간 도형이 갑자기 어지러운 듯 얼굴을 찡그리며 머리를 흔들었다.

[뭐고? 괜안나?]

걱정하는 반장의 물음에 도형은 곧 고개를 들었다.

[네, 갑자기 좀 어지러워서.]

반장은 도형에게 펜을 받아서 살펴보며 전화를 계속 이어 갔다. 황보가 보고 있는 모니터에선 화면이 어지러이 움직이고 있었다.

"반장님, 그거 초소형 카메라 같습니다."

[뭐?]

"여기 서기준 박사 병원 모니터에서 실시간으로 볼 수 있습니다."

[거기서 여기를 볼 수 있단 말이고.]

반장이 믿기지 않는 듯 되물었다.

"그렇습니다. 반장님, 그 펜 아마 서기준 박사가 행님에게 준 것인 모양입니다. 그 펜을 늘 그렇게 꽂고 다녔어요. 여태까지의 상황을 여기에서 모두 보고 있었던 겁니다."

반장은 맥이 탁 풀렸다.

[그래, 금마가 이걸 도형이한테 끼워 넣고 지켜보고 있었다고 치자. 근데 도형이가 어떻게 금마의 말을 듣고 사람들을 죽였다는 거고. 그게 말이 되나?]

“그건 서 박사에게 직접 물어보면 알겠죠. 일단 들어가겠습니다.”

전화를 끊은 황보는 모니터 아래에 있는 PC 본체를 분리한 뒤 그것을 들고나와 차에 올라탔다.

15

기준은 모든 것을 지켜보고 있었다. 모니터의 화면이 꺼지자 기준은 길게 한숨을 쉬었다. 그리고 봉인해 왔던 기억들을 풀었다. 그날 밤, 갑자기 끊긴 전화에 아내와 아이를 찾으러 미친 듯이 운전하다 사고를 당했을 때, 결국 시신이 되어 돌아온 아내와 아이 앞에서 통곡했을 때, 괴로움으로 인한 우울증에 시달려서 오 박사에게 치료를 받았을 때. 가족들과의 행복했던 시간과 그들을 잃고 고통스러웠던 시간들이 하나하나 머릿속을 스쳐 갔다. 눈물이 흘렀다. 서랍에서 아내와 아이의 사진을 꺼냈다.

“여보, 내 사랑하는 아들, 다 끝났다. 이제 편히 눈 감아도 돼.”

기준은 나지막한 목소리로 말하면서 사진을 쓰다듬었다. 그의 입에서는 신음이 새어 나왔다. 한참을 그렇게 사진을 들여다보던 기준은 조용히 자리에서 일어나 문을 열고 나갔다.

이번 사건으로 세상은 떠들썩했다. TV에선 연신 톱뉴스로 이 연쇄 살인에 대해 떠들고 있었다. 경찰서는 기자들로 넘쳐 났고 형사들은 대응하느라 정신이 없었다. 언론에서 난리를 치는 건 당연했다. 대한민국 재계 서열 2위 그룹의 핵심 인물인 조 회장의 죽음, 그리고 그의 아들이 자신의 범죄를 감추기 위해 벌여 놓은 여러 가지 정황들. 이 모든 것들에 관한 수사 기록들이 밝혀졌다. 아울러 그룹 총수가 벌인 영원 그룹의 자금 세탁 및 횡령 행위도 도마 위에 올랐다. 죽은 김정석 전무가 벌여 놓은 불법 행위들까지 뿌리째 드러난 것이다. 그렇게 사회적인 이슈로 주목받기에 충분했지만, 아직 풀리지 않은 수수께끼들이 있었다.

"반장님, 정신없어서 일 못 하겠습니다."

밖에서 한바탕하고 온 황보가 반장을 향해 소리쳤다. 반장은 의자에 드러누워 수건으로 얼굴을 감싸고 있었다. 다른 형사들도 마찬가지로 지친 듯했다. 반장이 수건을 얼굴에서 걷으며 황보에게 물었다.

"도형이는?"

"기억이 안 난답니다. 미치겠습니다, 진짜."

"서기준 출국 금지 요청했나?"

"했지요. 했지요~ 그런데 하면 뭐 합니까?"

"와?"

황보는 짜증이 난 얼굴로 대답했다.

"그놈의 절차. 절차. 긴급 출국 금지 요청했는데, 그 전에 서기준은 이미 빠져나간 거 같습니다. 그런데 이 사람이 귀신인지, 공항 CCTV에 서기준으로 보이는 사람은 못 찾았답니다. 아무튼, 기록에 행선지는 캄보디아로 되어 있습니다."

"잠수 탄 기네."

"네. 외사과에 공조 요청해 두었는데, 동기 녀석이 그러던데요. 인터폴이 아니라 인터폴 할배가 와도 몬 잡는다고. 혐의가 애매하지 않습니까. 인터폴에 적색 수배 내려진 인물만 몇 명인데 그걸 누가 찾냐고 하데요. 마약 관련 아니면 그리 관심도 없다고 합니다. 게다가, 만약에 신분 세탁이 되었으면 더더욱 못 찾는답니다."

"마~ 됐다. 눈앞에 일부터 처리하자."

심기가 불편한 반장은 자리에서 일어나 어디론가 사라졌다.

한편, 도형은 체포된 후로 강도 높은 수사를 받았다. 경찰의 신분으로 살인을 저질렀고, 살인 미수 현행범으로 체포되었다. 그러나 도형의 머릿속에는 사람을 죽인 기억이 없었다. 그는 취조하는 내내 혼란스러워했다. 아내와 아들이 죽었다고 생각했는데, 모든 것이 자신의 기억이 아니었다는 것을 깨달은 후로 갈피를 잡지 못했다. 그를 취조한 형사들은 도형이 죄를 모면하기 위해 그러는 게 아니냐는 의심을 했다.

"김 형사님? 면회입니다."

창살 너머로 교도관이 도형을 향해 말했다. 그는 황보 아니면 가족일 것이라는 생각에 누구냐고 묻지도 않고 바로 면회실로 이동했다. 그런데 면회실 문을 열고 들어가자 의외의 인물이 서 있었다.

"오 박사님?"

"안녕하세요, 김도형 형사님. 저를 따라오시죠."

도형은 오 박사를 따라 일반 면회실에서 접견실로 자리를 옮겼다. 그곳은 변호사만이 들어갈 수 있는 장소였다. 오 박사는 교도관에게 웃으며 자리를 비켜 달라고 했다. 교도관이 밖으로 나가고 두 사람은 마주 보며 의자에 앉았다. 그리고 도형과 오 박사 사이에 잠시 동안 침묵이 흘렀다. 그 침묵을 먼저 깬 건 오 박사였다.

"최면……."

"네?"

"형사님은 살인 사건을 기억하지 못하시죠?"

"네, 전혀요."

"그럴 겁니다. 정신건강의학과 치료를 받은 지 몇 개월 후에 머리가 무거운 걸 느끼셨죠?"

"네? 듣고 보니 그랬던 것 같기도 하네요."

"그러고 나서 잠깐씩 기억이 나지 않는 상태가 있었을 겁니다."

도형은 곰곰이 생각해 봤다. 치료를 받고 나서 집으로 돌아와 잠이 들었고, 항상 전화벨 소리에 깨었다. 그리고 사건 소식을 들었다.

"형사님의 기억에 문제가 생긴 건 최면 때문입니다."

"제가 최면 치료를 받아서 그렇게 된 거란 말씀인가요?"

"네, 경찰에서도 쫓는 중인 것으로 알고 있는데, 서기준 박사가 형사님을 그렇게 만든 겁니다."

"어떻게 그런 일이……."

"제가 서 박사와 친한 것은 알고 계시죠? 같이 병원을 운영하면서 연구도 같이해 왔습니다. 특히 최면 요법에 대해서요. 서 박사가 최면을 통해 자신의 기억을 형사님께 심은 것 같습니다. 최면으로 기억을 심는 건 해외 사례에도 있습니다. 비슷한 감정을 자극하면 점화 효과가 있습니다. 아마 우울 증세를 보였던 형사님의 그런 부분을 이용한 것 같습니다."

"뭐라고요?"

도형은 어이가 없었다. 이혼 후 생긴 우울증 때문에 최면 치료를 받았는데, 결국 이용을 당한 것이다.

"대체 어떻게 그럴 수 있죠?"

도형의 목소리에는 분노가 섞여 있었다.

"이해합니다. 화가 나시는 건 당연하죠."

"말이 됩니까? 최면으로 사람의 기억을 조작하다니."

"이론상이지만, 최면으로 기억을 지우는 것도 만드는 것도 가능합니다."

"저에게 그런 일이 일어나다니 믿기지 않습니다."

"제가 기록을 봤는데요. 형사님은 이혼을 하셨죠? 아내분을 사랑했지만 직업적 특성상 가정에 소홀하게 된 것이 원인이셨죠. 불같은 성격 때문에 홧김에 이혼은 했지만, 제대로 생활 못 할 만큼 자책이 심하셨죠. 그래서 정신건강의학과 진료 상담 프로그램을 추천받으신 것으로 알고 있습니다. 제가 서 박사에게 연결시켜 드렸죠."

오 박사는 도형을 잠시 바라보다 다시 이야기를 이어 갔다.

"서 박사는 그 전에 가족을 잃었고 사고를 당해 다치기까지 했는데, 회복 후 바로 복귀했습니다. 저는 서 박사가 일에 빠져서 고통을 잊고 싶었던 건 줄 알았습니다."

"저는 아직도 그 기억에서 벗어나지 못하고 있어요. 너무 혼란스럽습니다."

"네, 너무 안타까운 일입니다. 정신 치료를 다시 받으셔야 할 것 같습니다."

도형은 '정신 치료'라는 말에 인상을 찌푸렸다.

"오 박사님은 그분이 저한테 그랬던 걸 전혀 몰랐나요?"

“네, 솔직히 저 역시 충격이 큽니다. 서 박사는 그 일을 겪고 나서 얼마 후 그런 얘기를 한 적이 있습니다. 영원 그룹 후계자인 조석기 씨가 아내와 아이를 죽인 것 같다고요. 어떤 경찰한테 들었다고 하더군요. 그 사람이 현장을 목격했고, 사라진 아내분의 핸드폰도 가지고 있다고 했대요.”

“아, 정오진 경장 말이군요. 기억납니다. 그 사람한테 뭔가 받을 게 있다고 했는데…….”

“맞습니다. 아무튼 제가 영원 그룹에서 헬스 케어를 담당하고 있었기 때문에 저에게도 도와 달라고 했어요. 하지만 제가 도울 수 있는 것은 없다고 했어요. 이 일은 경찰에 맡기자고 설득했죠. 하지만 서 박사는 법의 심판은 필요 없다면서 그들을 죽여버릴 거라고 했어요. 당시에는 그냥 화가 나서 한 말이라고 생각했습니다. 제가 아는 서 박사는 그런 짓을 할 만한 사람이 아니거든요.”

오 박사는 말을 멈추고 허공을 응시하더니 다시 도형을 보며 말했다.

“어느 날 서 박사는 제가 연구하던 최면에 대한 모든 자료를 달라고 하더군요. 저는 최면을 통해 인간의 기억을 통제하는 실험과 연구 자료를 그 친구에게 전달했습니다. 학교 다닐 때부터 같은 분야를 연구해 왔기 때문에 별다른 의심은 하지 않았습니다. 그러고 나서 심리 수사 자문 역으로 경찰과 연계가 있는 저에게 물었습니다. 경찰들 중에 트라우마나 우울증을 겪고 있는 사람을 추천해 달라고 말이죠."

"그게 저였군요."

도형은 오 박사를 노려보았다.

"네, 저는 서 박사가 이제 좀 정신을 차리고 연구에 몰두하려나 보다 싶었죠. 그런데 최면 연구를 이렇게 이용할 줄이야……."

"사람의 기억을 통제한다는 게 얼마나 위험한 건지, 자각을 못 하셨나요?"

"서 박사의 상태를 생각하면 그게 가장 후회되는 부분입니다. 겉으로는 알 수 없었지만, 복수심에 영혼이 잠식된 사람에게 무서운 무기를 쥐여 준 꼴이니까요. 네메시스의 단검 같은 거였죠."

"네메시스의 단검요?"

"네, 그리스 신화에 나오는 복수의 신입니다. 상징적으로 칼을 들고 있다고 합니다."

"서 박사는 저에게 자신의 기억을 심은 것뿐 아니라 저의 의지와 상관없이 관련자들을 처단하도록 최면을 걸었습니다. 그건 심어진 기억과 관련이 있는 걸까요?"

"그렇습니다. 그 기억 때문에 생긴 증오의 감정이 형사님이 무의식 상태에서 범행을 저지르는 데 영향을 미쳤다고 추측합니다. 저의 연구 자료를 활용해서 서 박사가 그런 결과까지 도출했다는 데 놀라울 따름입니다."

도형은 여전히 자신이 최면에 걸려 범죄를 저질렀다는 게 믿기지 않았다.

"도대체 어떻게 저를 조종한 걸까요?"

"전화벨 소리."

"네?"

"형사님의 원래 전화벨 소리는 뭐였죠?"

"제 꺼는……."

도형은 생각해 봤다. 원래 잘 때도 전화를 받기 위해 사이렌 소리로 해 두었다.

"암시입니다. 병원에 오셨을 때 형사님 핸드폰 벨 소리에 암시를 걸어 그 소리를 들으면 원래의 의식이 다시 깨어날 수 있게 만들었을 겁니다."

"그 전까지는요?"

"서 박사는 형사님에게 최면을 걸어 댁에서 잠이 들 때마다 자신의 살인 계획을 실행에 옮기도록 했을 겁니다. 의식이 전환된 형사님은 본인의 계획으로 착각하고 그것을 실행합니다. 그때는 자아 분열로 다른 인격이 됩니다. 그리고 벨 소리를 들으면 원래 인격으로 돌아오면서 기억이 사라지는 거죠."

도형은 머리를 한 대 얻어맞은 듯 멍했다.

"다시 설명드리면, 귀가해 잠든 형사님에게 암시로 심어 놓은 기억을 행하게 만들고 다시 돌아와서 수면을 취한 상태에서 전화벨 소리로 깨운 겁니다. 암시에 의해 몽유병에 걸린 사람 같은 최면에 빠지게 된 거죠."

"지금 그 새끼 어디에 있죠?"

"예?"

분노에 찬 도형이 소리쳤다.

"서기준, 그 새끼 어디 있냐고요!"

큰 소리가 들리자 교도관들이 방으로 뛰어 들어왔다. 오 박사는 괜찮다는 손짓을 한 다음 도형에게 말했다.

"저도 모릅니다. 저는 그냥 형사님을 돕고 싶어서 온 거예요."

"기억엔 없지만 저는 사람을 죽였습니다. 그런 저를 어떻게 도우실 수 있다는 거죠?"

오 박사가 고개를 끄덕이며 말했다.

"아는 변호사를 통해 물어보니 해외에 비슷한 판례가 있었습니다. 1951년 덴마크 코펜하겐 강도 살인 사건이 최면에 의해 저지른 것이었고, 전문가가 이를 증명해서 무죄를 받았다고 합니다. 저는 모든 것을 진술하고 필요한 자료들을 제출하겠습니다."

"그게 정말 가능할까요?"

"저를 믿어 주시길 바랍니다. 서 박사 대신 제가 사죄드릴 수 있는 유일한 길이거든요."

도형은 고개를 떨구었다.

"자, 그럼 오늘은 이만 돌아가 보겠습니다. 변호사님을 통해 다시 연락드릴게요."

오정혜 박사는 자리에서 일어나 묵례를 하고 그대로 접견실을 나갔다.

16

황보는 경찰서 내 모니터로 기준의 컴퓨터에 저장되었던 영상을 보고 있었다. 화면에는 도형이 오진의 집을 방문하는 영상이 나오고 있었다. 시점은 도형이 지니고 있던 펜 형태 카메라였다. 오진의 집으로 들어가서 그를 살해하고 흔적을 지우는 모습 등이 담겨 있었다. 그리고 김정석 전무와 조진호 회장을 죽일 때는 자신의 정체를 숨기기 위해 특수 분장용 실리콘 마스크를 착용했다는 것을 알 수 있었다.

반장이 확인했다는 마스크를 벗는 도형의 영상은 서기준이 몰래 촬영해서 보낸 것이 분명했다. 도형을 이용해 복수를 하고 죄를 뒤집어쓰게 하는 것이 그의 계획이었다는 생각이 들자 황보는 화가 치밀었다. 씩씩대던 그는 옷을 집어 들고 나와 도형이 있는 구치소로 차를 몰았다. 가는 도중 오 박사로부터 연락을 받고 이 사건의 자초지종을 들었다.

"행님, 오 박사가 진술해 준다니까 행님은 계속 무죄를 주장하이소."

면회실에서 도형을 마주한 황보가 안타까운 목소리로 말했다.

"황보야."

"네, 행님."

"그날의 내 기억은 와이프하고 아들이 죽던 날 밤 현장으로 가다가 차 사고가 났고, 병원에서 깨어난 뒤에 반장님에게 도움을 요청한 거야."

"그런 적은 없습니다. 사고가 난 건 서기준 씨고 경찰에 신고를 한 건 오정혜 씨였어요. 다음 날 현장으로 기동대 동원되면서 반장님하고 저만 현장에 간 거고요. 형님은 휴가 중이었어요."

도형은 한숨을 푹 쉬었다.

"그래도 내가 사람 죽인 건 확실하다 아이가?"

"행님, 우째 행님이 사람을 죽인 겁니까? 행님은 도구에 불과했습니다. 그 뭐냐. 그래, 칼인 거지요. 칼로 사람을 찌른 놈이 죄가 되지 칼이 죄가 되지는 않는다 아입니꺼. 어차피 기억도 안 나면서."

"그런 걸까?"

"담당 검사님도 이번 사건이 워낙 특수해서 당황하시는 거 같습니다. 구형도 심신 미약에 맞춰서 하게 되지 않을까 합니다. 오 박사님이 도와주시면 무죄도 가능하고요."

하지만 도형은 자신 없는 얼굴로 한숨을 쉬었다.

“행님, 얼굴 좀 피소. 살아야 될 거 아입니까. 가족들 생각하셔야죠. 형수님도 이혼하신 거 후회하시던데요. 어서 나가서 재결합하셔야죠.”

“맞나?”

“제가 왜 여기서 거짓말을 합니까.”

“그래, 알았다. 힘내 보자.”

“네, 힘내이소.”

황보는 도형의 어깨를 다독이고서 면회실을 나갔다.

일주일 후, 수감된 석기는 교도소 접견실에 앉아 불만스러운 표정으로 투덜댔다.

“아~ 정말. 내가 이런 곳에서 얼마나 있어야 하는 거야. 강 변호사, 어떻게 되어 가고 있어?”

맞은편에 앉은 변호사는 석기의 눈치를 보며 말했다.

“쉽지 않습니다. 그래도 음주 운전은 증거가 없고, 과실과 심신 미약을 주장해서 어떻게든 감형해 볼까 합니다.”

쾅!

석기가 주먹으로 책상을 내리쳤다.

“내가 그런 소리 듣자고 너희들한테 10억씩 준 줄 알아? 밥 먹었으면 밥값을 해야지. 아버지가 그랬어. 개는 개처럼 키워야 한다고. 일 잘하라고 좋은 사료 줬는데 왜 짖질 않아!"

변호사는 기분이 상한 얼굴로 말없이 고개를 숙였다. 석기는 그런 변호사를 쳐다보면서 말을 이어 갔다.

"아무튼, 증거 불충분으로 무죄 판결 나게 해 봐. 회사는 어떻게 되어 가고 있어?"

석기의 물음에 변호사는 긴 한숨을 내쉬고는 서류를 한 장 내밀었다.

"원래 상무님이 상속된 것을 포함해서 지분을 42% 정도 가지고 있었기 때문에 회사 경영권을 승계받으시는 건 별문제가 아니었습니다. 그런데 이렇게 되시고 나서 영원 그룹 이사들이 비상 대책 위원회를 구성했습니다. 그들은 원래 김정석 전무가 가지고 있었고 양수받기로 했던 김정석 전무 자녀의 주식을 새로운 이사가 양수받음으로써 우리가 가지고 있던 주식을 앞질렀습니다. 그리고 이미지 쇄신한다고 외부에서 전문 CEO를 영입해서 운영할 계획이랍니다."

"이 개새끼들!"

변호사의 말이 끝나기가 무섭게 석기가 소리를 질렀다. 그의 눈은 충혈이 되어 있었다. 입에서는 온갖 욕설들이 튀어나왔다. 교도관들이 와서 진정시켰지만, 석기의 눈에는 살기가 번뜩였다.

"잘 들어, 이 새끼야. 내가 영원 그룹 복귀 못 하면 너네들 국물도 없을 줄 알아. 내 옆에 줄 섰었다는 소문 나면 변호사 영업이 잘될 꺼 같아? 다 같이 무너지는 거야. 알았어? 정신 똑바로 차리고, 다음에 올 때는 확실하게 해서 가져와."

석기는 변호사에게 협박하듯 소리치더니 자리를 박차고 접견실을 나갔다. 석기의 그런 행동에 불쾌감을 느낀 교도관이 뒤에서 인상을 찌푸렸다. 그때 다른 교도관이 오더니 석기에게 귓속말하듯 전했다.

"면회 요청이 하나 더 있습니다."

석기는 감방에 있었지만 그의 재력으로 교도소장을 매수한 상태였다. 교도소장의 특별 지시도 있었지만, 엄청난 보수를 준다는 소문이 퍼지면서 교도관들도 그에게 굽신거렸다.

"또 기자 새끼들이야? 씨발, 눈치껏 너네 선에서 잘랐어야지. 가서 꺼지라고 해."

"기자는 아니고, 꽤 예쁘게 생긴 여자분이시던데요?"

"여자?"

"네, 오정혜 씨라고……."

석기는 눈이 커지면서 놀란 표정을 지었다.

"어디, 어디야?"

"네, 제가 안내해 드리겠습니다."

"야, 소장한테 전화해서 오늘 밤에 나 외출 좀 한다고 해."

교도관은 어이없다는 얼굴로 말했다.

"교도소는 기숙사가 아닙니다. 외부 병원에서 치료할 때 아니면 외출할 수 없습니다."

"아, 그렇게 처리하면 되겠네. 병원 치료. 소장이 알아서 해 줄 거니까, 전하기만 해."

"네, 알겠습니다."

석기는 한달음에 접견실로 달려갔다. 기다리고 있던 오정혜는 어떤 남자가 봐도 혹할 만한 미모를 빛내고 있었다. 뚜렷한 이목구비에 매끄럽고 탄력 있는 피부, 그리고 몸매가 드러나는 티셔츠와 청바지. 평소와 다른 그녀의 모습에 석기는 더 흥분되었지만 태연한 척하며 자리에 앉았다.

"오~ 우리 오 박사님, 저를 다 만나러 오시고. 이거 감개가 무량한데?"

오 박사가 살짝 웃어 보이며 말했다.

"어떻게 계시는지 궁금해서 찾아왔습니다. 다른 사람은 몰라도 저는 조 상무님 보러 와야지 않겠습니까."

"역시 오 박사야. 그런 말이 나와야지~ 난 말이야, 당신이 참 좋아. 그 당당하고 자신만만한 표정부터, 그리고 뭐랄까 고집이 느껴지는 그 입술. 그동안 만났던 여자들하고는 차원이 다르거든."

희롱 섞인 석기의 태도에 익숙한 오 박사는 미소를 잃지 않고 그를 바라봤다.

"안에서는 힘든 거 없으시구요?"

석기가 거들먹거리며 말했다.

"힘들 게 뭐 있어. 돈이라면 다들 내 앞에서 깜박 죽는데. 내가 여기서 왕이야, 왕."

석기는 활짝 웃으면서 오 박사의 가슴골을 노골적으로 쳐다봤다. 오 박사는 개의치 않고 오히려 요염한 눈빛을 보였다.

"제가 줄을 잘 선 거, 맞죠?"

석기는 기쁜 표정을 지었다.

"그럼, 그럼. 줄 자알 서신 거지. 여기에 내가 얼마나 있을 꺼 같아? 길어야 3개월이야. 내가 나가면 영원 그룹 경영권은 내 손에 들어오게 돼 있어. 오 박사가 줄 잘 선 거야. 앞으로도 우리 잘 지내 보자고. 우리 스릴 있게 갑시다."

"네, 좋아요. 그럼 제가 믿고 갈 수 있는 분인지 증명해 주세요."

석기는 심장이 쿵쾅대고 기분이 좋았다. 그가 흘러나오는 웃음을 참으며 오 박사에게 말했다.

"오늘 밤, 따로 만나서 증명해 주지. 다른 데는 갈 곳이 없으니까 일단 우리 회사 회장실에서 만나자고. 내가 어떻게든 외박 받아서 갈 테니까. 오케이?"

"그러죠."

짧은 대답과 미소를 남기고 정혜는 자리에서 일어섰다. 석기는 실실 웃으며 돌아서는 정혜의 엉덩이를 쳐다보다가 음흉한 미소를 지었다. 안으로 들어간 석기는 교도소장에게 병원 치료 명목의 외박을 요청했다. 처음에는 곤란함을 표했지만, 관계자들 모두에게 후한 보수를 주겠다는 말에 결국 넘어가고 말았다.

저녁때가 되어 특별 외출 허가로 나온 석기는 자신을 태운 기사를 재촉했다.

"야, 씨발. 밟으라고. 왜 이렇게 느려 터졌어. 뒈질래?"

"네, 상무님."

석기는 혀를 찼다.

"요즘 왜 이렇게 퍼포먼스 떨어지는 놈이 많아. 돈은 받을 만큼 받으면서."

운전석의 기사는 눈에 힘을 주고 가까스로 화를 참았다. 잠시 후, 영원 그룹 사옥 앞에 도착하자 석기는 차에서 내렸다.

"부를 때까지 꺼져 있어."

일방적으로 한마디 던지고 휙 돌아선 석기는 건물 로비로 뛰어 들어갔다. 이미 모두 퇴근한 뒤라 휑했다. 프런트에서 자리를 지키던 경비원이 그를 보고 놀란 표정을 지었다.

"상무님! 어쩐 일로!"

"어쩐 일이고 뭐고, 오 박사 왔지?"

"네?"

"아이 씨발, 오 박사 왔냐고?"

"제가 교대하고 나서는 못 봤는데요. 내선으로 확인해 볼까요?"

"됐어. 먼저 가 있을 거라고 했으니까 있겠지."

석기는 못마땅한 표정으로 경비원을 흘겨보더니 엘리베이터로 가서 직원 카드가 없다며 보안 게이트 문을 빨리 열라고 윽박질렀다. 경비원이 당황하면서 게이트를 열어 주자 석기는 엘리베이터 버튼을 눌렀다. 잠시 후 도착한 엘리베이터를 타고 회장실이 있는 층에 올라가서 들뜬 표정으로 방문을 열었다.

"오 박사…… 어?"

회장실 안에는 아무도 없었다.

"뭐야? 어딨어?"

석기는 당황한 얼굴로 방 안을 둘러봤다. 불이 켜져 있지 않아서 어두웠지만 밖에서 들어오는 불빛으로 내부가 잘 보였다. 그러다 뭔가를 본 석기는 의미심장한 미소를 지었다. 커다란 유리창을 가린 커튼에 비친 실루엣이 있었다.

"아~ 우리 박사님 부끄럼 타시는 건가? 그냥 와서 안기면 되지, 뭘 그리 부끄러워하긴."

그때, 어디선가 문이 닫히는 소리가 났다.

덜컥.

누군가의 한마디 말이 석기의 귓전에 맴돌았다.

"멧돼지가 사람을 치면 어떻게 될까?"

"누구야?"

석기는 자신이 위험에 빠졌다는 것을 본능적으로 느꼈다. 방 안 구석에서 인기척이 느껴졌다. 시선을 돌렸더니 구석의 어둠 속에서 누군가 노려보고 있었다.

"다, 당신 누구야?"

창밖의 빛이 움직이며 방 안 구석을 비추었다. 어둠 속에 있던 사람의 모습이 드러났다. 그 사람은 김정석 전무였다.

"상무님 오셨습니까?"

꾸벅 인사를 하는 김정석 전무를 본 석기는 기겁하며 뒷걸음질을 쳤다.

"뭐, 뭐야! 다, 당신 죽었잖아!"

김정석 전무는 석기를 향하여 차가운 미소를 지었다.

"그래, 죽었지. 너의 망나니 같은 행동 하나 때문에 말이야. 그래서 데리러 왔어."

석기는 덜덜 떨면서 주변에 잡히는 거 아무거나 막 휘두르거나 던졌다.

"저, 저리 가! 씨발, 저리 가라고!"

겁에 질린 석기는 악다구니를 썼다. 정석이 자신을 향해 걸어오자 그는 더욱 놀라며 경악을 했다. 정석의 뒤에 죽은 오진과 아버지 조진호 회장까지 나타나서 좀비처럼 다가왔다.

"으아!"

뒷걸음치던 석기는 몸을 돌려서 방문 쪽으로 뛰어가더니 문을 박차고 나가 도망쳤다. 버튼을 마구 눌러 봤지만 1층에 내려간 엘리베이터는 올라올 생각을 안 했다. 안 되겠다 싶었던 석기는 비상계단으로 달려가서 문을 열고 안으로 들어갔다. 급히 아래로 뛰어 내려가던 중 방에서 봤던 죽은 자들이 걸어 올라오는 것이 보였다. 놀란 석기는 다시 미친 듯이 위를 향해 올라갔다. 그렇게 정신없이 뛰어 올라가니 마침내 옥상으로 통하는 문이 나왔다. 뒤를 돌아보니 아래층에서 계단을 올라오는 발소리가 들렸다. 할 수 없이 옥상으로 나간 석기는 난간까지 몰리게 되었다.

끼이익.

옥상 문이 열리더니 안에서 검은 사람의 그림자가 나왔다.

"오지 마! 오지 말라고!"

석기는 자신에게 다가오는 그것에게 소리치며 뒷걸음질 쳤다.

"멧돼지가 사람을 치면 어떻게 될까?"

어디선가 그런 말이 들리자 갑자기 다가오던 죽은 자가 커다란 멧돼지로 변하더니 맹렬하게 달려왔다. 놀란 석기는 그 멧돼지를 피하려고 몸을 뒤로 젖히다 난간 아래로 떨어졌다. 그렇게 추락하는 석기의 눈에는 어렸을 때 죽은 엄마의 얼굴이 보였다. 조 회장의 외도와 학대 때문에 괴로워하다 죽은 엄마. 석기는 엄마를 그렇게 만든 세상의 여자들을 증오했다. 그래서 돈을 보고 접근하는 여자들을 농락하고 망가뜨렸다. 그렇게 그의 인간성도 나락으로 떨어졌다. 그리고 지금은 자신이 중력으로 가속도가 붙어 빠르게 빌딩 아래로 떨어지고 있었다.

쾅!

석기는 밖에서 대기하고 있던 자신의 차 위로 떨어져서 즉사했다. 마지막 순간 엄마의 미소를 본 그는 자신도 미소를 지었다. 그래서 처참하게 죽은 석기의 얼굴은 웃고 있었다. 조용했던 밤거리는 어디선가 들린 여자의 비명 소리와 함께 사람들이 모여들며 아수라장이 되었다.

17

"반장님!"

황보가 급하게 뛰어 들어오며 소리쳤다. 자리에 앉아 있던 반장은 화들짝 놀랐다.

"아침부터 와 이 지랄이고?"

"반장님, 조석기 죽었답니다."

"뭐? 조석기가? 교도소에서 죽었나?"

"아닙니다. 방금 전에 연락을 받았는데, 어젯밤에 교도소에서 외출을 허가했었나 봅니다."

"외출이라니, 그거 무슨 소리고?"

"교도소장이 특별 외출을 허가한 것을 보니 매수당한 것 같습니다. 교도소에서 나와 자기 회사 옥상에서 뛰어내렸다고 합니다."

"자살했다고?"

"네, 조석기가 회사 안으로 들어가면서 만난 경비원에게 이상한 소리를 하더니 올라가서 뛰어내린 것 같다네요."

"이상한 소리?"

"갑자기 오 박사를 찾더래요."

"그건 또 먼 소리고?"

"저도 모르겠습니다. 확인해 보니 오 박사는 어제 회사에 나오지도 않았다는데요. 그 부분은 좀 더 알아봐야 할 것 같습니다."

반장은 어이없는 표정을 지었다. 그때 전화벨이 울렸다. 황보는 자신의 자리에서 내선을 연결해 전화를 받았다.

"네, 남부서 강력계입니다."

[수고하십니다. 여기 남부 소방서입니다.]

"아 네, 그런데 무슨 일로 강력계에 연락을 하셨습니까?"

[그게 문제가 좀 생긴 것 같습니다.]

"무슨 문제시죠?"

황보는 전화기를 들고는 반장을 힐끗 봤다. 반장은 황보가 통화하는 것을 주시하고 있었다.

[오늘 아침에 OO동 주택에서 화재가 있었는데요. 화재 원인은 가스 폭발로 추정됩니다.]

"네, 그런데요?"

[그런데 화재를 진압하고 나니 그 안에서 시체가 나왔는데요. 아무래도 살해당한 것 같습니다.]

"아, 그래서 연락하셨군요?"

[그렇습니다. 그리고 그 시신의 손에서 명함이 발견되었는데요. 남부서 황보경 형사님 명함이어서요.]

"네? 제가 황보경인데요."

황보는 고개를 갸우뚱하더니 다시 전화에 대고 말했다.

"혹시 그분 신원 파악되셨나요?"

[아뇨, 아직 밝혀지지 않았는데요. 이 집의 주인 이름은 파악되었습니다.]

"누구죠?"

[김성식이라고…….]

"네?"

황보는 크게 놀라며 반장을 봤다. 반장은 어리둥절한 표정이었다.

"제 명함을 가지고 있고, 집주인이 김성석 씨라면 그분이 맞는 것 같은데요?"

황보가 반장에게 말하자 반장의 얼굴은 흙빛이 되었다.

4일 전, 도형의 무죄를 증명할 만한 증거 자료를 뒤지고 있던 황보의 핸드폰으로 전화가 왔었다.

"네, 황보경 형사입니다."

전화기 너머에선 잠시 침묵이 흘렀다. 그러다 나지막한 노인의 목소리가 들렸다.

[내 목소리 기억하겠는가, 후배 양반?]

“누구시죠?”

상대가 한번 껄껄 웃더니 다시금 이야기를 이어 나갔다.

[얼마 전에 산에 CCTV 확인하러 왔다가 만났던 자네 선배야.]

“아~ 네네, 기억합니다. 그때 협조 감사합니다. 그런데 무슨 일로 저에게 연락을 하셨죠?”

[좀 만났으면 하네. 신문에 난 사건하고 관련된 일인데, 할 이야기가 있어.]

황보는 왠지 느낌이 이상했다. 그래서 대답을 망설이고 있었다.

[만나기는 좀 그런가?]

“아, 아닙니다. 제가 찾아뵙겠습니다.”

[허허, 고맙군. 그리고 올 때 뭐 하나 챙겨 와 줬으면 하는데.]

“네?”

[과거 사건 자료가 있는데, 자세한 건 문자로 보내 주지.]

“네, 알겠습니다.”

전화를 끊은 황보의 얼굴을 본 반장이 물었다.

“뭔 전환데 그런 얼굴을 하고 있노?”

“예전에 서기준 가족 사건 관련 수사하다가 우연히 만난 경찰 선배님인데, 한번 만나자고 해서요.”

“경찰 선배? 이름이 뭔데?”

“김성식입니다.”

"뭐? 누구라고?"

반장이 깜짝 놀라며 다시 물었다.

"김성식이요."

"니가 그분을 어떻게 만났는데."

황보가 자초지종을 얘기하자 반장은 고개를 끄덕였다.

"알았다. 그럼 내랑 같이 가자."

몇 시간 후, 두 사람이 탄 차량은 한적한 산길로 들어섰다. 서에서 출발하기 전에 황보가 부탁받은 사건 파일에 대해 말하자 반장은 심각한 표정을 지었다. 이유를 물었지만 일단 그분을 뵙고 나서 얘기하자는 말만 했다. 황보는 묘한 불안감을 느끼며 운전했다. 이윽고 목적지에 다다랐다. 예전에 찾아갔던 가건물은 차가 들어갈 수 있는 곳이 아니라 그 부근에 차를 세우고 걸어 올라갔다.

위쪽에서 김성식이 두 사람이 오는 것을 내려다보고 있었다. 그는 두 사람을 향해 옆의 계단을 가리키며 올라오라고 손짓을 했다. 황보가 먼저 올라가고 반장이 뒤를 따랐다. 가건물 안으로 들어가자 놀라운 상황이 펼쳐졌다. 반장이 갑자기 남자 앞에 무릎을 꿇더니 머리를 숙여 큰절을 한 것이다.

"반장님, 죄송합니다. 제가 그때 너무 어리석었습니다."

갑자기 일어난 상황에 놀란 황보가 반장에게 물었다.

"반장님이 저분께 반장님이라뇨. 갑자기 왜 이라십니까?"

김성식이 조용히 다가와 반장의 어깨를 다독이며 말했다.

"너까지 올 줄은 몰랐네. 그게 어떻게 네 잘못이냐. 지난 일이다. 괜찮다. 일어서라."

그 말에 흐느끼던 반장은 일어나서 충혈된 눈으로 김성식을 바라봤다.

"영철이 니도 많이 늙었네. 그때만 해도 이 친구처럼 쌩쌩했는데."

황보는 전혀 예상치 못했던 두 사람의 상봉을 보며 뻘쭘해 있었다. 김성식이 그를 보며 말했다.

"우리 젊은 후배님은 지금 이 상황이 궁금하재?"

"아, 네……."

"내가 가지고 오라던 사건 파일, 가지고 왔나?"

황보는 들고 있던 파일을 내밀며 머쓱하게 손을 비볐다.

"이 파일에는 그냥 교통사고만 나와 있재? 근데 이거 단순 교통사고 아니란 걸 자네 반장은 잘 알 거야."

"네? 그게 무슨 말씀이신지."

황보는 반장을 쳐다봤다. 반장은 숙이고 있던 고개를 들며 김성식을 향해 말했다.

"벌써 20년 전이네요, 반장님이 회사를 그만두신 지. 힘들게 살고 계신다는 얘기는 들었습니다."

"어쩔 수 없었지 뭐."

"영원 그룹 때문이었죠?"

"그래, 맞아. 나는 그 당시 위의 반대를 무시하고 살인 사건으로 수사를 했어."

"네?"

황보는 놀란 얼굴로 반장과 황보를 번갈아 보았다.

"나는 그 사건의 배후에 영원 그룹, 당시에는 영원 기업이었지. 영원 기업이 있다는 제보를 받고 수사를 했지. 그런데 어느 날 갑자기 내가 마약 사건에 연루되었다면서 조작된 증거를 들이대더군."

"아니, 어떻게 그런……."

"부패한 경찰 간부가 영원 기업에 매수되었던 거야. 그래서 나는 수사는커녕 퇴직금도 못 받은 채 짤리고 수감 생활을 했지. 그러고 나와서는 폐인처럼 살았고."

"그, 그럼 반장님은요?"

황보는 반장을 바라보며 영감에게 되물었다.

"자네 반장은 내 지시를 따르지 않고 사건을 덮었지. 위에서의 압력을 견디지 못했던 거야. 하지만 나는 잘했다고 생각해. 안 그랬으면 나처럼 되었을 거야."

그 말을 들은 반장은 김성식을 바라보았다.

"그때는 지금과 달리 부패 경찰들이 윗자리를 장악하고 있어서 어쩔 수 없었습니다. 정말 죄송합니다."

"아니야. 자네가 잘못한 건 없다니까."

"그런데 반장님? 반장님이 서기준을 도우신 건가요? CCTV 영상을 저에게 보내신 것도 반장님이시죠? 영원 그룹에 대한 복수인가요?"

반장이 김성식의 얼굴을 응시하며 물었다.

"서기준은 지금 어디 있습니까?"

"그건 나도 모르네. 난 그 사람 잘 몰라."

그렇게 김성식은 알 수 없는 미소를 지었다.

"아니, 그게 무슨 말씀이십니까? 여기까지 오라고 하시고선 갑자기 발뺌을 하시는 건가요?"

"정말이야. 나는 경찰 수사를 돕고 싶어서 그래."

"저희를 돕는다고요? 어떻게요?"

반장은 김성식에게 따지듯 물었다.

"내가 어쩌다가 여기서 일하게 되었는지 아나? 내 과거를 어떻게 알았는지, 어느 날 익명으로 집에 편지가 왔었어. 자신도 영원그룹 때문에 큰 피해를 입은 사람이라면서 복수를 하려고 하니 자신을 도와달라더군. 부탁받은 일은 여기서 산 관리인을 하면서 CCTV 카메라 관리하고 조 회장 별장을 염탐하는 거였어. 그밖에 다른 일은 없었거든. 나는 조 회장이 별장에서 정계 인사들을 만나는 걸 포착해서 언론에 푸는 것이 목적이라고 생각했지. 사회적으로 매장시키는 복수를 하는 거라고. 하지만 이제 보니 끔찍한 살인 계획에 이용된 거였어."

"그게 부탁하신 사건 파일과 관련이 있는 건가요?"

김성식은 반장의 물음에 고개를 끄덕였다.

"맞아. 내가 짚이는 데가 있거든. 미안하지만 이 사건 파일을 며칠만 좀 빌려주게. 꼭 범인을 찾아내서 연락할 테니까."

"알았습니다, 반장님. 반장님을 한번 믿어 보겠습니다."

그 후 두 사람은 산을 내려왔다. 그리고 며칠이 지나 김성식이 살해되고 집이 불타 버렸다는 사실을 알게 된 것이다.

18

"해~~~~앵님~~~~~~~~~~"

가게 문을 열고 황보가 들어왔다. 구석진 곳에 조용히 앉아 있는 도형이 보였다. 도형은 보고 있던 책을 덮고 환한 얼굴로 황보를 맞이했다.

"뭐고~ 어쩐 일이고?"

"아따마~ 행님이 이런 번듯한 가게를 열 줄은 꿈에도 상상 못 했네요. 근데 진짜 안 어울린다. 북카페가 뭡니까, 북카페가?"

"야, 뭐가 안 어울리는데. 얼마나 좋노? 책도 읽고, 커피도 마시고?"

"형수님은요?"

"느그 형수 요새 바쁘다. 에휴~ 뭐 작가가 되겠다고 이리저리 돌아다니면서 글쓰기 배운다. 왜 갑자기 글을 쓰는지 이해를 할 수가 없다. 그라고 너무 늦게 들어온다, 걱정되구로."

"그라믄 행님이 매일 마중 나가야지."

"안 그래도 그라고 있다. 죽겠다."

"뭐~ 잘 사는구만요. 딱 보기 좋습니다."

"맞나? 몸은 편한데 솔직히 좀 심심하다. 그래서 퇴직한 선배들이 하는 탐정 사무실 일 좀 할까 생각 중이다."

"그것도 좋은 생각이네예. 형님 체질에 맞을 거 같고."

"그나저나 회사에는 별일 없나? 요새 사건이 뜸한가베, 이래 자리 비워도 되고."

"하하, 요새는 좀 숨통이 트입니다. 워낙 휘몰아쳤다 아입니꺼? 행님도 아시다시피 경찰 일이 다 그렇다 아입니까?"

"근데 무슨 일이고. 갑자기 와서 실없는 소리만 하고 있노?"

"음……. 솔직히 오까 마까 했십니다. 근데 이제 다 지난 일이니까 행님한테 와서 일러 주는 게 맞을 것 같아서 왔십니다."

"뭔데?"

황보는 갑자기 목소리를 낮춰 말했다.

"서기준이 살아 있습니다."

"뭐!"

"목소리 낮추이소. 여 사람들도 있구만."

"살아 있다고? 해외로 도주했는데 시체로 발견돼서 수사 종결되었다고 하지 않았나?"

"맞습니다. 그런데 아무래도 가짜 같습니다. 신원도 소지품으로만 확인된 데다가 시신 인도도 안 했다 아입니까."

"그걸 니가 어떻게 아는데?"

"어떻게 알긴요, 서기준이 내한테 전화했다 아입니까. 발신된 전화번호를 보니 해외 같았는데, 확인해 봤지만 역시 추적도 안 되는 회선이더라 이 말입니다."

"그래서, 뭐라고 하드노?"

"사건이 잘 해결되었냐고 묻드라구요. 그래서 내가 어떻게 된 거냐고 물었죠. 목소리가 아주 편안하던데요. 자기 절대 못 찾으니까 괜히 힘 빼지 말고 그냥 들으라고 하더라구요."

"그래서?"

"사건은 잘 종결되었다고 했죠. 그랬더니 행님은 괜찮냐고 묻더라고요. 그래가, 무죄 받고 풀려나서 형수님하고 재결합했고 현직에서는 물러났지만 잘 산다고 했죠."

"그 사람은 뭐라고 했는데?"

"행복을 되찾아서 잘됐다고 하더군요. 그리고 행님한테 정말 미안하다는 말도 전해 달라고 했십니다."

"그게 끝이가?"

"아뇨. 자기가 추천하는 정신과 의사가 있다고 하면서 행님더러 거기 가서 치료를 좀 받으라고 하더라구요. 아마 암시들이 아직은 좀 남아 있을 거라며, 가서 치료받으면 수개월 안에 좋아질 거라 카데요."

"누구? 오 박사?"

"아니요. 오 박사 행님 재판 진술하고 정신 감정 마치고 나서 실종됐습니다."

"뭐? 오 박사도 사라졌다고?"

"네, 병원도 문 닫고 전화 연락도 안 되더라고요. 실종 신고라도 해야 하니까 가족한테라도 연락할라고 했더니 가족이 전부 사망하고 혼자데요. 그렇지 않아도 조석기 사망 건으로 물어볼 게 있었는데 말입니다. 행님도 아시다시피 오 박사가 재판장에서 관련 자료 제공하고 시연까지 해서 판사들이 놀랐지 않았습니까. 그래서 행님이 무죄 선고받았고 말입니다."

"그럼 오 박사도 서기준하고 한패란 말이가."

"그런 것 같습니다. 조석기의 자살 건도 수상하더라고요."

"병 주고 약 주고도 아니고, 나를 살인마로 만들더니 오 박사를 통해 무죄 선고를 받게 하고, 이해할 수가 없네."

"그러게 말입니다. 아무튼, 해외 출국 후 역시 현지에서도 종적을 감춘 것으로 봐서, 서기준 박사하고 같이 있는 것 같습니다. 둘 다 신분을 세탁해서 찾을 수 없는 상태구요."

"그래서, 서기준은 또 뭐라드노?"

"아, 그리고 행님한테 마지막으로 주고 싶은 선물이 있다고 하면서 꼭 가서 전해 달라고 하더라구요."

"선물? 그건 또 먼 소리고."

"내도 뭔 선물이요, 하고 물었지 않았습니까. 그런데 찾아가서 이 말만 전해 주면 된다고 하드라고요. 당최 뭔 소리인지……."

"무슨 말인데?"

"멧돼지가 사람을 치면 어떻게 될까?"

그 말을 듣자 도형은 눈에 초점이 흐려지더니 정신이 몽롱해졌다.

"행님? 왜 그러십니까?"

큰 소리로 그를 부르는 황보의 얼굴이 도형의 의식과 함께 흐려졌다.

띠리리리리리.

벨 소리에 깨어난 도형은 전화기를 들었다. 주위를 둘러보니 자신의 집 소파에 누워 있었다.

[행님? 어디십니까?]

"어? 나? 집인데……."

[집이요? 행님, 와 그라십니까? 갑자기 말도 없이 뛰어나가서 걱정했다 아입니까.]

"내가?"

[행님이 갑자기 튀어 나가서 화장실에라도 갔는 줄 알았는데, 아무리 기다려도 안 왔다 아입니까. 와~ 나, 손님들도 있는데 자리도 못 비우겠고, 포스기 이거 할 줄도 몰라가 전화했는데 전화도 안 받고, 미치겠습니다.]

정신을 차린 도형은 기억을 더듬었다. 조금 전까지 황보와 얘기를 하고 있었던 것이 떠올랐다. 그런데 어느새 집에 와 있다는 사실이 믿기지 않았다. 어리둥절한 상태로 집 안을 둘러보는데 무언가 낯선 물건이 눈에 들어왔다. 거실 탁자 위에 커다란 캐리어 가방이 놓여 있었던 것이다.

“황보야, 잠시만 가게 보고 있어라. 다시 전화하께.”

[네? 행님, 내 사무실 들어가야…….]

도형은 전화를 끊고 캐리어 가방이 있는 곳으로 가서 이리저리 보다가 잠금장치를 눌러 봤다. 그랬더니 탁, 소리와 함께 잠금이 풀렸다. 조심스럽게 가방을 열던 그는 안에 있는 것을 보고 깜짝 놀랐다. 그 속에는 엄청난 양의 5만 원권 지폐 뭉치들이 들어 있었다. 그리고 편지 봉투가 하나 눈에 들어왔다. 내용물을 꺼내 보니 삼단으로 접힌 종이에 글이 쓰여 있었는데 글씨는 워드로 입력해서 프린트된 것이었다.

도형 씨, 저는 담당 의사이자 친구로서 용서받지 못할 짓을 했습니다. 정말 죄송합니다. 믿기 어려우시겠지만, 도형 씨에게 암시 최면을 걸면서 정말 고민을 많이 했습니다. 도형 씨가 정오진 같은 인간이었다면 그러지 않았을 겁니다. 하지만 도형 씨는 바르고 정의로운 사람이었습니다. 하지만 저는 복수를 위해 피할 수 없는 선택을 했습니다. 누구를 죽일 수 있는 능력이 없는 사람이기에 도형 씨가 필요했거든요. 저는 가족을 잃고 나서 지금까지 복수를 계획하며 살아왔습니다. 도형 씨가 범인으로 잡히고 무죄 선고를 받는 것 역시 그 계획의 일부였고요. 물론, 위험 부담이 큰 모험이었지만 성공할 수 있어서 정말 다행이라고 생각합니다.
네, 도형 씨가 이런 말을 변명이라고 생각하는 것도 당연하며, 너무나도 가혹한 시련을 드려서 죄송합니다. 저는 이제 죽은 사람으로 살아갈까 합니다. 가슴속에 묻은 아내와 아들을 생각하며, 그렇게 여생을 보낼까 합니다. 그나마 저의 곁에는 도와주는 친구가 있어서 그렇게 외롭지만은 않을 것 같습니다. 저 참 이기적이죠? 그러나 사람은 누구나 이기적이기에 또 이렇게 살게 되는 것이라고 생각하기로 했습니다.
어쨌든, 도형 씨가 크게 다치지 않고 무죄 판결까지 받게 되어 하늘에 감사하고 있습니다. 지금 도형 씨 앞에 있는 돈은 도형 씨가 천직으로 여기던 경찰직을 잃은 것에 대한 보상금이라고 생각해 주셨으면 좋겠습니다. 부디 받아 주시길 바랍니다. 제가 황보경 형사님께 부탁드려 도형 씨에게 마지막 암시를 걸었고, 그 내용은 제가 숨겨 놓았던 그 돈을 찾아서 가져오는 것이었습니다. 정신이 들고 나서 당황스러우셨을 것에 대해 죄송하다는 말씀 또 드립니다.
앞으로 가족과 함께 행복하게 사시길 빕니다. 당신의 앞날을 응원하겠습니다.
- 당신의 친구 서기준으로부터 -

편지를 다 읽은 도형은 허탈한 마음에 멍한 표정으로 창밖을 보았다. 하늘은 구름 한 점 없이 맑았다. 도형은 지그시 눈을 감고 창으로 들어오는 햇살의 온기를 느꼈다.

19

따뜻한 바람이 불고, 붉은 해가 구름을 태우며 붉게 물들고 있었다. 어느 평화로운 섬의 해변에 앉아서 기준은 아름답게 펼쳐진 바다와 하늘의 장관을 눈에 담고 있었다. 그는 한쪽 손에 든 사진으로 시선을 옮겼다. 그 사진은 죽은 아내와 아들과 함께 찍은 사진이었다. 기준의 눈에서 눈물이 글썽거렸다. 잠시 후 뒤에서 한 여성이 다가와 그의 등을 쓰다듬었다. 뒤를 돌아 그 여성이 오정혜라는 것을 확인한 그가 흐뭇한 미소를 지었다. 정혜 역시 화답하듯 기준에게 미소를 지었다.

"자, 이거 마셔 봐. 마음을 안정시켜 주는 허브 티야."

정혜는 기준에게 유리잔을 건넸다.

"고마워, 정혜야. 나 대신 수고 많았어."

"그래, 내가 생각해도 나 정말 수고한 거 같아."

두 사람은 서로의 눈을 보며 활짝 웃었다.

“그리고, 언제나 곁에 있어 줘서 고마워.”

“우리가 남이냐? 둘 다 의지할 곳 없는 형제, 아니 형제보다 더 가까운 사이잖아. 그것도 아주 오랫동안.”

“그렇지. 나도 정혜 너를 친누나나 여동생같이 생각해.”

“연인은 아니고?”

“연인이고 싶을 때도 있었지. 하지만 남녀 사이의 사랑은 쉽게 변하는 것 같아서 싫었어. 그러지 않았다면 너랑 결혼했을지도 모르겠다.”

“흥, 누구 맘대로.”

두 사람은 또 활짝 웃었다. 그러고 나서 잠시 침묵이 흘렀다. 정혜는 기준을 그윽한 눈빛으로 보며 행복한 미소를 지었다.

“자, 이제 들어가자.”

두 사람은 손을 잡고 해변에서 가까운 남국의 분위기가 물씬한 숙소로 들어갔다. 방으로 들어간 두 사람은 창가에 앉아서 저물어 가는 해를 감상했다. 갑자기 졸음이 쏟아지는지 기준이 눈을 감았다. 그를 본 정혜는 담요를 가져와서 덮어 주었다. 그렇게 기준은 깊은 잠에 빠졌다. 평온한 얼굴로.

잠시 후, 기준이 잠든 것을 확인한 그녀는 자신의 방으로 들어갔다. 한동안 바닥을 보며 생각에 잠겨 있더니 가방에서 핸드폰을 거치할 수 있는 삼각대를 꺼냈다. 그리고 침대 옆 테이블에 올려놓더니 자신의 핸드폰을 끼워 넣고 녹화 버튼을 누른 후 침대에 걸터앉았다. 정혜는 길게 한숨을 쉰 다음 핸드폰 카메라 렌즈를 보며 미소 지었다.

"기준아, 안녕? 역시 이러는 거 많이 어색하다. 아마 이 영상은 너에게 절대 보여 주지 않겠지만, 나는 이렇게라도 너에게 말하고 싶었어. 다른 사람은 몰라도 너와는 모든 걸 털어놓고 공유하고 싶거든. 하지만 절대 말해서는 안 되겠지? 그래서 이 영상을 찍는 거야."

정혜의 눈에 눈물이 고였다.

"옛날 생각 하니까 괜히 울컥하네. 나는 엄마 아빠가 세상을 떠난 그날 이후, 계속 어두운 곳을 걸어왔어. 아마 너도 그 고통을 알 거야. 나처럼 형제도 없이 혼자인 너도 의사셨던 부모님이 의료 봉사차 외국에 갔다가 현지 전염병에 걸려 돌아가셨고, 우리 부모님은 갑작스러운 교통사고로 돌아가셨으니까 말이야. 그래서 혼자가 된 다음부터 계속 내 곁에 있어 준 네가 너무 고마워. 흠……. 그래, 우선 부모님의 죽음부터 얘기해야겠다. 그분들이 사고로 돌아가신 게 아니란 것을 알게 된 건, 그 일을 살인사건으로 보고 수사를 했다가 결국 경찰에서 쫓겨난 형사 아저씨의 얘기를 듣고 나서였어. 아빠가 운영하시던 회사에서 개발한 전기차 배터리 기술을 훔쳐 간 영원 기업의 짓이었다는 것도 알게 됐고 말이야. 세계적인 대기업의 것보다 뛰어난 성능으로 크게 도약할 수 있는 기회였거든. 그런데 특허 등록을 하는 과정에서 기술 인력을 포함한 사람들과 그 기술을 영원 기업이 빼 간 거야. 아빠는 당하고 있을 수 없다며 고소하겠다고 그랬나 봐. 그 형사 아저씨가 아빠 회사 법무 담당한테 들었대, 영원 기업의 악행에 관한 결정적인 증거를 확보했다고 말이야. 그 사실을 어떻게 알았는지, 지금의 영원 그룹으로 성장한 영원 기업의 조진호 대표가 우리 부모님을 그렇게 만든 거야. 그 얘기를 듣고 나는 분노를 주체할 수 없었어. 가족을 잃은 너도 그런 내 마음을 이해할 수 있겠지?"

녹화 화면 속의 정혜는 날카로운 눈빛으로 정면을 응시했다.

"그리고 난, 영혼을 팔아서라도 복수를 해야겠다고 마음먹었어. 기준이 너와 함께 서로 의지하며 공부에 전념해서 같이 의대생이 되고, 정신건강의학과 전문의가 될 때까지도 머릿속으로 수많은 방법으로 복수 시뮬레이션을 했어. 그리고 교환 학생으로 해외에 갔을 때, 치료를 위해 최면을 사용할 수도 있지만 기억도 조작하고 암시를 통해 범죄까지 저지를 수 있다는 걸 알게 되고는 이것이 바로 내가 할 수 있는 최고의 복수 방법이라는 걸 깨닫게 되었지. 그런 상황에서 기준이 네가 나와 연구 파트너가 되고 같이 개원까지 하게 돼서 너무 좋았어."

정혜는 희미한 미소를 지으며 아련한 눈빛으로 허공을 응시했다.

"기준아, 복수심에 잠식돼 버린 내 감정이 네가 있어 완전히 말라 버리지 않을 수 있어서 너무 고마워. 부모님 장례식장에서 네가 내 손을 꼭 잡고 '같이 가자.'라고 했었지. 그 말을 들은 나는 평생 너와 같이 가고 싶었고, 실제로 그렇게 돼서 좋았어. 그런데…… 그런데, 그 많은 걸 나와 같이했던 네가 다른 여자랑 결혼했지. 나는 겉으로 표현하진 않았지만 커다란 상실감에 빠지고 말았어. 모든 걸 빼앗겼지만, 단 하나 기준이 너만은 내 것이라고 생각했는데, 그랬는데 다른 여자와 결혼해서 아이까지 낳고 행복하게 사는 너를 보면서 끝도 없는 절망에 빠졌지. 그 절망은 내 안에 있는 복수의 불씨까지 희미하게 만들 정도였어. 그렇게 한동안 방황을 하다 어느 날 내 안의 내가 말했어. '다시 빼앗으면 돼.'라고."

온화했던 정혜의 눈빛이 다시 살기로 불이 붙기 시작했다.

"그래, 빼앗긴 것을 다시 빼앗아 오면, 안 빼앗긴 것이 되는 거지. 나는 그렇게 생각했어. 그리고 내 복수 계획에 그걸 포함시키기로 했지. 나는 오랜만에 우리 부모님의 사건을 수사했던 형사 아저씨를 만났어. 그리고 그분에게 몇 가지 부탁을 했어. 영원 그룹 조 회장이 소유하고 있는 산속 별장 근처에 관리인 없는 산이 있다는 사실을 알게 되었고, 형사 아저씨에게 별장 근처 산의 관리인 일을 하면서 CCTV 카메라를 관리해 달라고 했지. 그리고 조 회장의 망나니 같은 아들인 조석기를 이용하기로 했어. 영원 그룹에서 나에게 추근대던 그 인간에게 최면 치료라는 명목으로 몇 개의 암시를 걸어 놨어. 그리고 내 계획대로 기준이 네 와이프

와 아들이 캠핑장에 간 날, 조석기가 그들을 차로 치게 만들었지. 기준이 너는 나와 연구 발표회 준비 마무리를 위해 늦게 출발하게 했고, 원격으로 그곳에 있는 CCTV 카메라를 확인하면서, 두 사람이 도로를 건너는 타이밍에 조석기가 환각을 보고 사고를 내게 만든 거야. 그때, 네가 내가 걸어 놓은 암시로 두 사람의 위치를 유도했다는 걸 넌 꿈에도 생각 못 했을 거야. 그 후 네가 김도형 형사를 통해 영원 그룹에 복수한 것도 사실은 내가 조종한 거였어. 내가 경찰 자문에 참가한 것도, 이혼의 충격으로 알코올 중독이 된 김도형 형사를 너와 만나게 한 것 역시 계획의 일부였지. 김도형 형사가 아주 멋지게 역할을 해 줘서 다행이야. 아무튼 그렇게 나의 복수는 완성되었어. 형사 아저씨가 어떻게 눈치챘는지 나를 찾아와서 아슬아슬했지만, 걱정 마. 그것도 잘 정리했어. 실패할 경우를 대비해서 준비해 두었던 계획으로 조석기도 제거했고 말이야. 게다가 착한 네가 김도형 형사를 이용한 것에 가책을 느끼는 걸 생각해서 무죄 판결 나게도 했고, 네가 보낸 것처럼 해서 보상금도 보냈지. 그건 내 복수를 도와준 감사 표시이기도 해. 나 참 잘했지? 나는 내가 생각해도 무서울 정도의 능력을 가진 사람이야. 게다가 복수심이 가득한 악마가 안에 있지. 그런데 사람의 기억을 조작할 수 있는 내가 왜 너를 바로 내 사람으로 만들지 않았는지 궁금하지? 그건, 가짜가 아닌 진정으로 나를 사랑하는 마음을 갖게 하고 싶어서야. 그래서 내가 만든 모든 복수 계획이

너의 계획인 것처럼 너를 조종하면서도 너의 마음까지는 손대지 않았어. 그렇게 모든 것이 끝났고, 이제는 진정으로 너와 나만 남았잖아. 이제 난 진짜로 너의 마음을 가질 수 있게 된 거야."

정혜는 환한 미소를 지었다.

끼이익.

"?"

문이 열리는 소리에 정혜의 표정은 빠르게 굳어 버렸다. 그녀는 다소 긴장한 모습으로 뒤를 돌아봤다. 그리고 열린 문틈 사이로 보이는 기준을 발견하고 경악했다. 그의 얼굴은 완전히 흙빛이었다. 슬픔과 분노로 일그러진 표정을 짓고 있었다.

"저, 정말이야?"

"어? 뭐가? 그런데 너 왜 깨어 있어. 아까 허브 차……."

정혜는 아차 싶어서 말을 멈추었다.

"나, 그 차 안 마셨어. 잠든 것도 연기였고. 사실은, 나 봤거든. 네가 몰래 차에 약을 타는 거. 왜 그런 짓을 했는지 궁금해서 잠든 척하기로 한 거지."

"그게……."

정혜는 당황스러운 얼굴로 할 말을 찾고 있었다.

"다 들었어."

"어?"

"내 아내와 아이를 죽인 건 너였어."

“아니야. 그건 조석기가…….”

“닥쳐! 너는 나를 복수의 도구로 썼어.”

정혜는 억지로 미소를 지으며 기준을 달랬다.

“아, 아니야. 이게 다 우리의 행복을 위해서야. 너와 내가 행복한 여생을…….”

“멀쩡한 사람을 살인자로 만들고, 내 아내와 어린 내 아들을 죽여서까지? 그렇게까지 해서 우리가 행복해질 수 있다고 생각해?”

“기준아, 네가 진즉에 내 마음을 받아 주고 날 여자로서 사랑해 줬다면 그런 일은 없었을 거야. 그러니까…….”

“그럼, 나 때문에 우리 가족이 죽었다는 거야?”

“아, 아니, 그게 아니고…….”

“아까 내가 너와 연인이 될 수 없었던 건 너와의 관계를 지키고 싶어서였다고 했지? 사실은 그게 아니었어. 사실, 나는 네가 무서웠어. 네 안에 있는 어둠, 그걸 느꼈거든. 최면으로 범죄를 저지를 수 있다는 걸 알게 된 네 눈에서 그런 광기를 봤어. 하지만 나는 네가 무슨 짓이라도 저지를까 봐 곁에서 지켜보기로 했지. 그래서 계속 모든 걸 같이해 왔던 거야. 병원을 같이 열고 너에게 도움이 되는 일이면 발 벗고 도왔던 거야. 너는 연인이라기보다 유일하게 남은 가족 같은 사람이니까. 그런데…… 그런데 그렇게 끔찍한 일을 저지르다니…….”

“기준아, 진정해. 나는 그 누구도 죽이지 않았어. 내 손에 피

한 방울 묻히지 않았단 말이야.”

“그만해!”

기준의 얼굴이 일그러졌다.

“그만해. 그만해. 그만하라고…….”

“기준아…….”

기준의 눈에서 눈물이 흘렀다. 소리 없이 흐느끼며 그는 축 늘어져 있던 오른손을 들었다. 그의 손에는 회색의 광채를 드러내는 식칼이 들려 있었다.

Aphros
ORIGINAL

아프로스미디어는 기획 단계에서부터 작가님과 긴밀한 상의를 통해, 원안을 제시해 드리거나 작가님이 구상하신 초안을 분석하고, 좀 더 흥미로운 대안을 제시한 다음, 탈고 단계까지 독자의 시선으로 평가 및 수정 제안의 과정을 거쳐 완성도 있고 재밌는 이야기를 만드는 스토리 프로듀서의 역할을 합니다. 그렇게 하여 완성된 작품은 [아프로스 오리지널]로 소개됩니다.

요괴도시
배명은 외 저

요괴 호러
도시괴담 앤솔러지

명탐정6
홍정기 외 저

한국 최초
탐정소설 앤솔러지

다감 선생님은 아이들이 싫다
공민철 저

가슴이 따뜻해지는
힐링 미스터리

런어웨이
장세아 저

반전에 반전의
K고딕 스릴러

재생
정명섭 저

세계최초 타임루프
좀비 스릴러

안드로메다 구하기
김설아 저

여성 장르 서사의
만화경

레시피
최정원 저

소울푸드
미스터리 스릴러

붉은 기억
최정원 저

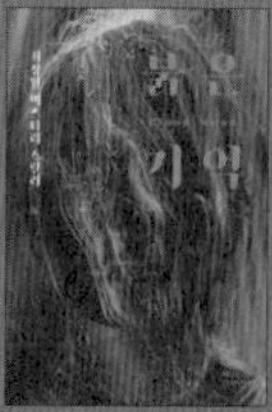

인간의 어두움을 그린
심리 스릴러

8인의 사육사
김남겸 저

궁극의 복수를 그린
미스터리 스릴러

로하의 세상
김남겸 저

충격의 서바이벌
SF 미스터리 스릴러

아귀도
조동신 저

몬스터 하이브리드
본격 미스터리 스릴러

차가운 숨결
박상민 저

현직 의사가 쓴
감성 메디컬 미스터리

기생록
프리키 저

미친 몰입감의
미스터리 스릴러

마라의 요람
고태라 저

민속학
추리소설

투고는 이메일로 보내주세요.
spitz70@aphrosmedia.com

네메시스의 단검

초판 1쇄 인쇄 2024년 5월 15일
초판 1쇄 발행 2024년 5월 15일

지은이 이정훈
편집 주자덕
윤문 및 교정 김미숙
발행인 주자덕
인쇄 미래피엔피
펴낸 곳 아프로스미디어
출판등록 제 2016-000073호
주소 서울특별시 성동구 금호로 173, 101동 904호
전화 02-6352-5133
팩스 02-6455-5891
홈페이지 www.aphrosmedia.com
전자우편 spitz70@aphrosmedia.com
ISBN 979-11-89770-48-8 (03810)

§ 저작권법에 의해 보호를 받는 저작물이므로 무단전재와 무단복제를 금합니다.
§ 잘못 만들어진 책은 구입하신 곳에서 바꾸어 드립니다.
§ 책값은 뒤표지에 있습니다.